Mechthild Myers

Die Psychotherapeutin

Roman

ISBN 9783740710248

Bibliografische Information der Deutschen Nationalbibliothek:
Die deutsche Nationalbibliothek verzeichnet diese Publikation in
der deutschen Nationalbiografie, detaillierte biografische Daten
sind im Internet über dnb.dnb.de abrufbar.

TWENTYSIX – Der Self-Publishing-Verlag
Eine Kooperation zwischen der Verlagsgruppe Random House
und BoD – Books on Demand

© 2016 Mechthild Myers
Umschlagentwurf: Rosa Reibke, Berlin

Inhaltsverzeichnis

Der Kongress 7

Sinnvolles Leben 30

Mit Fantasie zur Realität 52

‚Hooked' – an der Angel 70

Aufbruch zu unbekannten Ufern 94

Parallelwelten 121

Traum und Wirklichkeit 138

Sehnsüchte und Alltag 163

Ein weiterer Kongress 187

Ende gut, alles gut 206

DER KONGRESS

„Wie heißen Sie", fragt der berühmte amerikanische Psychologieprofessor durchs Mikrofon vor mehr als einhundert TeilnehmerInnen im Hörsaal der Universität. Die sechzigjährige Therapeutin Agnes zuckt zusammen. „Agnes", sagt sie und wiederholt ihren Namen, „Agnes". „I can't pronounce it", kontert er, „I'll call you Sarah in the roleplay".

Sein suchender Blick hatte sich an ihrem erhobenen Zeigefinger festgehakt, der ihre Bereitschaft zur Mitarbeit in seinem Rollenspiel signalisierte. Doch war sie nur eine unter vielen Willigen, warum gerade sie?

Mit steifen Beinen und geradem Rücken geht sie die Hörsaalstufen hinunter und bleibt vor dem hell beleuchteten Podium stehen. Prof. Huntington steigt drei Stufen herab und geht einige Schritte auf sie zu. Mit schüchternem Lächeln stellt sie sich an seine Seite. „Go on", sagt Dr. Huntington, „play the depressive woman and I show you my therapeutical technique."[1] - Mit matter, tonarmer Stimme klagt Agnes-Sarah: „Ich grübele viel, lebe zurückgezogen, schaue oft hoffnungslos in die Zukunft. Ich

---

[1] „Fangen Sie an, spielen sie die depressive Frau und ich zeige Ihnen meine therapeutische Technik."

bin sehr erschöpft und häufig krank. Mein Leben ist sinnlos". Ihre Beine fühlen sich jetzt müde an, der Körper möchte sich ablegen, der Kopf auf Daunen ruhen. Bin ich wirklich depressiv, denkt sie, oder nur erschöpft vom Leben, verwelkt wie eine Blume?

„Ok, go on Sarah", hört sie seine fordernde Stimme. Aber was soll sie jetzt tun? Die Gestalt von Frau Wagner schiebt sich in den Vordergrund ihrer Bilderwelt: wie diese vergangene Woche in die Ecke der roten Couch gedrückt sass, mit der großen Handtasche als Schutz auf der anderen Körperseite.

Kann man sehen, wie ich mich fühle, auch ohne Tests und Diagnoseraster wissen wie's mir geht? Agnes atmet tief ein und wirft den Seufzer in Richtung des Professors. Es ist so still im Saal. Warten alle darauf, dass ich etwas sage? Aber was soll ich denn noch sagen? Agnes' Blick zieht Schleifen über den Holzboden bis er an einem schlichten Stuhl hängenbleibt. Ihr Körper trägt sie dorthin, so dass sie sich endlich setzen kann. Ihr folgt eine tiefe Männerstimme, dann eine höhere, bis sie Worte versteht: „...dies ist eine typische Reaktion des Abdriftens, in der die Patientin auf jeden Fall durch eine aktive Intervention zurück geholt werden muss", sagt die Übersetzerstimme. Die Therapie muss auf den Patienten zugeschnitten sein, nicht der Patient auf die Therapie".

Agnes-Sarah spürt, wie der frisch eingezogene Atem ihren Körper lebendig werden lässt. Als sie den Oberkörper aufrichtet, spürt sie auf der rechten Schulter ein warmes Gewicht. Sie blickt hoch in die freundlichen Augen des Mannes, dessen Hand auf ihrer Schulter liegt. „Good", hört sie ihn sagen „You did a good job, Sarah, go on".

Ist Sarah nicht auch die Ehefrau von Abraham, denkt Agnes, dem sie in hohem Alter noch viele Kinder gebar. Und ist Sarah nicht auch die berühmte Mimin Sarah Bernhardt. Woran der Prof wohl gedacht hat?

„Ich bin alleinlebend, I am single", fährt Sarah-Agnes fort und stutzt über ihre eigene Aussage: Was heißt alleinlebend? Bin ich wirklich alleinlebend? Lebe ich nicht ständig in menschlichen Beziehungen – mit ArbeitskollegInnen, mit Nachbarn und Freundinnen? Nur weil ich Wohnung, Bett und Haushaltskasse nicht regelmäßig mit jemandem teile, werde ich zum Single.

Und dann ist da noch meine belebte Innenwelt, denkt sie. Wie von lodernden Flammen angefeuert schlägt ihr Herz plötzlich in wildem Rhythmus. Er! Der Mann meiner Träume, seufzt sie und sieht ihn vor ihrem geistigen Auge: den erfolgreichen Wissenschafter, 58 Jahre alt und seit mehreren Jahren auf einem soliden Platz in ihrem inneren Haus. Während der wenigen Begegnungen sammelte sie all die sinnlichen Eindrücke und geistigen Erfahrungen, mit denen sie dann später seinen Raum in ihrem Gedankengebäude belebte.

Wenn er gestresst und überarbeitet aussah, stellte sie sich vor, wie er bei ihr Ruhe findet. Erfuhr sie von seinen internationalen kollegialen Kontakten, sah sie sich an seiner Seite diskutieren. Dann fühlte sie sich wohl, so wohl, als wären die Fantasien ihre Wirklichkeit für kurze Augenblicke. Sie sehnte sich nach einem Leben in jener Welt, in der er zuhause ist.

Davon jetzt aber kein Wort! beschwört sie sich, auch wenn ihr klopfendes Herz schon auf dem Pullover sichtbar ist. – Agnes wendet sich ganz dem neben ihr stehenden Professor zu, folgt seinen Erklärungen und liest aus seinen Augen. Ob Frau Wagner mich auch so betrachtet, wenn ich Erklärungen abgebe? Ob sie sich auch so eingeschüchtert fühlt wie ich jetzt? – Ich muss das mal ansprechen nächsten Montag.

Die tiefe Stimme, die „Thank you Sarah, thank you very much" äußert holt sie in den Hörsaal zurück und zeigt das Ende des Rollenspiels an. Agnes schickt ihre Sarah-Seite in jenen abgeschirmten Seelenteil zurück, der ihm zusteht. Mit erhobenem Kopf und betont sicherem Schritt bewegt sie sich am Podiumsrand entlang und steigt dann die vielen Stufen zum Hörsaalausgang hinauf. Pause ist angesagt.

Mit der Kollegin vor sich in der Kaffeeschlange spricht sie über das Rollenspiel. Dabei spürt sie, dass ein beruhigender Strom in ihren Körper einzieht. Als sie dann handeln darf und Kaffee eingießt sowie Milch hinzufügt, hören ihre Hände zu zittern auf. Ihre Beine stehen jedoch zu unruhig, um still am Platz stehen zu bleiben. Mit der randvollen Tasse des heißen Getränks schlängelt sie sich an Kollegen vorbei entlang der Betonwände des engen Flures.

Tief aufatmend setzt sie sich schließlich zu einer entspannt wirkenden älteren Kollegin an den einzigen weißen Plastiktisch in einem öden Vorraum. Irgendetwas an diesem Rollenspiel, überlegt sie, hat mich aus der Bahn geworfen. Wenn ich nur wüsste, was es war? – Bevor sie weiter überlegen kann, beugt sich die Kollegin zu ihr hinüber und räuspert sich, so dass Agnes aufschaut. Redefreudig beginnt die Frau ein Gespräch und schildert frühere Erfahrungen in dieser Stadt. Sie erzählt vom Gestern vor der Wende und vom Heute im vereinten Deutschland und verbindet die Person, die sie früher war mit der von heute. Agnes hört interessiert zu und vergisst darüber für kurze Zeit, ihren ungeklärten Gefühlen seit dem Rollenspiel weiter nachzuhängen.

Agnes hört einen Gong zwei Mal schlagen und blickt auf ihre Armbanduhr, die ihr mit großen Ziffern anzeigt, dass die nächsten Vorträge gleich beginnen werden. „Kommen Sie mit zu dem deutschen Prof, der zu krankheitswertigen Beziehungsstörungen redet", fragt sie die Kollegin, die Heike heißt. Als diese bejaht, eilen beide zum Plenumssaal.

Schnell treten sie durch die geöffnete Tür in den Saal, bevor er sich hinter ihnen verschließt. Aus plappernden, schnatternden, dozierenden Stimmen werden langsam flüsternde bis eine Ruhe einkehrt, die Zuhören erleichtert.

Prof. Simmler trägt souverän mithilfe von Power-Point-Präsentation und Mikrofon aus seiner Berufs-, gemischt mit Lebenserfahrung vor. Angesichts der Thematik „Beziehungsstörung und frühkindliche Erfahrung" wird Agnes' innere Verfassung schon wieder erschüttert. Ja, ja, ich vermeide, ich weiss es ja, denkt sie und stützt den Kopf auf die Hand und den Arm auf das Klappbrett vor ihr. Damit niemand sieht, wie sie mit sich hadert. – Ich klage über mein Single-Dasein, aber tue nichts für…

Der Mann ihrer Träume kommt ihr in den Sinn: wie er oben auf einem Podium sitzt mit mehreren Kollegen, die Beine übereinander geschlagen, der Blick schwebt frei durch das Auditorium wenn er redet oder nur zuhört. Habe ich Angst vor Nähe, vor Enttäuschung nur wegen ‚frühkindlicher Verluste oder späterer Enttäuschungen'? Quatsch, in meinem Alter – oder doch? Unruhig rutscht Agnes auf ihrem Sitz herum und blättert dann in der Kongressbroschüre. Vielleicht findet sie dort eine Antwort in einem der Exposés? – Doch kein Wort oder Satz klebt sich an ihre Frage und gibt ihr Erleichterung.

Einzelne Wortfragmente des Vortrags füttern, leiten und begleiten ihre Innenschau. „Vermeidungsziele" anzustreben, erklärt der Seniorprofessor, diene dazu, vordergründig bestimmte Bedürfnisse befrieden zu wollen, jedoch unbewusst entgegengesetzte Strategien zu verfolgen. Zum Beispiel würde ein Mensch alles daran setzen, um der Beste zu werden, doch innerlich sähe er sich seit der Kindheit als Versager. Diesem frühen Leitgedanken entsprechend wird er sich Hindernisse hin zur „Spitze" aufbauen und Scheitern programmieren. Gilt dies auch für mich? fragt Agnes sich. Hindere ich mich mit meiner Schwärmerei für P. an einer beruflichen Entwicklung? Oder umgekehrt: vermeide ich durch hohen beruflichen Einsatz persönliche Nähe? Irgendwie stagniere ich seit einiger Zeit, beruflich und privat.

„Also ich meine", wendet sie sich Heike zu in der kurzen Pause, nach der ein weiterer Vortrag folgen wird, „dass die Kindheit zwar wesentlich prägt, wie der Prof sagt, aber auch die Erfahrungen späterer Jahre. – Ich denke gerade daran, wie ich als Gruppenleiterin vor einem Gremium von Psychocracks geprüft wurde." Während dieser Worte spürt Agnes wie sich ihr Körper erhitzt und ihre Atemluft verknappt, je mehr sie die demütigende Situation bildhaft auffächert. „ Die Prüfer schauten verachtend auf mich, spuckten quasi auf mich, gaben mir das Gefühl, versagt zu haben. Klein wie eine 6jährige vor der neuen Schulklasse habe ich mich gefühlt." Agnes schaut starr zu Boden und Heike hört ihr ruhig zu. „So wie damals: als ich als Neue in eine gefestigte 2. Klasse der Volksschule eintrat. Und noch eine Tafel und Griffel hervorholte, wo alle schon mit Füller übten. Fünfundzwanzig Kinder schauten auf mich." Sie atmet tief ein und blickt jetzt Heike an. „Die Einsamkeit änderte sich zwar glücklicherweise nach einigen Wochen, als eine zweite Neue erschien. Wir waren jetzt als Tandem integriert in die Klasse."

„Hast du dich denn damals als Versagerin gefühlt und bist danach besonders strebsam geworden und gescheitert?", fragt Heike mitfühlend.

„Eigentlich nicht. In der 3. Klasse wurde ich ausgewählt als typisch für ‚befriedigende' Schulleistung." Sie lächelt verschmitzt. „Da hatte ich Heuss mit Adenauer verwechselt. Wurde mir jedoch nicht angekreidet. Beide waren wichtige Politiker der 50er Jahre. Dass ich überhaupt Namen kannte, schien den Prüfern altersangemessen zu sein."

„Und die unterschiedlichen Funktionen von Bundeskanzler und Präsident kennen oft nicht mal Erwachsene", fügt Heike hinzu und steht auf. „Ich geh mir noch schnell ‚n Wasser holen", sagt sie.

Angemessen wäre es gewesen, mir als erwachsene Gruppenleiterin das Zepter nicht aus der Hand nehmen zu lassen, denkt Agnes weiter, selbst wenn Ängste dazwischenfunken. Meinen Schutzpanzer anzulegen. Verantwortung zu tragen selbst in Situationen, in denen ich nur als Handlanger der Könige auftrete.

„Weil ich damals aus dem ‚Königspalast hehrer Wissenschaft' flüchtete, und mich in die vertraute Stube meiner kleinen Praxis zurückgezogen habe, bleibt mir jetzt nur die Sehnsucht," beichtet sie Heike, während sie einen Sitz weiterrückt, um der Zurückgekommenen Platz zu geben.

Agnes sieht in Gedanken den unerreichbaren Dr. Paul Savorski vor sich, wie er auf einem Podium läuft und redet; gleichzeitig spürt sie die Sehnsucht nach einem ‚Palastleben' im Elfenbeinturm der Wissenschaft. „Ich bewege mich in den Kellergewölben aber es zieht mich etwas mit Macht hinauf. Wenn die Angst vor dem Versagen, der Blamage nicht wäre….", gesteht sie. Und Heike nickt verständnisvoll dazu.

Immer noch innerlich erregt steht sie auf, dehnt sich und hebt beide Arme in die Höhe, um den angespannten Rücken zu entlasten.

Der berufserfahrene Ehe- und Familienberater Ludwig Seiters sitzt gelangweilt in der obersten Sitzreihe nahe am Ausgang des Hörsaales. Er tippt mit den Fingern auf seinen Oberschenkeln nach einem inneren Rhythmus. Eigentlich hält ihn nichts hier außer der Verpflichtung gegenüber seinem Arbeitgeber, einem großen Wohlfahrtsverband. Er soll aktuelles Wissen über psychische Erkrankungen und deren Behandlung erwerben. Schließlich gingen immer mehr Ehen wegen Beziehungskonflikten in die Brüche. Die Partner würden dann depressiv oder waren es vorher, was sich dann noch verstärken würde.

Er lehnt sich vor und blickt eher gedankenlos auf die unteren Reihen, die vor allem mit weiblichen und jungen Kollegen gefüllt sind. Da seine Sitznachbarin gerade zurückkommt und einen angenehm orientalisch-erdigen Geruch verströmt, beginnt er ein Gespräch mit ihr: „Typisch, es sind mal wieder Männer, die Reden halten und Frauen, die zuhören."

„Dann sind Sie ja hier eine Ausnahme", kontert sie. – Dabei spürt er einen leichten Stich in Herznähe, was ihm zeigt, dass er immer noch kränkbar ist. Er hat es nicht so weit gebracht, wie andere von ihm erwarten: vor allem seine Frau. Versager, Angsthase, ich verplempere meine Zeit mit Nebensächlichem – diese Worte drängen sich ihm auf.

Mit einer heftigen Handbewegung streicht er sich eine kleine Haarsträhne aus dem Gesicht und wischt gleichzeitig die selbstabwertenden Gedanken fort. Aus dem Augenwinkel bemerkt er eine plötzliche Bewegung weiter unten in den Stuhlreihen. Zwei Arme recken sich und strecken sich, um sodann wieder zurück zu fallen und zu verschwinden. Seine Aufmerksamkeit gilt dem dazugehörigen Hinterkopf. Er kommt ihm bekannt vor. Sein Herz klopft jetzt heftiger und die Hände werden feucht vor innerer Erregung. Wie auf einem Foto klar und präzise sieht er: sich selber sitzend auf Steinstufen vor dem prächtigen Dom. Weiter unten die Frau mit diesem Hinterkopf in einer lasziven Körperhaltung ans Treppengeländer gelehnt: umhüllt von beinahe sakraler Atmosphäre, einem hellblauen Sommerhimmel und leisen menschlichen Stimmen. Wie eine Fata Morgana ist das Bild in seinem Gedächtnis abgelegt. Ludwig schließt die Augen und träumt sich in diese weltentrückte Szene zurück.

Hungrig stürzt Agnes aus dem Hörsaal, geradewegs hin zum Mittagsbuffet. In der Warteschlange ist sie eine der Ersten. Einen Porzellanteller, gefüllt mit Chilly con carne auf Nudeln, überbackenen Käsehäppchen und einzelnen Salatblättern, stellt sie gleich in der Nähe auf einem runden Stehtisch ab. Schweigend genießen sie und zwei weitere Frauen die sinnlichen Freuden. Keiner ist nach Diskutieren zumute.

Während Agnes zum Nachtisch eine Orange schält, fällt ihr der Titel einer Geschichte der Philosophin Hélène Cixous ein: Die Orange leben. „Sag mal", stößt sie die ihr unbekannte Tischnachbarin an. „Erinnern Sie sich an die verrückten Ideen Anfang der 80er Jahre, als die französischen Denkerinnen ‚in' waren?"

„Nein", antwortet diese nach kurzem Zögern. Und während sie weiter kaut fragt sie: „Was war da Besonderes?"

„Die hatten eine neue Herangehensweise, um Dinge zu erfassen und zu beschreiben: nicht rational, von außen. Die Frucht in der Hand, an die Nase geführt, mit den Lippen berührt und den Gedanken umsponnen wurde die Orange Teil der Person, die ihr begegnete: Die Orange in mir, was sagt sie mir, wie teilt sie sich über meine Sinne und meinen Geist mit? Wie finde ich Worte?" – Ihre Stimme ist lauter geworden, so dass vom Nachbartisch schon herübergeschaut wird. Da die eigentlich Angesprochene nicht sehr interessiert erscheint, dämmt Agnes ihren Redefluss.

Sie zieht sich wieder in ihre Innenwelt zurück. Eine verrückte Geschichte aus anderen Zeiten. Aus der Zeit, als die kleinen Bücher des Merve-Verlags spannender waren als die großen blauen Bände, die alle an der Uni lesen mussten.

Merve. Das Bild einer kräftigen Frau mit halblangen dunklen Haaren und selbstbewusstem Auftreten taucht aus dem Hintergrund auf. Die Frau, die in der Institutsbibliothek ausgeholfen hat. Nach der der Verlag benannt wurde, ihr Verlag. Sie starb Anfang der 80er Jahre und damit die besondere Prägnanz des Verlages. Agnes beißt vorsichtig in einen unförmigen Orangenschnitz, wobei einige klebrige Tropfen über ihr Kinn rinnen, um dann auf dem Stehtisch zu enden.

‚Le lieu, qu'elle occupe': der Raum, den ein Mensch im Innenleben eines anderen einnimmt, diesen Topos habe ich damals von der Irigaray übernommen. Weitere Schnitze zermalmt Agnes genießerisch ohne den süßen Saft tropfen zu lassen. Dann hält sie sich ein Orangenstückchen vor die Nase, um es zu beriechen und seine intensive Feuerfarbe näher vor den Augen zu haben.

Begreifen – das Wort gefällt Agnes: eine Frucht, einen Menschen. Etwas ertasten und mit allen Sinnen erfassen dürfen ist so schön. Jemanden so umfassend erfassen dürfen. Ihn. – Sie spürt, wie ihre aus dem Seelenbasement hervorkriechende Sehnsucht ihr den Atem nimmt und doch gleichzeitig die Brust weitet. „Ah, mmh" seufzt sie – und es könnte ebenso der Orange gelten wie Ihm. Wo bist du? Wirst du morgen wirklich da sein? Werde ich dich morgen sehen? Einen Blick geschenkt bekommen, ein Kopfnicken, ein Zeichen des Erkanntwerdens? Agnes lächelt wie beseelt und gesteht sich diese gut sichtbare Regung zu. – Und wenn du nicht kommst, wie werde ich das verkraften? Sie seufzt tief auf und sieht sich im Zug nach Hause sitzen, bei Regenwetter und mieser Laune.

Zur Beruhigung spricht sie sich lautlos einige Zeilen vor, die sie dereinst aus einer sehnsuchtsvollen Stimmung heraus verfasst hatte. ‚Der Raum, den P. in meinem inneren Haus einnimmt, duftet blau und rosa und durchsichtig nach Sehnsucht. Bin ich obenauf, zieht meine Nase eine Sphäre voll Schwerelosigkeit ein, benetzt mit weichen Tautropfen, die sich leichtgewichtig im Raum bewegen. Bin ich jedoch unten am Boden, drückt der Geruch schwerer Erdschollen unter schwarzem Regenhimmel auf mein Gemüt'.

Sie sieht sich im Halbdunkel auf braunen, groben Ackerschollen liegen – unbekleidet – fühlt körperlich die Kühle der Erde, riecht ihre Schwere, fühlt sich in der vom Körper geformten Kuhle geborgen; auch ängstlich und beklommen, im Gedanken daran, dass sie selber irgendwann zu Erde werden wird.

„Wer ist der nächste Referent?" hört Agnes nahe an ihrem Ohr und wird mit dieser Frage in die Wirklichkeit zurück geworfen.

„Mal gucken", sagt sie. Gucken, sehen ist nur eine Art, um Dinge und Menschen zu erkennen.

Sie überprüft den Tagesplan des Veranstaltungsprogramms. „Da kommen diese verschiedenen Workshops dran nach der Pause", sagt sie „was haben Sie gewählt?"

„Ich wollte mehr über die Bremer Untersuchung zu Belastungen von TherapeutInnen hören", antwortet die Kollegin. „Eigentlich kennen wir das ja alle. Dieses ständige Hineinversetzen in Andere und sich selber zurücknehmen. Da muss man ganz schön aufpassen, dass man nicht jedes Drama mit nach Hause nimmt. Mein Mann sagt schon immer: Hör doch endlich auf, dich selbst zu belauern." Mit einer Kopfbewegung, die seine Ignoranz auszudrücken scheint und einem Zungenschnalzen bringt sie Agnes zum Lächeln. „ Andererseits gehört Achtsamkeit auch für sich selber zum Handwerkszeug."

„Und wieso gehen Sie denn jetzt noch in den Vortrag, wenn Sie schon so versiert sind", fragt Agnes amüsiert.

„Mit wissenschaftlichen Daten kann ich dann besser argumentieren in der Öffentlichkeit", antwortet die Kollegin, während sie ihre geräumige Handtasche nimmt und Papiere darin verstaut. „Und was machen Sie", fragt sie, schon halb im Gehen.

„Ich, ach ich bin noch so mit mir beschäftigt, dass ich gar kein Ohr für Theorien habe. Angemeldet habe ich mich für den Workshop zu Depressionen. Aber eigentlich weiß ich schon alles", sagt Agnes und schränkt ein „oder doch sehr viel. Was kann da noch kommen? Mein Praktikerinnenwissen reicht für den Arbeitsalltag aus." Aufmunternd fügt sie hinzu: „Wir müssten unser Erfahrungswissen besser in die Forschung und Lehre einbringen".

Die Tischnachbarin nickt zustimmend und verabschiedet sich dann mit einem leicht hingeworfenen „Bis später".

Wieso habe ich denn jetzt schon wieder missioniert und für forschende Praktikerinnen geworben? „Ich müsste mir endlich selber einen Schubs geben und öffentlich reden", murmelt sie selbstkritisch.

„....dass ich Sie anspreche. Könnte es sein, dass wir uns kennen?"

Aus dem Augenwinkel hat Agnes noch mitbekommen, dass ein Mann zu ihr gekommen ist und zu reden anfing, aber dass es ihr galt, bemerkte sie zuerst nicht. Mittelgroß, mit leicht grauem gepflegtem Bart, Jeans und irgendetwas Dunklem als Oberteil, nimmt sie wahr. Muss ich ihn kennen? Wieso spricht er mich hier an, denkt sie und sagt dann irritiert lächelnd: „Sorry, ich äh, ich wüsste jetzt nicht, wo ich Sie hinstecken soll".

„Kann es sein, dass Sie am Tag vor dem Papstbesuch am Mariendom gestanden haben, alleine, und irgendetwas Rotes anhatten?" – Als sie nicht antwortet, fährt er fort: „Es war ein wunderschöner, warmer Spätsommertag und die Atmosphäre flirrte von Wärme und Erwartung des Kommenden. Menschen waren wie in Trance in jenen Tagen. Ich übrigens auch."

Dom, rote Kleidung, Papstbesuch, Sommerhitze – das war doch diese Fachtagung, bei der P. auch war. Und dieser Mann hier – was hat er damit zu tun. „Ich war im Trubel rund um den Dom. Das kann gut sein, dass Sie mich gesehen haben. Sind Sie für den Papst gekommen?" hakt sie nach, um sich aus dem Erinnerungsfeld um P. herauszuziehen. Denn schon spürt sie wieder Anzeichen einer nahenden Sehnsucht.

„Nein, ich nicht, aber meine Frau. Ich habe sie nur begleitet. Ich saß auf den Treppenstufen und Sie waren um einiges weiter unten ans Geländer gelehnt." Ludwig nutzt die Schweigepause für einen ‚Bodyscan': aber lasziv ist sie nicht, eher unauffällig – und doch attraktiv. Ist sie schon über sechzig oder gerade so?

Der Mann hat ein gutes Gedächtnis, Donnerwetter, denkt sie. „Und was machen wir jetzt mit dieser Erkenntnis?" Agnes tritt zwei Schritte zurück, um den an ihr vorbeiströmenden TeilnehmerInnen aus dem Weg zu sein. Sie zieht Ludwig leicht am Ärmel in ihre Richtung.

„Wir könnten mal schauen, ob es noch mehr Gemeinsamkeiten gibt", antwortet er forsch mit Blick auf seinen Arm. Doch als er sie zusammenzucken sieht, schränkt er ein: „Später vielleicht. – Sie haben jetzt sicherlich etwas vor".

Klar, meinen wahrscheinlich langweiligen Workshop zu Depressionen, denkt Agnes. Trotzdem möchte ich jetzt nicht mit diesem Bärtigen plaudern. „In welchen Workshop gehen Sie denn", fragt sie vorsichtig, in der Hoffnung, dass es nicht „Depression" ist. Nein, ist es nicht. – Sie fädelt sich in den Strom der Hörsaalsuchenden ein und lässt den ihr nachschauenden Ludwig zurück.

Agnes steht mitten im Impulsreferat zu „Depressionen" auf, greift gleichzeitig Tasche und Jacke und bittet die Sitznachbarinnen, sie aus der Reihe treten zu lassen. Leise schließt sie die Hörsaaltür, vor der zwei Tagungshostessen mit den Headphones stehen. „Ich brauchte keine Übersetzung", sagt sie auf die fordernde Geste der kleineren von beiden hin. Die größere lächelt freundlich, woraufhin Agnes ihr ein Kompliment über ihr Outfit macht. – Die Mädels sind seit 8 Uhr früh in Aktion, immer noch tadellos gekleidet und geschminkt, mit helfender Hand für alle desorientierten TeilnehmerInnen – und dann lächeln sie noch freundlich. Das könnte ich nicht, denkt Agnes während sie an den grauen Waschbetonwänden entlangläuft. So nett sein den ganzen Tag. – Zickig sei ich manchmal, launisch, himmelhoch jauchzend zu Tode betrübt, kühl. Na ja, auch mal warmherzig und mütterlich. Und eine depressive Seite habe ich sowieso – die Sarah. Professor Huntington und seine Namensgebung verändern ihre zuvor selbstzufriedene Stimmung. Dieser Mistkerl! Ich heiße Agnes – wie die heilige Agnes mit dem Lämmchen, nicht wie eine Sarah aus der Bibel, zürnt sie innerlich.

Geistig ermüdet setzt sie sich auf einen Treppenabsatz, der die Vorhalle mit einem halben Plateau verbindet. Sie lehnt sich an das Geländer, hinter dem ein Tisch mit Getränkeflaschen und Gläsern steht. Eine Hostess schenkt ihr ungefragt Orangensaft ein – auch sie lächelt und Agnes lächelt zurück. Um sie herum wickelt sich das Backstage-Geschehen des Fachkongresses ab.

Es wirkt auf Agnes als angenehm beruhigende Geräuschkulisse:

„Was für'n Dreck die hier immer machen", hört sie eine Hostess sagen, „also das kann ich nicht verstehen. Also, die Gläser mit rein zu nehmen, anstatt die hier abzustellen. Die lassen die irgendwo auf dem Boden stehen, derweil kann man doch einfach zu dem Tisch da hingehen und die abstellen. Das ist doch kein Weg." „Ach sag mal", beginnt eine andere Stimme, „guck mal der da vorne. Der sieht doch ganz nett aus. Ob das auch ein Psycho ist?"

Agnes dreht sich zu den Stimmen um und folgt dann deren Blicken. Zwei Hostessen schauen beide auf einen wuschelhaarigen Mitzwanziger, der aus einer Dreiergruppe junger Männer durch eine selbstbewusste Haltung auffällt. Und durch seinen eloquenten Redefluss, mit dem er die anderen unterhält. – „..diese Ausbildungsdebatte nimmt doch kein Ende. Seit Jahren wollen wir als PiA's[2] ordentlich bezahlt werden, so wie die Ärzte in Ausbildung. Doch Bundesregierung und Lobbyisten und Ausbildungsinstitute und Kammern – alle diskutieren und feilschen und kommen nicht zu Potte. Doch jetzt tut sich endlich was, mit dem neuen Gesundheitsminister." Der Redner setzt sein Wasserglas auf dem Stehtisch ab, die Männer stapeln ihre Porzellanteller mit den Essensresten übereinander und wenden sich dann – weiter debattierend – dem Hörsaal ihrer Wahl zu. Sie werden aufgesogen im Strom der eilenden Nachzügler,

---

[2] PiA = Abkürzung von „Psychotherapeuten in Ausbildung", d.i. die mehrjährige Zusatzqualifizierung von zumeist PsychologInnen zu PsychotherapeutInnen.

welche die Nachmittagssonne im Vorhof zu lange genossen haben.

Agnes schaut ihnen nach wie einem Zug von Wildenten, die im Frühjahr und Herbst laut schnatternd über ihr Haus fliegen. Dabei verfängt sich ihr Blick am unruhigen Treiben vor dem Rezeptionstisch: Zwei Mitglieder aus dem Veranstalterteam räumen Papierstapel aus einem Trolley und übergeben diese der Hostess am Infostand. Sie weisen die Frauen an, jedem neu ankommenden Teilnehmer ein Paper an die Hand zu geben.

Ein Techniker tritt hinzu und fragt, ob er die Lüftung im großen Hörsaal wieder anstellen darf, denn man habe sich beklagt. „Wenn die Luft so schlecht ist, dann machen Sie dies bitte", wird ihm geantwortet.

Die Leiterin des Cateringteams nimmt die Gelegenheit wahr, die Teammitglieder auf den Mangel an Servietten hinzuweisen, was aber nicht an ihnen läge. „Dann müssen die sich eben die Finger waschen gehen", ist die Schlussfolgerung aus dem Hygienedefizit.

Die attraktive Frau vom Software-Stand lehnt sich nach ausführlicher Beratung eines Interessenten entspannt zurück und trinkt aus einem großen Pott mit Firmenemblem. Ihrer Miene nach zu urteilen ist der Kaffee kalt oder ungenießbar.

Agnes spürt jetzt die Kälte der steinernen Treppenstufe und schiebt sich die Kongressbroschüre unter den Po. Sie nippt am Orangensaft und kaut dann am Strohhalm, schaut gelegentlich aus einem Fenster in einen begrünten kleinen Innenhof. Dabei fallen ihr Therapiesitzungen mit depressiven Patientinnen ein:

wie sie zusammengesunken auf dem Praxissofa sitzen und sich quälen mit dem veränderten „Ich". Nichts geht mehr so richtig. So lethargisch, wie sie bei ihr sind, so antriebslos sind sie auch zuhause. Sie erkennen sich nicht mehr wieder und schämen sich dafür, dass sie jetzt so sind. Oft sind sie in Übergangsphasen, in denen Abschied nehmen und Loslassen von Menschen, Objekten oder Situationen angesagt wäre. Doch passiert dies nicht von alleine, ohne Mühe und innerer Auseinandersetzung. Zahllosen Gedanken muss gefolgt werden und sich vielen unterschiedlichen Gefühlen gestellt, bevor sichtbar wird, wie neue Wege aussehen könnten.

Agnes stellt das geleerte Glas neben sich, streckt ihr Rückgrat, wobei sie tief durchatmet. – Meine ‚Sarah'-Erfahrungen helfen mir schon bei der Arbeit. Denn nur die Wissenschaft – nein, die reicht wahrlich nicht aus, um Menschen zu begreifen. - Agnes lässt den Blick absichtslos schweifen und bleibt dann an dem kleinen Bücherstand hängen, der hinter dem Getränketisch aufgebaut ist. Sie steht auf und geht zum Büchertisch, um den jetzt zur Vortragszeit nur wenige Interessierte stehen und blättern. Zur Buchhändlerin, die gerade einige Bände umgruppiert, sagt Agnes: „Es gibt so viele depressive Menschen in der Welt, so viele Fachbücher und Romane von hochdepressiven Frauen!"

Die Händlerin blickt irritiert hoch, überlegt einen Moment und sagt dann: „Denken Sie an Virginia Woolf? Oder die ‚Anna Karenina' von Tolstoi? – Die haben wir leider nicht am Stand hier."

„Nein, nein, ich wollte nur…" Agnes schüttelt den Kopf und macht eine ablehnende Geste der linken Hand. Die Buchhändlerin gruppiert ihre Bücher weiter und Agnes steigt die wenigen Stufen zur Vorhalle hinab, um sich von dem sonnigen Innenhof anziehen zu lassen. Weinlaub rankt sich eine rote Ziegelwand herauf. Der Geruch von frisch gemähtem Gras vermischt sich mit warmer Luft. Auf einer bequemen Holzbank sitzend, mit Spätsommersonne im Rücken, die Augen geschlossen, genießt Agnes ihre vortragsfreie Zeit.

„Grüß dich Agnes", hört sie eine Männerstimme neben sich, während zwei behaarte Arme ihre Schulterpartie umfassen.

„Hasso, dich habe ich lange nicht mehr gesehen. Was machst du denn hier?" fragt sie. „Das letzte Mal – ist genau ein Jahr her. Auf der prunkvollen 10-Jahres-Feier im Schloss."

„Wir sind auf keinem der Fotos drauf, die verschickt wurden. Wo wir uns doch so gut unterhalten haben", sagt er. „Und du sahst super aus in deinen Highheels und dem kleinen Schwarzen."

„Ich war an dem Abend auch sehr, sehr glücklich. Alles hat gestimmt – die Wärme, der barocke Ort, die Menschen." Sie hatte an diesem Abend auch mit P. gesprochen. Doch will sie sich jetzt keinesfalls an ihn erinnern. „Und zwei Glas Sekt und ein halbes Glas Rotwein – das trinke ich auch selten an einem Abend. – Habe ich mich übrigens irgendwie daneben benommen?" fragt sie.

„Ganz und gar nicht!" antwortet ihr alter Freund und setzt sich neben sie auf die Bank. So sitzen sie Schulter an Schulter, eingebettet in den warmen Duft von Gras und Kräutern. „Der Minister war andauernd abgelichtet. Und der Hofstaat natürlich", sagt er lachend. „Die haben den ganz schön hofiert, obwohl allen klar war, dass er die nächste Wahl nicht übersteht. – Aber so ging's ja auch schon mit dem vorherigen. Mal sehen, ob sich der Neue länger halten kann."

„Politische Lobbyarbeit kann ganz schön erschöpfend sein", merkt sie an, „aber sie führt unseren Beruf in die Sphäre der Seriosität, die ihm zusteht. Hättest du das gedacht vor … 30 Jahren, als wir noch studiert haben, dass wir mal mit einem Minister an einem Tisch sitzen werden und unsere beruflichen Forderungen einbringen?" Lachend korrigiert sie sich: "Na ja, wir zwei saßen ja nur am Katzentisch, aber immerhin."

„Apropos", beginnt Hasso mit leiser zögernder Stimme und blickt Agnes kurz an, bevor er langsam fortfährt: „Kann ich dir was sagen. Was Ernstes?"

Agnes Rücken versteift sich, doch sie nickt.

„Er hat eine Neue".

Die Luft vereist im Brustkorb, im Magen lagert ein Stein. Sie blickt auf ihre Hände im Schoß: „Woher weißt du…?"

„Sein Vortrag letzten Monat in Köln."

„Und wie ist sie?"

„Lange schwarze Haare. Zwanzig Jahre jünger sicherlich. Juniorprofessor."

„Nein. Das kann nicht sein!" Agnes holt tief Luft, streicht verwehte Haare aus der Stirn, steht auf und stellt sich vor Hasso. „Das glaube ich nicht. Die ist gar nicht sein Typ."

„Woher willst du das wissen?", fragt Hasso zurück. Denn Agnes hat ihm, als einzigem Kollegen, von P. erzählt – aber nie Details von möglichen Frauenbeziehungen erwähnt. „Warum glaubst du mir nicht? Warum sollte ich dich belügen. Es tut mir doch selber weh. Du weißt, wie sehr ich ihn dir gönne." – „Komm setz dich wieder", sagt er und zieht sie an beiden Armen herunter auf die warme Holzbank. In seiner Jacketttasche findet er ein Herrentaschentuch, das er ihr reicht.

„Genug mit Sehnsucht und Tränen", wagt er den Vorstoß. „Ich finde, du müsstest endlich mal Nägel mit Köpfen machen und dich outen".

Agnes schnäuzt sich umständlich und schüttelt dann den Kopf. „Ich kann nicht. Wie soll ich das denn machen? – Außerdem bin ich viel zu alt, und nicht so hübsch, und keine Professorin und…" Agnes merkt selber, dass ihre selbstmitleidigen Tiraden sie an konstruktivem Denken hindern.

Und Hasso befiehlt: „Wir lamentieren jetzt aber nicht, dazu ist das Wetter zu schön. Lass dir was einfallen." – „Du siehst ihn ja morgen", fügt er hinzu. „Bis dahin ist doch eine Ewigkeit für kreative Einfälle."

Agnes lächelt und legt ihre Hand auf seine rechte Schulter. „Du bist wirklich ein guter Freund", sagt sie leise.

Sie gehen zurück zum Hauptgebäude. Als sie sich trennen, ruft er „Ciaou, Bella" und wedelt stilsicher mit einer ausladenden Handbewegung einen leichten Kuss herüber.

Die Gesundheitspolitik hat ihn mir beschert, erinnert sich Agnes, während sie die grauen Flure entlang läuft zum Personenaufzug. Das waren Gefühle … unerklärlich. Etwas Vertrautes und Wärmendes vermischt mit einem Erschrecken wie vor einer Tsunamiwelle. Diese wenigen Minuten haben mich aus dem inneren Gleichgewicht gebracht. Ich kann mich an nichts weiter erinnern, außer an ihn. – Völlig verrückt. – Später erst sah ich ihn dann von nahem. Manchmal war sein Gesicht überzogen von einer eisernen Härte, die seinen eigentlich weichen Zügen übergestülpt erschien. Wie bin ich da zusammengezuckt! – Agnes drückt auf den roten Knopf, um den Aufzug zu rufen.

Ja, und dann fielen mir Fritz und Rainer ein. Die beiden haben mir damals auch so ein Herzklopfen bereitet. Äußerlich ähnelt P. wirklich dem Rainer. Schade, dass der in seinem kleinen Dorf versackt ist.

Agnes zieht aus ihrem inneren Bilderarchiv ein Leporello mit ihm und ihren ersten jungfräulich-erotischen Erfahrungen. Nach einer Weile klappt sie es zu.

Dann lässt sie einen Bilderbogen mit Fritz aufscheinen, dem P. vom Wesen her ähnlich ist: Ihr Sportlehrer im Turnverein verhalf mit vielem Augenzudrücken zum Fahrtenschwimmer-Abzeichen. Richtig Schwimmen konnte sie damals nicht, sondern strampelte irgendwie durch das gechlorte Wasser. – Er ist vergangenes Jahr gestorben, 600 Kilometer weit entfernt, und sie legte eine Blume an sein Grab.

Agnes schließt die Augen für eine Weile und spürt den Schatten, auch den auf ihrer Seele. – Der Klingelton der sich öffnenden Aufzugstür führt sie in die Wirklichkeit der Universitätsflure zurück. Sie steigt in den Aufzug und lässt sich tragen.

Wundert es mich noch, dass P. eine besondere Bedeutung für mich hat, sinniert sie. Mit so vielen Projektionen überzogen, ist es schwierig, ihn darunter zu erkennen. Und die Begegnungen mit ihm sind über die Jahre so wenige gewesen. Ich habe ihn kaum kennenlernen können. – Und doch möchte ich es unendlich gerne. Ob er morgen wirklich kommt? Ob unsere Augen sich nur einen Blick lang begegnen werden?

Wenn nur diese schmerzende Sehnsucht nicht wäre!

Schluss jetzt! denkt Agnes und entsteigt dem Lift im obersten Stock. Sie geht auf eine mit dunkelroten Astern und gelben Chrysanthemen umgrenzte Terrasse, sieht einen Topf voller Lavendel und pflückt eine Rispe. Sie zerreibt sie zwischen den Fingern und zieht den strengen Duft ein. Sinnlich begreifen, anfassen, das tut gut.

„Jetzt bin ich wieder bereit für die Wissenschaft", sagt sie sich und beschließt, die letzte Viertelstunde in jenem Workshop zu verbringen, den sie vorzeitig verlassen hatte.

Sinnvolles Leben

Am späten Nachmittag strebt Agnes ihrem nahegelegenen komfortablen Hotel zu, um sich dort auszuruhen. Sie will für das Fest abends wieder fit sein.

In ihrem Zimmer angekommen, stellt sie erst ihren Rollkoffer ab und öffnet dann ein Fenster, um mit tiefen Atemzügen die warme Stadtluft einzuziehen. Jetzt spürt sie die Müdigkeit eines anstrengenden Tages in allen Gliedern. Sie schlägt die Zudecke zurück und kuschelt sich – trotz der für Spätsommer hohen Außentemperaturen – in den weichen Schutzraum ein. Gerade noch schafft sie es, den Wecker auf 19.30 Uhr zu stellen, dann gleitet sie über in einen Zustand zwischen Schlafen und Wachen, zwischen Tag und Traum. Gefühlsüberladene Erinnerungen vermischen sich mit aktuellen Tageseindrücken.

Hauptakteurin ist die depressive Frau, die sie damals war – Agnes' Sarah-Seite. Die hatte sie lange Zeit gelebt: in der emotional festgefahrenen Partnerbeziehung und in dem auslaugenden Alltagstrott ihrer Berufsarbeit. Weder Medikamente noch gute Freundinnen konnten den dunklen Schatten der ‚Sarah' wesentlich erhellen. Mit Hoffnung auf Entdecken eines wieder sinnvollen Lebens fuhr Agnes in den Süden.

Südfrankreich im August, leicht hügelige Vorpyrenäen-Landschaft, bewaldet, dazwischen Wiesen, berauschend duftende Lavendelfelder, strahlende Sonnenblumen-Äcker – paradiesisch einsam. Eine erdfarbene Lehmhütte mit Holzterrasse steht unauffällig und geschützt zwischen Bäumen, vielerlei Büschen, auf einem kleinen Plateau. Rechts daneben eine Wasserstelle, das ist ein Wasserhahn an einem langen Schlauch, der zu einer entfernten Quelle führt. Links von der Hütte, etwas im Wald versteckt, steht eine aus alten Brettern zusammen genagelte Toilette. Ein Pfad führt nach einigen Metern zu einer improvisierten Brücke aus grauem Holz, auf der nur eine Person mit Gepäck den kleinen Bach überqueren darf.

Als Sarah ihre Reisetasche, den Wanderrucksack und die Einkaufstüte der Metro aus dem weiter oben am Berg geparkten Auto über diesen Steg tragen will, überkommen sie ängstliche Gefühle: wird er mich halten oder stürze ich ab? Wer wird mich finden hier in der Einöde? Doch ein Zurück gibt es nicht. Wenn ich für einige Zeit abgeschieden in dieser Hütte über mein Leben nachdenken will, muss ich die Brücke überschreiten. – Wie viele Schritte bin ich bislang schon gegangen, um meine Depressionen zu überwinden?, denkt Sarah und setzt den ersten Schritt auf die morschen, von Rissen durchzogenen Holzplanken. Ihr Herz klopft heftig. Die linke Hand tastet sich am ausgebleichten Geländer zitternd weiter, während der Körper mit kleinen, die Gefahrenlage abwägenden Schritten dem Brückenende zustrebt.

Mit dem Überqueren dieses friedlich plätschernden Bergbaches über eine schwankende Holzbrücke ist Agnes jetzt auch seelisch an neuen Ufern angelangt.

Die Hütte ist ein Traum. Fünfzehn Quadratmeter gerundeter Raum, mit Fensterblick überall in die pure Natur. Sarah wirft ihre Taschen auf ein großes Bett aus Stroh mit warmen Decken drüber. In der Ecke sieht sie ein holzbetriebenes Öfchen. Ein gasbetriebener Zweiplatten-Herd steht auf einem offenen Regal; auf dessen Brettern lagern Schüssel, Töpfe, Teller, Besteck. Sie hebt einige Nahrungsmittelreste von Vorgängern hoch: Zucker, Mehl, Olivenöl. Zusammen mit ihrer mitgebrachten Nahrung, der Kleidung und wichtigen Utensilien würde sie hier gut einige Zeit leben können.

Vor der Hütte berührt ein sanfter, lauer Wind ihr entspanntes Gesicht und die unbedeckten Arme. Die ersten Schritte zur Umrundung der Hütte lassen Zweige und Laub auf dem Pfad knistern; in der Mittagshitze ist kein Vogel zu hören, kein Tiergeräusch in der Nähe. Obwohl es sicherlich Echsen und Schlangen, Greifvögel und Bergziegen geben wird, hofft sie. Vielleicht auch einmal Pferde, die von irgendwoher ausreißen?

Voller Erwartung angesichts des Kommenden setzt sie sich im Schneidersitz auf die kleine Holzterrasse und trinkt den Rest Tee aus der Thermoskanne. Mit einem tiefen Seufzer legt sie sich dann auf die unebenen Dielen des Bodens. Mit einem Kissen unter dem Kopf und dem beschattenden Zweig über ihm schwebt sie in einen mittäglichen Schlaf.

Später am Tag liest sie gerade in einem zurückgelassenen Schmöker über die Päpstin Johanna, als plötzlich ein merkwürdiges knabberndes Geräusch aus den Büschen hörbar wird. Erschreckt schaut sie in die Richtung, aus der es kommt, sieht jedoch nichts. – Wieder das Geräusch! Sie steht auf und geht barfuß zu den Büschen hin – nicht ohne einen herumliegenden Stock zu ergreifen. Sie spürt die Erregung im ganzen Körper und doch bleibt ihr Kopf klar: Ein wildes Tier kann es nicht sein; eine Schlange wäre nach ihren Schritten schon geflüchtet; Raubtiere gibt es, zumindest im Sommer, hier nicht. Und ein Mensch? Der hätte sich schon gezeigt. Dann trippelt aus dem Grün der Büsche eine hübsche weiße Bergziege und nähert sich Sarah zutraulich.

Eigentlich mag sie Ziegen nicht gerne anschauen, da sie so unergründliche Augen haben. Doch dieses weiße Geschöpf ist ein Geschenk der Natur. „Du bist jetzt mein Haustier", sagt sie. „Du wirst mich beschützen und mich lehren, in der Natur zu leben". – Sarah streicht behutsam über das raue Fell der Ziege, die wiederum mit ihrer Nase an ihre Knie stupst.

Durch die Ziege und mit ihr lernt Sarah Geräusche zu unterscheiden; sie lernt diese einzuteilen in ständige, Tageszeit bedingte, besondere und einmalige. So ahnt sie das Nahen ihres Zickleins schon bevor sie es sehen kann.

Hätte ich das vor Monaten gedacht, dass ich einmal wieder fröhlich sein könnte bei einem Besucher, der nur meckert?, spöttelt sie nach einigen Tagen in der Einöde. Und Johann, was er zu seiner depressiven Ehefrau sagen würde, wenn er sie hier sähe – mich mit meiner Ziege auf der Terrasse; mit Ameisen, die ihre Spur hinter dem Holzlager ziehen; mit Blindschleichen und Käfern auf dem Weg zum Naturklo und Eidechsen auf besonnten Steinen. Wenn er sehen würde, wie ich morgens in der Kühle und abends bei Sonnenuntergang meditiere auf dem kleinen Hügel und dabei Töne singe…? - Sarah stimmt eine C-Dur-Melodie an, die sie weiter improvisiert, während sie vor sich hin lächelt – so, als hätte sie ihrem Ex einen Streich gespielt. Als wär sie nie depressiv gewesen an seiner Seite.

Sie erinnert ein Gedicht, das ihr Auftrieb gegeben hatte in düsteren Stunden. Leise spricht sie es vor sich hin:

Wen es trifft

„Keine Katze mit sieben Leben,

keine Eidechse und kein Seestern,

denen das verlorene Glied nachwächst,

kein zerschnittener Wurm

ist so zäh wie der Mensch,

den man in die Sonne

von Liebe und Hoffnung legt."[3]

Eine Woche nach Ankunft macht sich Sarah frühmorgens auf ihren ersten Erkundungsgang, der sie aus dem Blickfeld der Hütte trägt. Sie folgt dem kurzen Pfad zur hölzernen Brücke, die sie immer noch mit einigem Zittern beschreitet. Dann überquert sie eine kahle Wiese, steigt einen breiten Pfad hinauf, der sie auf die Anhöhe bringt, auf der ihr Auto unter einem Schatten spendenden Baum ruht. Nichts hat sich geändert seit ihrer Ankunft, was sie erleichtert feststellt. Mit Nahrung und Getränk im Gepäck, gutem Schuhwerk und Sonnencreme auf Gesicht und Armen, fühlt sie sich bereit für eine längere Wanderung. Mit einem tiefen Atemzug saugt sie die umschmeichelnd warme Luft in sich ein.

Dann schlägt sie jene Richtung ein, aus der in der Ferne Pferdegewieher herüberdringt: kaum zu hören zwischen dem Summen von Bienen, Zirpen von Sommergrillen und schwirrenden Libellen. Als sie keinen Pfad mehr sieht, läuft sie entlang der lichten Stellen an Waldrändern und Gebüsch; gelegentlich folgt sie der Fährte eines größeren Tieres, wird jedoch bald durch herabhängende Zweige und undurchdringliches Gestrüpp zur

---

[3] Domin, Hilde, Wen es trifft, in: Pusch, Luise F. (Hg), Handbuch für Wahnsinnsfrauen, Frankfurt 1994, 180ff

Umkehr genötigt. Einmal balanciert sie am Rande eines lila Zauberfeldes entlang: Hunderte von Quadratmetern Lavendelpflanzen sind hier angebaut. Ihr Duft umfängt sie so vollkommen, dass sie sich sinnlich eingebettet fühlt. Sie setzt sich auf den trockenen Boden und reibt eine Blüte zwischen ihren Fingern, um den Duft noch näher in sich einsaugen zu können. Einige Rispen steckt sie in ihren Rucksack, um sie später im Lehmhaus auszulegen.

Nach diesem Bad im Lavendelfeld macht sie sich weiter auf ihren Weg. Als ein fußbreiter Pfad sichtbar wird, folgt sie diesem bis zu einem unregelmäßig umzäunten Grundstück. Etwa hundert Meter entfernt, an einem Abhang gelegen, sieht Sarah ein fünfeckiges Holzhaus mit einer durchgängigen Fensterreihe. Als nach ihrem lauten „Hallo, hallo"-Rufen niemand erscheint und auch kein Wachhund bellt, wagt sie sich näher heran. Kleine kunstvolle Figuren aus Naturmaterial säumen den Weg. Sie passiert Holzschuppen voller Brennmaterial. Der Geruch des erwärmten Holzes verströmt in der Luft und versetzt Sarah in einen beinahe übersinnlichen Seelenzustand. Dieser Ort ist etwas Besonderes.

Alles bleibt still. Sie nähert sich der Eingangstür und klopft nach einigem Zögern an.

Ein asketischer Mann, etwa Mitte sechzig, mit langen Haaren und Sari öffnet die Tür, gerade als sie gehen will. „Hallo", sagt er „Sie sind die Deutsche".

Sarah ist perplex: Dieser indisch anmutende Guru wohnt in diesem wundervollen Haus, spricht sie in ihrer Muttersprache an und weiß sogar, wo sie herkommt. Freundlich und etwas verschlafen oder nur meditativ abwesend fragt er sie, ob sie eine

Tasse Tee mit ihm trinken wolle. – Oh, bei einem Guru Teetrinken, das ist die Krönung, denkt Sarah.

Es stellt sich heraus, dass er deswegen von Sarah gehört hat, weil Fremde nicht oft auf diesem Berg verweilen. So spricht es sich etwa am Markttag im malerischen Städtchen herum, wer im Lehmhäuschen wohnt. Und das geht auch an einem Guru nicht vorbei.

„Ach was für ein schöner Morgen", sagt er, während er ein Tablett mit Tee und Keksen auf einen Veranda-Tisch stellt. „In dieser Natur zu leben ist wunderschön", schwärmt er. „Und das wissen auch meine deutschen Schüler, die zum Meditieren hierher kommen. Aus Berlin kommen übrigens einige".

Aha, daher spricht er Deutsch, denkt Sarah. Klar, wir sind ja gerne auf dem Trip nach Innen. Und ein echter Guru in südfranzösischer Landschaft, das ist schon sehr anziehend. „Hier ist es bedeutend leichter, in sich zu ruhen, alles zu verlangsamen und sich auf das Wesentliche zu konzentrieren", merkt Sarah an. "Zumindest in der warmen Jahreszeit."

Friedlich knabbern die beiden an ihren Keksen und nippen gelegentlich an dem indischen Tee. Nach einer langen Zeit sagt der Guru und zeigt nach Westen: „Dort drüben ist übrigens der Campground, auf dem die Teilnehmer meiner Workshops ihre Zelte aufstellen. Das Buschhaus weiter hinten gehört auch dazu. Dort wird für sie gekocht. Außerdem können sie dort bleiben, wenn es regnet und ihnen ein Zelt zu eng wird."

Sarah fragt ihn, ob sie auf dieser Gebirgshöhe bleiben wird, wenn sie wieder zu ihrer Hütte zurückläuft, was er bejaht. Sie verabschiedet sich und stapft via Campground zurück zu ihrer Hütte. Dabei singt sie ein fröhliches Lied, das ihr seit Jahren nicht mehr in den Sinn gekommen ist „…einsame Berge, wundersame Höhen…". Sie hatte es im Chor mit anderen geprobt, doch dann hatte ihre depressive Zeit begonnen und sie war verstummt.

Sie stoppt ihre Gedanken an früher rigoros, um nicht wieder traurig oder missmutig zu werden. Ihr fällt ein weiteres Lied ein und so summt sie Melodien, deren Texte sie fast alle vergessen hat.

Nach einer Stunde Wandern scheint es Sarah, dass der doppelsträngige Drahtzaun, den sie vor sich sieht, ihr Terrain ankündigt. Ihre Vermieterin Gabi hat wegen ihrer Stute weiträumig eingezäunt. Das Pferd weidet jetzt woanders, doch die Umzäunung ist geblieben. Ich könnte doch abkürzen, sagt sich Sarah und spürt jetzt auch die anstrengende Wanderung in Rücken und Waden.

Wenn er noch elektrisch geladen ist, schreckt sie auf, was mache ich dann? Beklommen steht sie vor den Drähten und traut sich weder darüber zu steigen, noch sich zwischendrin durchzuschlängeln. Horrorgeschichten fallen ihr ein, mit Bildern von stromverbranden Körperteilen oder handwerkelnde Hausväter, die wegen Kurzschluss in der Leitung gelähmt wurden. – Was wäre, wenn ich mit meinen Haaren am Zaun kleben würde, diese zu brennen anfangen – und niemand da ist, der mir hilft! Ganz alleine! Niemand in der Nähe – der Fluch der selbst gewählten Einsamkeit!

Tränen aus einem lange angestauten Salzwasserreservoir hinter ihren Augen stürzen scheinbar unendlich lange aus ihr heraus. Was für eine blödsinnige Idee hierher zu kommen, stößt sie selbstanklagend hervor. Du dumme Kuh, schimpft sie mit sich. Traust dich nicht mal über einen lächerlichen Zaun.

So trauert sie denn, angesichts eines 12-Volt-Elektrozauns, um die letzten Jahre. Jene Jahre voller Einsamkeit, Ängsten und versäumtem Leben, in der Ehe mit ihrem seelisch immer weiter wegdriftenden Mann. – Vielleicht hätten wir irgendwann wieder zueinander finden können? Wieso habe ich nicht den Mut gehabt, wieso mich nicht getraut, mehr von ihm zu fordern – oder auch nur Wünsche auszusprechen? Bin still geblieben, wenn er mal wieder spät nach Hause kam oder habe die Augen zugemacht angesichts seines eingefrorenen Lächelns, seiner lieblosen Umarmung oder kühlen Stimme, die mich kontrollierte. – Mein Mund blieb verschlossen, mit den Zähnen habe ich geknirscht – doch die anklagenden Vorwürfe hat er mir immer angesehen.

Agnes setzt sich ins hohe Gras, schnauft kräftig in Papiertaschentücher, und als diese nicht mehr reichen, in große grüne Blätter. – Anderen Menschen hätte ich längst zu Paartherapie geraten oder mit PatientInnen an Symptomen entlang nach Lösungen der Konflikte gesucht. Aber für mich selber gab es nur das Mauseloch, in das ich immer mehr gekrochen bin. Immer verstehen wollend, anstatt zu handeln.

Agnes steht vom Boden auf und streckt sich, als wolle sie die sphärische Kraft von Sonne und Himmel zu sich herunterholen. „Das ist jetzt Vergangenheit", sagt sie laut und läuft dann den ausgetretenen Pfad hinunter zur Hütte.

An einem Samstag macht sich Sarah auf den Weg hinunter in den malerischen Ort, an dem Markttag ist. Über die wackelige

Holzbrücke, die Wiese, den steinigen Pfad hoch, am eingestaubten Auto vorbei folgte sie einem Fußweg, auf dem es durch eine Abkürzung nur sechs Kilometer bis zum Ort sein soll. Schon vor dem Ortseingang hört sie die ungewohnt lauten Geräusche von PKW's und LKW's. Den Weg durch den mittelalterlichen Ortskern hin zum Markt findet sie leicht, denn viele Menschen bewegen sich dorthin. Auch hört sie landestypischen Musette auf Akkordeon gespielt.

Was sie auf dem Markt erwartet, übertrifft ihre Fantasien von südlichem Ambiente, vermischt mit alternativer Lebenskultur. Intensiv leuchtende Farben von Früchten und Gemüse aus der Region; appetitliche Brote, Croissants und Teigwaren, die über ihren Geruch zum Kaufen animieren; saftige Feigen, gezuckerte Datteln, weiche große Rosinen und weitere Süßigkeiten lassen ihr das Wasser im Mund zusammenlaufen. Am Kleiderstand sucht Sarah nach etwas Luftig-Weitem, als Kleid oder Hosenkleid zum Wandern. Die mitgebrachten langweiligen Kleidungsstücke passen nicht in diese Region. Sie genießt es jetzt, Stoffe zu befühlen und in der Öffentlichkeit Mode anzuprobieren, bei der ihr die Verkäuferin spiegeln muss, wie sie ihr steht.

Sie entscheidet sich dann für zwei bunte Mini-Overalls mit Trägern. – Dazu würde eigentlich auch ein Schal gehören. So schlendert sie zum entsprechenden Wühltisch und sucht sich einen Secondhand-Schal aus feinem Seidenmaterial aus. Sie palavert ein wenig mit der Verkäuferin, wobei sie mehr über die zugezogenen Anwohner der Umgebung erfährt. Natürlich sind der Guru und seine Gäste bekannt, aber auch eine friedliche buddhistische Sekte, die auf dem Weg von Sarah's Häuschen zum Nachbardorf wohnt.

„Sie haben sich einen Schrein mit Altar am Wegesrand errichtet, vor dem sie sich öfter versammeln und singen", sagt die Verkäuferin." Wenn man vorbeigeht, lächeln sie einem freundlich zu oder laden auch schon mal zum Eintreten in ihr Gemeinschaftshaus ein."

„Dann gibt es noch Biobauern aus Deutschland" informiert sie Sarah, "die gesundes Brot backen, und ungespritztes Obst und Gemüse auf dem Markt verkaufen. Sie haben lange gebraucht, bis man das hier akzeptiert hat. Aber jetzt finden sogar die Einheimischen Gefallen am gesunden Essen."

Dann weist sie mit einer ausladenden Geste auf die Vorbeigehenden. „Schauen Sie, von denen gibt es nicht mehr viele hier; nur die ganz Alten bleiben. Die jungen ziehen in die Stadt und lassen die Häuser im Ort verfallen. Dort wohnten jetzt Engländer und auch Landsleute von ihnen".

Nachdem Sarah sich von der Schalverkäuferin gelöst hat, beendet sie ihren Marktgang mit der Suche nach einem Käsestand. Der Anblick einer gemalten Ziege auf einem Tuch über dem Stand zeigt ihr die Richtung. Die „Käseschlange" vor dem Stand ist derart lang, dass Sarah einige Minuten warten muss, bis sie dran kommt.

Warten! Wie oft hatte sie auf Johann gewartet, gegrübelt, gewartet, geweint. Er sollte anrufen, wenn er später kommt, doch das Essen war wieder einmal kalt geworden. Sie schiebt die einschießenden Gedanken weg und konzentriert sich schnell und gezielt auf das Schöne vor ihr: ein Dutzend verschiedene Käsesorten, von denen allein der Duft ihr aus der trüben Stimmung heraus hilft.

Als sie dann an die Reihe kommt und in Französisch anfängt, ihre diversen Käsewünsche vorzutragen, wird ihr in ‚Schuldeutsch' geantwortet. Mylène, die Sprachkundige, führt eine Ziegenfarm zwei Kilometer vom Lehmhaus entfernt. Dort stellt sie verschiedene Ziegenkäse her. Sarah verspricht, in den kommenden Tagen bei ihr vorbeizuschauen.

Erschöpft und zufrieden gelingt es ihr jetzt noch, einen Eckplatz in einem der bis auf den letzten Sitz belegten Cafés rund um den Markt zu erobern. Der starke doppelte Kaffee schmeckt göttlich gut, die Akkordeonmusik klingt wunderbar und die Menschen drum herum scheinen alle sehr nett. Dies auch, weil sie jetzt sitzen und die müden Beine ausruhen kann. Und weil sie mit ihrem morgendlichen Entschluss zufrieden ist, sich aus der Einöde gelöst und ins Marktgetriebe gewagt zu haben.

Als die Kirchenglocke zum Mittag läutet, erhebt sich Sarah, um den weiten Heimweg anzutreten. Mit einigen Kilogramm Gepäck mehr muss sie nun den Berg hinaufsteigen, den sie vorher so leichtfüßig herabgewandert ist. Dabei trübt sich ihre Stimmung ein. Mit ausgetrocknetem Mund und mattem Schritt verwünscht sie ihren Ausflug: „Hätte ich bloß das Auto genommen", klagt sie. Irgendwann spürt sie die schmerzenden Füße nicht mehr und auch nicht den schweren Rucksack, sondern trottet wie ein Esel vor sich hin. ‚Weggehen um anzukommen', hieß mal ein Film, fällt Sarah ein. Da ging es auch um Abschiednehmen und Neufindung, so wie bei mir. Meine depressiven Symptome haben mir letztlich dabei geholfen zu begreifen, dass die Ehe mit Johann so nicht weitergehen konnte. Und jeder Tag hier zeigt mir, wie schön mein Leben wieder sein kann.

Beim Erwachen hört Agnes nur dieses unangenehme Piepen des Weckers. Als sie auf die Armbanduhr schaut, ist halb acht Uhr gerade vorbei. Sie blickt um sich in dem abgedunkelten Raum und sieht dann, dass sie auf einem weißen Doppelbett liegt.

„Dreiviertel Acht! Jetzt wird's aber Zeit!" Agnes schubst sich vom Bett, zieht sich aus, steigt dann in die saubere Badewanne und duscht sich. „I can't get no satisfaction" singt sie, während der kräftige Wasserstrahl ihren Rücken wohlig schaudern lässt. Beim Abtrocknen mit dem weichen, weißen Badetuch schmilzt sie stimmlich dahin: "Night in white satin" säuselt sie. Das Grab des Leadsängers der Doors fällt ihr dabei ein. Auf dem Père Lachaise in Paris. Mit Gabi war sie dort gewesen, die noch Blumen auf sein Grab gelegt hatte, Jahrzehnte nach seinem Tod.

Verfange dich jetzt bloß nicht im Träumen, diszipliniert sie sich. Anziehen! – Sie öffnet den Reißverschluss ihrer Reisetasche – und er klemmt mal wieder. Das dunkelrote Ausgehkleid hat sich mit der feinen Spitzenborte des Halsausschnittes im Verschluss verklemmt. Vorsichtig zieht sie ein Spitzenende aus den Verschlusszähnchen. – Und jetzt: Schminken! – Ohrringe, verdammt, wo sind die denn wieder? Sie schüttet ihre Kosmetiktasche aus, und durchsucht sie nach den Creólen.

Aufgebrezelt und in Festlaune nimmt Agnes sich ein Taxi, um nicht zu spät für Buffet und Tanz zu sein.

Die Atmosphäre im Festsaal, der schätzungsweise 300 Personen fasst, unterscheidet sich nicht wesentlich von jener beim Ärzteball oder dem rheinischen Karneval: Es ist unsagbar laut.

Der Tonmeister der Band scheint alle für schwerhörig zu halten, und die Festteilnehmer verhalten sich demgemäß. Da Buffet angesagt ist, laufen zwischen den engen Tischen immer wieder Menschen mit beladenen oder auch noch leeren Tellern und versuchen, nicht anzuecken oder zu rempeln. Auf den langen Tischreihen liegen weiße Stoffdecken und regelgerecht aufgelegtes Besteck; je zwei leere Gläser runden jedes Gedeck stilvoll ab.

Die Delikatessenpracht des Buffets am Ende eines ruhigeren Vorraums kann Agnes noch nicht erspähen, da sie durch Reihen von Menschen verdeckt ist, die mit suchendem Blick ihre jeweiligen Speisen abwägen. Wer schon direkt vor den Töpfen, Tiegeln und Essensplatten steht, schüttelt die Nervosität der unruhigen Wartezeit ab und wählt mit Bedacht. Die süßen Dessertspeisen sowie das Käsesortiment auf dem Beistelltisch liegen noch fast unberührt in ihrer Schönheit.

Da Agnes mit Verspätung angekommen ist, hat sie die Eingangsrede verpasst, die dann zur Eröffnung des informellen Teils übergeleitet hatte. Während sie in der Essenschlange wartet, schaut sie sich um, ob sie jemanden kennt. Etwas bange ist ihr, dass P. an diesem Abend schon anwesend sein könnte. Es ist nur eine geringe Wahrscheinlichkeit, doch ist sie angespannt, auf dem Quivive. Aber sie sieht nur einige seiner Kollegen, die abgesondert in der VIP-Ecke tafeln, mit Service von Kellnern.

Agnes nimmt ihren maßvoll gefüllten Teller sowie eine Mousse für den Nachtisch und zieht sich in eine Ruheecke des Vorraums zurück. Der einzige andere Single im Umkreis ist ein mit seinem Handy beschäftigter Mann, der somit auch nicht alleine ist. – Sie lässt sich in einen bequemen Sessel fallen. Von hier aus könnte ich noch Hasso abpassen, denkt sie, so er denn käme.

Warten! Schon wieder sitze ich und warte. Doch was könnte ich anderes tun als warten und essen, warten und essen? Sie wischt mit dem Zeigefinger die letzten Mousse-Reste aus dem Dessertglas und leckt ihn dann ab. – Tanzen vielleicht?

Sie steht auf, schlängelt sich durch die Tischreihen bis nach vorne, relativ nahe an die Tanzfläche. Von einem Stuhl aus, der in einer wenig beleuchteten Ecke des Raumes steht, blickt sie auf die Tanzenden. Sie schaut ihnen zu, macht sich Gedanken zu ihnen, ihren Tanzkünsten, ihren möglichen Beziehungen zueinander.

„Wenn die Musik der Liebe Nahrung ist", fällt ihr Shakespeare ein, dann hat sie mich anscheinend jedoch nie ausreichend genährt. Das Wort ist viel erotischer – zumindest jetzt, im Alter. P. fällt ihr ein.

Agnes will gerade aufstehen, um sich nicht in sehnsuchtsvoller Stimmung zu verlieren, da trifft ihr Blick auf eine sehr attraktive schwarzhaarige Frau, die sich zwischen die Tanzenden schiebt. O Gott, das ist sie! Agnes bleibt auf den harten Stuhl gebannt sitzen und klebt mit dem Blick an der Tanzenden. Sie kann sich nicht lösen – weder mit dem Blick, noch körperlich, bis die Melodie zu Ende ist und die Bewegungen einhalten.

Ich muss hier weg, doch wohin? Agnes beißt an ihrer Lippe, so dass der restliche Lippenstift verwischt. Oder soll ich sie ansprechen? Was soll ich sagen? – Vielleicht ist sie's gar nicht und dann? – Oder ich beobachte sie. Mit wem ist sie zusammen? – Agnes steht auf und ein Impuls gibt ihr schon die Richtung vor, in der sie der Schwarzhaarigen folgen soll. Doch ihr

Körper wird von der Vernunft in eine andere Richtung gelenkt: zum Ausgang hin.

Mit Tunnelblick bahnt sie sich einen Weg an den eng zusammenstehenden Menschen vorbei, drängt sich durch die Tischreihen, vorbei am Buffet im Vorraum – nur schnell die Treppen runter und weg von hier, hämmert der Befehl in ihrem Kopf.

Vor der Tür des Festsaales atmet sie erst mal tief durch. Sie schließt die Knöpfe ihrer Jacke, lehnt sich dann an das Treppengeländer und schaut hinauf in den Sternenhimmel. – So kann ich den Abend doch nicht ausklingen lassen, seufzt sie. Ich muss mich jetzt bewegen, gibt sie sich den Befehl und startet damit den Weg zurück zum Hotel. Ihre Highheels drücken heftig, doch der innere Vulkanausbruch muss eingedämmt werden.

Als Ludwig nach einem Altstadtrundgang körperlich erschöpft, aber innerlich belebt ins Hotel zurückkommt, sitzen im Foyer einige Kollegen. Da es eines der von den Veranstaltern empfohlenen Hotels ist, wundert ihn das nicht. Er geht kopfnickend an der Gruppe vorbei zum Lift. Im Zimmer oben angelangt checkt er sein Handy, da er eine Kurznachricht seiner Frau erwartet. Er findet nette Worte vor, fühlt sich jedoch nicht bemüßigt, gleich zurückzurufen.

Dann schaltet er den Fernseher ein für Nachrichten des Tages, duscht ausgiebig und bereitet sich eine Tasse Tee aus dem bereitgestellten Sortiment auf dem Schreibtisch. Als es Zeit für das Tagungsfest ist, spürt er eine bleierne Müdigkeit in den Beinen. Was soll ich denn da, wenn ich sowieso nicht tanze, denkt er. Hungrig bin ich auch nicht und überhaupt habe ich keine Lust. – Er bleibt vorm Fernseher sitzen, dessen Programme er sukzessive durchzappt. Dies nimmt ihn so gefangen, dass er erst aus dem Beinahe-Rausch erwacht, als das Telefon klingelt. Es ist seine Ehefrau, die ihm liebevoll eine Gutenacht wünscht. Ludwig antwortet ihr, dass er gleich Schlafengehen wird und gähnt lauthals zur Verstärkung seiner Worte.

Das kurze Gespräch hat ihn jedoch wach gemacht, und er beschließt, einen Drink unten in der Hotelbar einzunehmen.

Der erste, der Agnes auffällt, als sie die Hotelbar betritt, ist der bärtige Mann vom Papstbesuch. Oh je, denkt sie, soll ich oder soll ich nicht. Aber jetzt einen Absacker trinken muss sein, nach diesem Hürdenlauf durch die Stadt. Er hat mich auch schon gesichtet, da ist kein Entkommen. Also lächelt sie das Wiedererkennungs-Lächeln und steuert auf seine dunkelrote Sofaecke zu. Wenigstens gemütlich würde sie dort sitzen, besser als auf den lehnelosen Barhockern.

„N'abend", sagt er im Aufstehen und reicht ihr die Hand zur Begrüßung.

„N'abend", erwidert sie und fügt ziemlich emotional hinzu: „War das eine Slalomstrecke vom Fest bis hierhin." Ihre Wangen sind gerötet, Haarsträhnen aus der Spange gelöst und das aufgewühlte Innere zeigt sich in fahrigen Bewegungen. Sie lässt sich auf das Sofa plumpsen und ergänzt auf seinen fragenden Blick hin: „Sind Sie die Strecke vom Fest bis hierhin schon mal nachts gelaufen? Ich nicht, sonst hätte ich das lieber sein lassen." – Auf seinen besorgten Blick hin beschwichtigt sie ihn: „Nichts Schlimmes. Doch unangenehm".

Als die Servicekraft kommt, bestellt sie ein kleines Glas französischen Rotwein und Ludwig ein zweites Bier. Agnes – immer noch unter Spannung – setzt ihre Erzählung fort. „Ich gehe also diese stark befahrene Allee lang –", Agnes hält kurz inne, als sie Ludwigs fragenden Blick aufnimmt, „nach der Kreuzung, die rechts stadtauswärts und links zum Volkskundemuseum führt. Also da sehe ich vermehrt aufreizend gekleidete Frauen, die direkt am Straßenrand stehen." – „Stellen Sie sich vor", sagt sie „zuerst habe ich an ihnen gar nichts Besonderes registriert. Denn überall laufen doch junge Mädels in Strumpfhosen mit nix drüber rum. Ich hätte wahrscheinlich erst geschaltet, wenn eine nackig dort gestanden hätte."

Ludwig lacht ein wenig über die kleine Übertreibung.

„Aber dann plötzlich stoppt ein dunkles Auto direkt neben mir und huppt mehrmals. Ich war so in meinen Gedanken gefangen, dass ich automatisch zu ihm hingegangen bin, in der Annahme, er wolle nach dem Weg fragen. – Natürlich wollte er das nicht, das können Sie sich wohl denken", sagt sie lachend und fügt ernster werdend hinzu: „Diese Begegnung hat mich schon beschäftigt. Zumal dieses Auto eine ganze Weile neben mir hergefahren sein muss. Sehe ich so nuttig aus?" fragt Agnes und schaut auf Ludwig, der nicht reagiert. „Bin ich derart aufgebrezelt gewesen, dass ich mir mal Gedanken dazu machen müsste?". Nun erschrickt sie doch über ihre Offenheit diesem fremden Kollegen gegenüber. Ach egal, denkt sie, ich sehe ihn wahrscheinlich nie wieder.

Ludwig hatte sie fasziniert angeschaut: so lebendig wie sie gestikulierte und mit belebter Mimik ihre Worte hervorbrachte, konnte er sich die Straßenszene genau vorstellen. Die Frau fasziniert ihn weiterhin, so wie damals am Mariendom. Außerdem sonnt er sich in seiner Rolle als ‚Frauentröster': „Ich finde nicht, dass Sie nuttig aussehen. Es trifft wahrscheinlich jede Frau in dieser Allee, die es wagt, um diese Zeit alleine zu laufen. Und jetzt bitte nicht als Beleidigung auffassen: in der Nacht sind alle Katzen grau."

Agnes zuckt zusammen und spürt den leichten Schmerz einer seelischen Verletzung. „Ich war übrigens nahe dran", wechselt Agnes das Thema, „eine der Frauen anzusprechen, um Preise und Konditionen zu erfragen. Dann scheute ich mich aber doch. Denn irgendwie bin ich auch Konkurrenz – oder könnte als solche angesehen werden. – Und außerdem: eine Verkäuferin zum Beispiel frage ich auch nicht nach ihrem Stundenlohn," wendet Agnes ein und trinkt einen Schluck des trockenen Rotweins. Ihr fällt eine Mitstudentin ein, die ihren Lebensunterhalt auf dem Straßenstrich verdiente. Und Patientinnen aus diesem Milieu.

„Aber jetzt zu Ihnen", wechselt sie das Thema. „Erzählen Sie mir etwas von sich. Wie heißen Sie eigentlich?"

„Für meine Kollegen bin ich Lu", antwortet er, „für meine Frau Louis, für meine Mutter ‚mein Junge' und in meinem Pass steht ‚Ludwig'".

Ein altertümlicher Name, denkt Agnes, der zu seiner gebügelten Stoffhose ebenso passt wie seine Umgangsformen. „Ich habe auch mehrere Namen und Identitäten", gesteht Agnes, „doch wenn Sie mich Agnes nennen treffen sie meine Hauptperson, Agnes Arendt." Mit dieser Kurzform vermeidet sie, ihm all die Namen und Bezeichnungen zu nennen, die sie sich Laufe des Lebens selber gegeben hat oder die ihr zugeschrieben wurden – so wie ‚Sarah'. – Kurz und präzise wie ein Pfeileinschuss am Zielort trifft sie ein undefinierbares Gefühl. Der Mund des beleibten Profs taucht auf, als er ‚I call you Sarah' sagt. Nur sein schmaler Mund ist klar im inneren Bild, sonst nichts.

Agnes übergeht diese Erinnerung und hört Ludwig weiter zu. Er erzählt einiges aus seinem derzeitigen Leben, nichts Tiefgreifendes, aber aufschlussreich genug, um ihn weiterhin sympathisch zu finden. Gelegentlich schweifen ihre Gedanken ab: eine Hotelbar um Mitternacht mit leiser Musik im Hintergrund, und ich sitze hier mit einem nicht unattraktiven Mann. Sie empfindet sich sinnlich oder sogar erotisch. Ihre Hände spielen mit dem kühlen Weinglas; zwei Finger streichen über seinen oberen Rand, so dass es zu klingen anfängt. Gleich darauf stoppt sie sich wieder, denn sie möchte nicht von seinen Worten ablenken. Doch genießt sie selbstzufrieden und schaut, ohne sehen zu wollen.

Ob sie mir noch zuhört? denkt Ludwig. Wohin driftet sie gerade, während ihre Hände mit dem Glas spielen? Eigentlich müsste ich das Thema wechseln, denn was interessieren sie schon meine kleinen Welten. Ich kann ihr aber nicht sagen, wie anziehend sie in diesem Augenblick aussieht, sonst wird's zu erotisch. Bei der Musik! Nachher will sie noch tanzen. Um Gottes willen: Nein! – Es wäre schon eine Versuchung wert, heute Nacht mit ihr. In diesem großen weißen Doppelbett. Niemand würde etwas vom kleinen Abenteuer erfahren, beschwichtigt Ludwig sich. – „Wir haben schon einen kleinen Enkel von unserem Sohn", berichtet er weiter, „doch sehe ich ihn zu selten". – Schuldgefühle, denkt Ludwig, ziemlich scheußliche Schuldgefühle hätte ich der Familie gegenüber. Denn unser Papa macht so etwas nicht, mein Mann – nein, auf ihn kann ich vertrauen, der geht nicht fremd. Aber einmal, nur einmal ausbrechen aus der Routine.

Ludwig legt jetzt eine Sprechpause ein, nimmt einen Schluck aus seinem Bierglas und spielt mit dem darunter liegenden Deckel. Was könnte ich denn noch sagen, was zu einem Dialog führt anstelle meines Monologs, denkt er. Er blickt auf die zwei Tanzpaare auf der kleinen Fläche. Man müsste dem Gespräch eine andere Richtung geben, aber bloß nicht über Tanzen sprechen. Er guckt schnell weg von den Paaren und nimmt noch einen Schluck aus dem Glas.

Als Agnes hochschaut, weil Ludwig in seiner Rede inne hält, sieht sie noch, wie er den Blick von der Tanzfläche zurück zum Tisch führt. Vielleicht hat er Lust zu tanzen? Das würde die Stimmung auflockern und etwas prickelnder machen. Im gedämpften rötlichen Licht mit gebührender körperlicher Distanz könnten wir eigentlich diese Rumba wagen, denkt sie. „Ach Ludwig", sagt sie mit Blick in seine ihr wieder zugewandten Augen, „hätten Sie nicht Lust, mit mir zu tanzen?" – Oh, das war verkehrt. Er hält die Luft an. Schnell fügt sie hinzu: „Ach, es ist doch schon zu spät und ich kann eigentlich auch kein Bein mehr heben. Es war nur so ein Gedanke, denn Rumba und Samba gehen unter die Haut, nicht wahr?" – Gerettet! Er atmet auf und sie atmet auf. So ist sie um einen Korb herum gekommen, den er ihr sicherlich gegeben hätte.

Doch sogleich mit dem Stichwort „Korb" kommt ihr P. in den Sinn. Er gab ihr mehrere Körbe: Das heißt, er hatte ihr zartes Vorpreschen, um ihn kennen zu lernen, rüde abgewiesen. Dass er im vergangenen Jahr weniger abweisend wurde, mag an der Häufigkeit der Begegnungen gelegen haben. So war sie für ihn wahrscheinlich eine vertraute weibliche Gestalt, mit der die Grenzen abgeklärt schienen. Eingebildet und abweisend, wie eine Kollegin ihn einschätzt, musste er sich ihr gegenüber dann nicht mehr zeigen.

„Vielleicht sollten wir doch langsam aufbrechen", meint Ludwig, während der Kellner an den Tisch tritt, „denn die Tagung morgen…wird sicherlich anstrengend." – Ludwig begleicht die Rechnung und hilft Agnes in die Jacke, während sie in Gedanken noch bei P. weilt.

MIT FANTASIE ZUR REALITÄT

Samstag früh erwacht Agnes, ängstlich und beklommen durch einen heftigen Traum: in der Antarktis rennt ein Rudel graubrauner Wölfe oder Füchse an ihr vorbei; ihr kleiner hellbrauner Hund läuft noch schnüffelnd herum, bevor auch er Gefahr wittert. Sie nimmt ihn auf den Arm und flieht auf glattem Eis, in Richtung der Wölfe. Zurück blickend sieht sie zwei riesige Eisbären. Sie assoziiert Knut, den weltweit geliebten Berliner Eisbären: als Baby noch süß und herzig, doch später ein ausgewachsenes Raubtier.

‚Eiskalte Gefahr' geht ihr durch den Kopf. Was sagt mir der Traum? Da waren auch noch mehr Menschen, Touristen – könnte damit der Kongress und seine Teilnehmer gemeint sein? – Sie kuschelt sich in Embryostellung in die weiche Bettdecke.

Wer sind die beiden Eisbären, die gewaltig, hoch aufgerichtet aus dem Hintergrund auftauchten? Könnte einer P. sein – und der andere? Sie sahen aus, als spiegelte der eine den anderen und umgekehrt. Wie die Figuren, die man in zusammengefaltetes Papier geschnitten hat und dann aufklappt: seitenverkehrt, doch sonst in allem gleich. Könnte ich der andere Bär gewesen sein? fragt sich Agnes. Ich und P. als zwei Eisbären? – Sie lacht und windet sich aus der Babystellung in die Rückenlage und verschränkt die Arme hinter dem Kopf.

Ob P. mich auch so sieht: kalt und bedrohlich? –   Wieso hat mich der amerikanische Prof gestern Sarah genannt? Was hat er in mir gesehen? Oder ist Huntington der andere Eisbär – er und P. zwei mich bedrohende Gestalten, vor denen ich weglaufe?

Ach Quatsch! Agnes wirft die Bettdecke mit Schwung zurück und beginnt diesen zweiten Kongresstag voller Energie. Sie zieht die schweren Samtvorhänge auf, öffnet ein Fenster und begibt sich dann für einige Zeit ins Badezimmer, um durch Reinheit und Frische den Traum zu verscheuchen. Als sie später, nach einem ausgiebigen Englischen Frühstück vom Buffet, satt und zufrieden wieder in ihrem Zimmer ankommt, lässt sie sich in den bequemen Veloursessel fallen.

Aus ihrem Stadtrucksack nimmt sie den linierten Schreibblock mit Pharmawerbung auf der Vorderseite, dreht ihn auf die weiße Rückseite und beginnt ihren Entscheidungsparcours mittels Papier und Bleistift.

Sie schreibt als Überschrift auf die Blattmitte: 'Paul und ich: Wovor habe ich eigentlich Angst?'. Sie unterstreicht diesen Satz, während die ersten Beklemmungen im Brustkorb einsetzen.

Der Wissenschaftler Dr. Paul Savorski, den Agnes P. nennt, läuft die Gangway des Flugzeugs am Regionalflughafen der Kongressstadt hinunter zum Ausgang des neu erbauten Flughafengebäudes. Dabei schaltet er sein iPhone wieder ein und checkt die Mengen neu eingegangener Mails. Er scrollt die Namensliste herunter, um das Wichtigste zuerst zu lesen, und das wäre momentan die Tagung von heute. Gibt es irgendwelche zeitlichen Änderungen oder bleibt die Zusammensetzung der Podiumsdiskussion am Nachmittag, überlegt er. – Keine Neuigkeiten, also wird er mit diesem ungeliebten Opportunisten Willy

Mayer an einem Tisch sitzen. Der wird sich wieder narzisstisch selbst darstellen und die Zuschauergunst für sich alleine beanspruchen wollen. Dafür scheut der keine Unwahrheit oder anbiedernde Bemerkung. Warum ärgere ich mich immer noch darüber, obwohl ich ihn schon seit Urzeiten kenne, denkt der Doktor.

Er steigt in das vorderste Taxi, nennt die Universität als Ziel, während der Fahrer den Alukoffer im Kofferraum unterbringt. – Ich muss mich mächtig zusammennehmen, um Mayer nicht ironisch zu kontern. Doch für meinen Blutdruck ist das alles gar nicht gut. Ach ja, den müsste ich mal wieder messen, mein Gesicht ist schon wieder so gerötet, bemerkt er beim Blick in den Spiegel des Taxis, das ihn jetzt zur Universität bringt.

Mit selbstironischem Ton wendet er sich dem schweigsamen Fahrer zu: „Wir Wissenschaftler werden immer mehr zu Unterhaltungsclowns, wenn wir der amerikanischen Welle folgen. Die klare, reine Wissensvermittlung, nur mit Folien und Worten reicht nicht mehr aus, um beim Publikum anzukommen. Haben Sie eine Idee womit ich meinen Vortrag heute würzen könnte?" fragt der Doktor, ohne eine Antwort zu erwarten. „Am besten mit Pfeffer und Chilly", erwidert der sächselnde Taxifahrer. Beide lachen.

„Übrigens", beginnt Savorski, indem er sich über die Lehne des Vordersitzes beugt, „wo kann man denn am frühen Abend noch zu einem typisch regionalen Essen hingehen? Mit Knödeln und Kraut vielleicht und einem guten Riesling."

„Es gibt da den ‚Ratskeller', den ‚Pfau' und das Restaurant am Turm", antwortet der Fahrer.

Der Doktor gähnt hinter vorgehaltener Hand. Wenn ich heute bloß nicht so schlecht geschlafen hätte; der Jetlag macht mir zu schaffen; und das zähe Hühnchen im Flugzeug. – Ich muss unbedingt ein paar Kilo abnehmen, die neuen Jeans passen schon wieder nicht mehr. – Er holt tief Luft und wendet sich den restlichen Mails zu: nichts für sofort, dem Verlag schreibe ich nachher zurück, ebenso den Kanadiern; werde mich noch mal für die Einladung bedanken und dass es eine außerordentlich interessante Themenstellung ist usw. usw. – Jeanette könnte ich noch simsen, dass ich gut angekommen bin und sie heute Abend von zuhause anrufen werde. Ach, und meiner Mutter muss ich auch noch sagen, dass ich heil zurück bin. - Er faltet die Hände vor seinem Bauch, lehnt sich zurück und schaut kurz aus dem Fenster. Renovierte Altbauten und Kopfsteinpflaster – eigentlich ganz hübsch, was sie aus der Stadt gemacht haben – oder was sie noch belassen haben.

„Sie könnten mich übrigens gegen sechs abholen und zu einem dieser Restaurants fahren", wagt er einen neuen Gesprächsanlauf. Dass der Fahrer nickt und ihm über den Rückspiegel eine Bestätigung signalisiert, ermutigt den Doktor zu weiterer Redseligkeit. „Ich habe da einen Trick: um den üblichen Fragen zu entgehen, täusche ich direkt nach der Podiumsdiskussion vor, dass ich gleich zum Zug muss. Der Veranstalter wird dies rechtzeitig ankündigen, so dass ich unbehelligt die Uni verlassen kann. Damit entkomme ich den Rucksacktussis, die immer nur Fragen stellen, die ich schon längst beantwortet habe." Er sieht ein Bild vor sich, wie diese Weibsen ihn umringen. „Und diese anbiedernden Jünglinge. – Außerdem wird auch mein Status sichtbar als jemand, der so gefragt ist, dass er, kaum hat er das Eine beendet, schon zum anderen muss." Der Fahrer lacht und verspricht sich ein gutes Trinkgeld.

Savorski versinkt wieder sowohl in seinen Sitz, als auch in Selbstmitleid.

Immer diese Kämpfe um alles: um Gelder für Forschung, um Status in der Scientific Community, um den Impact Faktor der Fachzeitschriften für meine Veröffentlichungen, um Zeit für ein kleines bisschen Privatleben. Eigentlich will ich das gar nicht mehr, seufzt er und atmet tief aus. Doch nun bin ich in dem Mühlrad drin, dann mahle ich halt mit. – Ich könnte auch mal Gold aus Flachs spinnen, wie im Märchen die Müllerstochter. – Doch vielleicht können das nur Frauen. Oder sogar nur Jungfrauen.

Vor Paul Savorskis innerem Auge taucht ein Bild von früher auf, wie er auf dem Schoß seines Großvaters sitzt, der ihm Märchen vorliest. So blond, so schön, so liebreizend erschienen mir diese Jungfrauen. Er lacht auf. Und später stand ich immer auf blond und … Das ist lange her. Frauen – die machen viel zu viele Probleme. Außerdem habe ich sowieso keine Zeit für sie.

Agnes schaut erst wieder vom beschriebenen Blatt auf, als keine weiße Stelle mehr einlädt, weitere Ängste aufzuschreiben. Von der Überschrift ausgehend, hat sie mit Strichen und Kreisen ein Spinnennetz gewoben, das all ihre Ängste, Befürchtungen, negativen Ahnungen, Katastrophenszenarien in Stichworten eingefangen hat: „P. lacht mich aus", „P. wimmelt mich ab", „zu alt für ihn", „die Schwarzhaarige", "P. denkt: die baggert mich an".

Sie legt das Blatt beiseite. „Die Welt geht doch nicht unter! Man kann doch Träume haben!", sagt sie sich, auch wenn man keine 17 mehr ist, wo die Bäume in den Himmel der Liebe wachsen, und diese Träume umsetzen wollen! - „In den Himmel der Liiiiebe", vertont sie schmachtend den Schlager aus ihrer Jugendzeit. „Ist doch Kitsch. Trotzköpfchens Prinzentraum."

Sie spürt, wie Lebensenergie rasend schnell in ihr hochschießt: Puls auf 80, Haut belebt sich errötend, Augen glänzen vor Entdeckerfreude. Sie fühlt sich klimatisch von der Antarktis in die Südsee versetzt.

In der Südsee mit ihm schwimmen - ein Quantensprung in der Fantasie.

„Was will ich von ihm und wie kriege ich es?" fragt sie sich selber laut, so wie sie sonst PatientInnen Fragen nahelegt. „Was ist mein Ziel? – Womit muss ich beginnen? Wie viel Zeit habe ich heute dafür?- Ich muss mit Netz und doppeltem Boden planen." – Sie schaut prüfend auf ihre Armbanduhr: mir bleiben zweieinhalb Stunden Zeit bis zu seinem Antritt in der Uni.

Agnes steht auf, schiebt den Sessel zurück, läuft quer durch den Raum und wieder zurück: „Wie kann ich den Spieß so umdrehen, dass nicht ich mich nach ihm sehne, sondern er nach mir?" – „Was könnte ich tun, dass er mich ‚braucht', mich sucht, sich nach mir sehnt?" Erneut durchquert sie das Doppelzimmer, vorbei am Spiegel: Ganz schön eitel bin ich, wirft sie sich vor. Und größenwahnsinnig. Wäre ich jung, blond und super attraktiv stünden die Chancen besser. – Wenn ich ihn verzaubern könnte mit besonderem Charme oder Wissen....

Agnes wirft sich aufs Doppelbett, wälzt sich hin und her und fällt dann in eine resignative Stimmung zurück. „Was ich brauche, sind viele kreative Ideen, und das Avanti!"

Sie setzt sich auf die Bettkante und starrt auf ihre Füße, die sich in den Velourteppich krallen. Wo ist seine Achillesferse, fragt sie sich. Er wirkt manchmal arrogant und selbstherrlich. - Ihm scheint an einem makellosen Image zu liegen. – Wozu braucht er das? Als Schutz? Ist er weniger selbstsicher als er scheint? – Sie geht zum Fenster, um die lichtnehmenden Vorhänge beiseite zu schieben. Sie lehnt sich hinaus, um in den Abgrund eines schachtförmigen Innenhofes zu schauen. - Wenn seine Innenwelt anders aussieht, als nach außen sichtbar wird, dann müsste ich mehr über diese Innenräume wissen. Ich muss den Burgwall überwinden, die Zugbrücke überschreiten hinein in seine Festeburg. – Hoffentlich lauern nicht auch noch Drachen davor! amüsiert sie sich angesichts ihrer Fantasie.

Mit meinem Intellekt und Fachwissen kann ich ihm nicht imponieren, überlegt sie weiter, da sind seine Kumpels kompetenter; mit Sexappeal auch nicht, ebenso nicht mit mütterlich-selbstaufgebendem Verhalten.

Sie will den Fensterflügel schließen, wobei aber der Hebel im Scharnier nicht einrastet. Mit Druck auf den Rahmen schafft sie es, den Flügel in Kippstellung zu bringen. Erleichtert über diesen kleinen handwerklichen Erfolg, wendet sie sich wieder dem Schreibtisch zu. - Was mir bliebe wäre, zuerst seine Neugier und Abenteuerlust heraus zu kitzeln, um dann einen Coup zu landen. – Doch was für einen Coup?

Die Armbanduhr glänzt im Sonnenlicht. „Die Zeit rennt mir davon", flucht sie leise. Wie kann ich systematisch und kreativ einen Königsweg finden, um den Traumprinzen für mich zu gewinnen? Mit einer vergoldeten Kutsche vorfahren und ihn entführen? Kein Kutschenfahrplatz vor der Uni. – Aber auf einem hohen Ross vielleicht? Nicht realisierbar. –

Wie wäre es mit der Fahrstuhl-Falle? Der Lift würde ausgerechnet dann aufgrund eines technischen Fehlers stehenbleiben, wenn ich mit ihm allein in der engen Kabine bin. Da es kein einfach zu behebender Fehler wäre, hätte ich viel Zeit, nur mit ihm. Zuerst wäre er ärgerlich, dann irritiert, er würde sich so verhalten, wie ich ihn noch nicht kenne. Ich würde dann mit allen weiblichen Mitteln versuchen, ihn zu bezirzen, so dass es letztendlich ein Happyend in der Kabine gäbe. – Das klingt nicht schlecht und wird mit „eventuell machbar" eingestuft.

Ein Blick auf die Uhr: noch gut anderthalb Stunden. Sein Weg wird folgender sein: zuerst ins Gästehaus, um sich frisch zu machen; dann muss er ins Unigebäude hinein, danach zur Rezeption, zum Presseempfang (mit Fahrstuhl), später zu seinem Vortrag und zum Schluss zur Podiumsdiskussion. Danach wird er sofort verschwinden. – Wo und wann könnte mein ‚Auftritt' sein, was könnte ich tun? Was will ich erreichen?

Agnes glüht vor Kreativität und Entwicklungsfreude. So mag sie sich – wenn alles fließt: ihre Gedanken, ihre Bewegungen, die Gefühle als Zeichengeber, wo's lang geht. Sie entwickelt einen Plan als ‚work in progress', zwar mit der heißen Nadel gestrickt, jedoch machbar.

Aber alleine geht's nicht. Sie wählt aus ihrem Telefonverzeichnis eine Handynummer und flüstert dann verschwörerisch: „Ich brauche jetzt deine Hilfe".

Als Dr. Paul Savorski das waschbetonschlichte Gästehaus betritt, wird er vom Pförtner empfangen und zu einem freien Zimmer parterre geführt. Kaum hat er sein Gepäck abgestellt, tritt eine Hostess mit einem großen Blumenstrauß herein und überreicht ihm diesen mit den Worten: „Der ist gerade für sie abgegeben worden."

„Legen sie ihn dorthin", bemerkt er geistesabwesend „oder besser, bringen Sie mir doch bitte eine Vase". Dann geht er sich ausgiebig duschen, wechselt sein Hemd und ruhte sich einen Moment auf dem weichen Doppelbett aus. Als seine Erschöpfung nachgelassen hat und er etwas klarer im Kopf wird, blickt er im Raum umher. Da bemerkt er einen wunderschönen Strauß dunkelroter Rosen, vor dem ein roséfarbenes Kuvert lehnt. Rote Rosen – die können nicht vom Haus sein.

Neugierig geworden erhebt er sich vom Bett und spürt einen leichten Rückenschmerz und Spannung im Nacken. Gebeugt schleicht er zum runden Tisch mit den Rosen und ergreift das verschlossene Kuvert: es hat keinen Absender. Er hält es an die Nase, doch es strömt keinen auffälligen Geruch aus. Im ersten Impuls will er es schnell und grob mit einem Finger öffnen, besinnt sich dann jedoch und sucht nach einem scharfen Gegenstand. Auf dem Getränkekühlschrank liegt ein Korkenzieher, mit dessen Spitze er den Umschlag öffnet. Während er sich zufrieden auf das Bett legt, zieht er eine Karte hervor. Dann liest er den handgeschriebenen Text: „Mon Chèr, ich denke oft an früher und möchte dich so gerne wieder sehen, jetzt, wo du hier bist. – Ich warte auf dich im Restaurant am Turm, heute 18 Uhr. – Deine dich liebende S."

Mist, denkt er und setzt sich aufrecht hin. Da will mich eine reinlegen. Mit Schwung springt er aus dem Bett, spürt jedoch wieder seinen schmerzenden Rücken. Mist! Er atmet tief ein, doch die Luft reicht nicht, um seine Rippen genug zu weiten. Gekrümmt schleicht er zum Kühlschrank und prüft, ob sie für sein Lieblingsgetränk gesorgt haben. Ja, wenigstens das ist da!

Aber jetzt ein Bier – nein, zu spät. Er muss sich auf den Weg machen zur Pressekonferenz. - So verschließt er sein Gepäck, steckt die merkwürdige Karte in seine Brieftasche und startet den Parcours als gefragter Wissenschaftler.

Auf dem Plattenweg vom Gästehaus hin zum Hauptgebäude der Uni kommt ihm die Karte wieder in den Sinn. Er rätselt: wer ist „S". Könnte es jemand aus dem Veranstalterstab sein? Er schaut sich auf dem Campus um, so, als ob er einer „S" vom Stab begegnen würde. – Als er sich an der Rezeption meldet, denkt er an Hostessen namens „S". Nein, die sind zu jung. – Während er seine Unterlagen entgegennimmt, um dann die Stufen hin zum Presseraum hinaufzusteigen, fallen ihm Studienzeiten ein: kannte ich sie als Assistent an der Uni, oder aus der Zeit im Ausland? – Doch zum Recherchieren kommt er nicht, da seine Aufmerksamkeit jetzt von Journalisten und deren Fragen abgelenkt wird.

Später während seines Vortrags im Plenumsraum bleibt er freundlich distanziert, legt Sprechpausen an den richtigen Stellen ein, so dass die Übersetzerin seine Rede für die fremdsprachigen Gäste durchgeben kann. Er hat ihr die Arbeit erleichtert, indem er sein Script rechtzeitig mailte, so dass sie nicht viele Überraschungen von ihm erwarten muss. Sein Power-Point läuft problemlos, die Slides hatte er im Flugzeug noch mal etwas reduziert, so dass er im Zeitrahmen bleiben kann.

Er läuft einige Male auf dem Podium hin und her: das entspannt seinen Rücken und lässt den Vortrag lebendig erscheinen. – Noch fünf Minuten, daran wird er sich halten. Er hasst es, wenn Referenten ihre Zeit überziehen. Da greift er gegebenenfalls auch schon mal ein, wenn sein Vorgänger sich ausbreitet.

Bei der Podiumsdiskussion am Spätnachmittag verträgt er sich erstaunlich gut mit Mayer, oder dieser mit ihm, was Dr. Savorski zu denken gibt. Bin ich solch ein zahmer Tiger oder angepasster Bourgeois geworden, dass Mayer mich nicht mehr anpinkelt? fragt er sich. „Aber sie wissen doch, werter Kollege, dass die Wahrscheinlichkeit an Depressionen zu erkranken von Geschlecht und Milieu abhängt", doziert Savorski. „Die vorhin von mir zitierten Ergebnisse der Metaanalysen sprechen doch deutlich genug". Oh, diese Unbelehrbaren. Wie viele Minuten bleiben uns denn noch? Er blickt unauffällig auf seine großzifferige Armbanduhr und zählt die Zeit bis zum Diskussionsende. Jetzt, nachdem er seinen Beitrag geleistet hat, darf er gedanklich abschweifen. Er wird nicht mehr vom Moderator aufgerufen, zumindest wenn dieser sich konsensual verhält.

Paul Savorski atmet tief durch. Er spürt seinen verspannten Nacken, die steifen Schultern, den schmerzenden Rücken. Dieses ewige Sitzen! Er streckt jetzt seine Beine lang aus. Er müsste wirklich regelmäßig einen Ausgleichssport betreiben. Aber zum Tennis will er nicht und Golfen schon gar nicht. Und für Mister-Fit ist er zu alt. Die gestylten Mädels und getrimmten Jungens lachen ihn doch aus als Opa. Fahrrad ist er schon als Kind ungern gefahren und im Sport hat es auch nur zu einer vier gereicht. Weil ich nicht teamfähig war! Ha, ich und nicht teamfähig!

Segeln, ja Segeln ist schön. Doch wann habe ich dafür mal Zeit? fragt er sich. Ob ich diese S. beim Segeln getroffen habe, damals in Dänemark? – Ach ja, dann gibt's noch die Dekanin, Marie Sabine, ob sie es ist? Wir hatten doch viel Gemeinsames. Sie hatte sich in Psychologie habilitiert; womit war das denn bloß? befragt Dr. Savorski sein Gedächtnis. Die Restaurantwahl würde zu ihr passen. Sie mochte schon damals was Ausgefallenes.

„Und nun bitte ich die Teilnehmer, Fragen ans Podium zu stellen. – Bitte, Sie dort hinten" eröffnet der Moderator die Diskussion fürs Publikum. „Warten Sie bitte, bis das Mikrofon bei Ihnen ist, sonst kann nicht übersetzt werden. Die Kabinen sind schalldicht", betont der Moderator noch, bevor der erste Teilnehmer zu Wort kommt.

Unschlüssig, ob er sich mit S. treffen soll, schlendert Dr. Savorski über den Plattenweg zurück zum Gästehaus und informiert den Portier, dass er sein Reisegepäck noch ein paar Stunden im Haus lassen werde. Er habe noch Besorgungen zu machen. Abendessen muss er sowieso. Und wenn es noch in netter Gesellschaft ist, warum eigentlich nicht? denkt er und geht zum Campus-Ausgang, wo sein Taxifahrer schon auf ihn wartet. Es ist kurz vor 18 Uhr.

Als Dr. Savorski in das noble Feinschmecker-Restaurant tritt, sieht er nur einen Gast im ersten Raum sitzen. Kurz registriert er, dass dieser auch ein beiges Jackett trägt, ähnlich dem seinen. Scheint Mode zu sein. Vor ihm steht ein ‚Pils', dessen Schaum noch frisch glitzert. Dr. Savorski kehrt nach einem kurzen Rundgang durch die Räume in den Eingangsbereich zurück. Er setzt sich unweit von diesem Mann in eine gemütliche Ecke an der Fensterwand, mit Blick sowohl in den Raum, als auch auf die Tür. Als der Kellner an seinem Tisch erscheint, bestellt auch er ein Pils und lässt sich die Menükarte geben.

Diesem Mann scheint warm zu sein, denn er zieht seine Jacke aus und legt sie auf den gepolsterten Stuhl neben sich.

Als Dr. Savorski sich nach der Menüwahl zurücklehnt, die Uhrzeit prüft und eine schon mögliche Verspätung dieser „S". beklagen will, öffnet sich die gläserne Restauranttür. Herein tritt eine körperbetont gekleidete Mitdreißigerin auf sehr hohen Stilettos. Hinter seiner Lesebrille versteckt verfolgt er, wie sie mit suchendem Blick die Räume durchquert, die Anwesenden einschätzt und in den Eingangsraum zurückkehrt.

Sein Herzklopfen wächst beträchtlich bei diesem Anblick und er sucht in seiner Erinnerung, ob diese aparte Schönheit einer seiner vergangenen Bekanntschaften namens „S" gleichen könnte. Es ist nicht Marie-Sabine, auch nicht die Seglerin in Dänemark, schon gar nicht eine Mitstudentin – rein altersmäßig unmöglich. – Wo aber bleibt die Rosenkavalierin?

Als er gerade sein Bierglas hebt, um einen ersten Schluck zu nehmen, tritt sie an seinen Tisch. „Sie sind also der Mann, den ich suche", beginnt die schöne Frau mit sanfter Stimme. „Ich werde ihren Abend gestalten, ganz in ihrem Sinne", fährt sie fort und setzt sich langsam auf den Stuhl an seiner Seite. Dabei behält sie die geblümte Sommerjacke an, so dass ihre Arme bedeckt bleiben.

Dem lebenserfahrenen Wissenschaftler fehlen angesichts dieser Überraschung zuerst die Worte, so dass er sie einige Sekunden musternd anblickt. Woher kenne ich sie, fragt er sich, was hatte ich mit ihr zu tun, dass sie mir von Liebe spricht und Rosen schickt. – Er dreht sich um zur Prüfung, ob irgendjemand diese auffällige Situation beobachtet. Aber die wenigen Gäste in den Räumen scheinen mit sich beschäftigt zu sein. „Darf ich Ihnen ein Getränk bestellen", sind seine ersten, die Stille überbrückenden Worte, die ihm erlauben zu handeln – nämlich dem Kellner zu winken. Ich hätte sie auch wegschicken können, denkt der Doktor, doch sie könnte mir den Abend beleben.

„Möchten Sie erst einen Aperitif oder was möchten Sie trinken", fährt er fort und spürt, dass er wieder in sicheren Gewässern schwimmt. Ihm ist es jetzt gleichgültig, ob er sie kennt oder nicht – offensichtlich kennt sie ihn. So wie sie ihn anlächelt, könnte dies ein reizvoller Abend werden. Gerade überlegt er noch die passenden Worte, um ihr zu imponieren, ohne dass die Absicht sichtbar wird, da tritt der Mann vom hinteren Tisch zu ihnen.

Der Mann, Hasso, hat die beiden detektivisch beobachtet und wartet auf seinen Einsatz. Gegen 18.15 Uhr zieht er seine Jacke wieder an, tritt an den Tisch der beiden, fasst die Frau an der Schulter und deklamiert mit lauter Stimme: „Minouche, mein Schatz! Dass ich dich mal bei Tageslicht sehe, und nicht im nächtlichen Rauch und Geflimmer." Und noch ehe die Dame etwas sagen kann, fährt er fort: „Dein Strip gefällt mir wirklich immer super. Du bist echt geil, meine Süße." – Die Frau schaut irritiert auf Hasso, dann verschämt auf Dr. Savorski, steht dann erschrocken auf, während sie sich an der Stuhllehne festhält. Dr. Savorski bleibt sitzen, aber sein erstaunter Blick spricht Bände: Auch er ist wie gelähmt und unfähig zu reagieren. „Lass mich ein Foto von dir machen", sagt Hasso noch, während er die Handykamera auf sie richtet.

Das ist jetzt ihr Auftritt, Retterin Agnes, solide wie die Weltesche Ygdrasil. Agnes – also Sarah die Mimin – tritt ein, stürzt auf die Gruppe zu und deklamiert mit verzweifelter Stimme: „Oh mein Gott, was für ein Missverständnis". – Mittlerweile haben die übrigen Gäste das Szenario mitbekommen und blicken mehr oder weniger versteckt herüber.

Agnes nimmt Hasso beiseite und sagt zu allen gewendet: „Das sollte doch eine Geburtstagsüberraschung für dich sein!" Sie wendet sich dem Doktor zu: „Es tut mir unsagbar leid" – ihre Stimme klingt zerknirscht und Tränen treten ihr in die Augen, "dass Sie, Dr. Savorski, mit hineingezogen werden." Sie blickt ihn an. Er hat sich mittlerweile innerlich zwar gefasst, doch hat er noch kein Klischee im Verhaltensrepertoire, mit dem er angemessen agieren könnte. „Sie können Frau Hanomasi natürlich weiterhin an Ihrem Tisch behalten", gestattet Agnes ihm. „Oder wir setzen uns alle zusammen", schlägt sie vor, „oder ist Ihnen das unangenehm, Dr. Savorski?", fragt sie scheinheilig.

Savorski merkt, wie sein Blutdruck ins Unendliche gestiegen ist und er mit der Faust auf den Tisch hauen möchte. „Was ist das für ein Kasperletheater", sagt er mit stark erhobener Stimme, jedoch nicht laut – das würde er nie: lautwerden. „Frau Kollegin, wie kann so etwas passieren. Ich erwarte hier eine Bekannte, dann erschien diese Dame, die mir die Wartezeit überbrücken half. Und dann macht dieser Mann ein solches Theater vor allen Leuten." Er scheint immer noch nicht klar zu sehen, wie er mit der aktuellen Situation umgehen soll. ‚Frau Kollegin' zieht ihre Jacke aus, so dass ihr dekolletiertes Kleid sichtbar wird und die rosa Perlenkette mit dem vor Erregung leicht rosigen Teint harmoniert. Dann setzt sie sich auf den Nachbartisch und drapiert ihre Beine als Blickfang. Jetzt oder nie, denkt sie. Endlich mal ein Kontakt mit P., der nicht nur wissenschaftlich distanziert verläuft. Das muss ich jetzt nutzen, aber wie?

Dann wendet sie sich Frau Hanomasi von der Service-Agentur zu, die ihr wirklich leidtut, denn sie ist nicht in das Theater eingeweiht worden. Zu ihr gewandt sagt Agnes sanft:„ Wenn Sie jetzt gehen möchten...natürlich erhalten sie das volle Honorar", fügt sie leise hinzu.

Hasso scheint dieses Schauspiel großen Spaß zu machen. Das zeigt sich in der Art, wie er jetzt die Frau um Entschuldigung für seine unziemlichen Worte bittet: „Sie sehen wirklich der Minouche so ähnlich! Aber die habe ich nur im Halbdunkel der Bar gesehen, stark geschminkt und na ja, etwas hüllenloser." Er wird nicht mal rot bei der Lüge. „Es tut mir schrecklich leid", wiederholt er immer wieder. Er sucht sogar ihre Hand, um mit einem Handkuss demütig Vergebung zu erflehen. – Bei Agnes bedankt er sich überschwänglich und strahlt sie aus tiefster Seele an. "Aber unter diesen Umständen, du verstehst?" sagt er mit reumütigem Blick, „kann ich das Geburtstagsgeschenk nicht mehr annehmen."

Dann steht plötzlich ein verärgert wirkender Herr im grauen Zweireiher und dezentem Krawattenmuster am Tisch und bittet höflich, die Rechnungen zu begleichen und das Lokal umgehend zu verlassen.

Jetzt endlich hat Dr. Savorski seine Contenance vollständig wieder erlangt und holt seine Brieftasche hervor. „Ich bezahle alles", bestimmt er und greift zur Mastercard. Halt nein! zuckt er zusammen; dann kennen die meinen Namen. So sucht er Geldscheine zusammen, um beide Rechnungen zu begleichen. Wie eine Gruppe von jugendlichen Kaufhausdieben, die noch einmal begnadigt wurden, schleichen die vier hinaus.

Vor der Tür verabschiedet sich Frau Hanomasi sofort und entflieht auf ihren Stilettos Richtung Straßenbahn. Bevor Agnes' angebeteter Wissenschaftler auch entfliehen kann, schlägt diese vor: „Lassen Sie uns doch noch einen Augenblick zusammenbleiben". Als sie bemerkt, dass der Doktor unschlüssig wirkt, fährt sie fort: „ Wir können doch eine Kleinigkeit essen und dann in Frieden auseinandergehen." Mit werbendem Lächeln schlägt sie vor: „Ich lade Sie auch gerne ein." Und zum Spaß fügt sie hinzu: „Es gibt hier um die Ecke eine Imbissbude, die hat total leckere Thüringer Bratwurst mit Pommes. Und Bier gibt es auch." – Obwohl dieser Vorschlag mit kulinarischem Abstieg gegenüber dem vorherigen Speiseangebot nicht ganz ernst vorgetragen wurde, willigt Dr. Savorski ein. Schließlich hat er seit morgens nichts gegessen.

Hasso kommt mit, als Anstands-Wau-Wau. Dies war abgemacht für alle Fehlentwicklungen wie: Szenario 1: „Agnes fällt in Teenie-Verhalten zurück, schmachtet und traut sich nicht" oder Szenario 2: „Savorski fällt in Doktor-Verhalten zurück und insistiert auf ‚Abstand'". Rückfallprävention ist Hassos Stärke. Er ist geduldig und ausdauernd und erspürt jede Nuance von krankheitswertigem Verhalten.

So geschützt fühlt Agnes sich sicher. – Also laufen sie zu dritt zum vorgeschlagenen Imbissstand mit seinen weißen Stehtischen, auf denen noch Senfreste kleben und Aschenbecher dahinschmuddeln.

Während Agnes an den knusprigen Pommes knabbert, die sie zwischen ihren Finger hält, schaut sie P. prüfend an. Er scheint mit den vorherigen Ereignissen noch nicht abgeschlossen zu haben. So fragt er Hasso prüfend: „Und Sie haben heute Geburtstag. Ist es ein runder?" Das will er doch nicht wirklich wissen! „Es ist schon eigenartig", fährt er fort, „dass wir beide ähnliche Jacketts tragen. Die waren wohl der Auslöser für die Verwechslung." – Dabei lächelt er ‚Frau Kollegin' auf eine Weise an, bei der ihr nicht klar ist, ob er ihre Inszenierung durchschaut hat und gleich zur Dramaturgenschelte ausholen wird. Eine innere Anspannung und ihr schlechtes Gewissen trüben die Freude daran, ihm jetzt so nahe sein zu dürfen.

Als er dann auch noch, nach dem Genuss eines großen Glases ‚Pils', den Rosenstrauß mit Karte erwähnt, der ihn überhaupt in den ‚Turm' geführt hat, wird Agnes ganz mulmig. Mit gesenktem Kopf knuspert sie weiter an ihren Pommes, so dass er sie nicht erröten sieht. War ich wirklich echt und überzeugend genug, fragt sie sich. Zeigen Hassos kluge Vorschläge zur Identifizierung der Unbekannten genügend Neugier, um keinen Verdacht zu wecken? Immerhin ist Savorski ein kluger und sensibler Mensch, der falsche Töne erkennen müsste.

Als nach einiger inquisitorischer Zeit endlich ein unverfängliches Thema von Hasso eingeworfen wird, fühlt Agnes sich auf sicherem Boden. Während die beiden Männer noch Fachliches austauschen, greift sie die Pappteller mit den Ketchupresten, stellt sie ineinander und legt Plastikgabeln und Messer darauf. Innerlich zufrieden schaut sie sich nach einem Abfalleimer um, zu dem sie dann das Wegwerfgeschirr trägt. Im Abstand von ein paar Metern schaut sie auf das Duo am Stehtisch. Spiegelgleich stehen die Männer zueinander gewandt, jeder lässig auf einen Ellenbogen gestützt, der das Stehen erleichtert. Gleich werden wir drei auseinanderdriften und unsere Wege gehen. Doch für diesen kleinen Augenblick sind wir eins. – Ich bin die glücklichste Frau der Stadt.

‚HOOKED' – AN DER ANGEL

Agnes nimmt ihr Alltagsleben wieder auf. Mittlerweile herbstet es, und die bunten Blätter an Bäumen und Sträuchern verweisen schon auf die ersten Nachtfröste. Auch ihre facettenreichen Fantasien über eine mögliche Entwicklung der Beziehung zu P. sind ‚auf Eis gelegt'. Ich muss aus meinen früheren Fehlern lernen, sagt sie sich: nicht grübeln, mich nicht abwerten, positiv in die Zukunft schauen. Irgendwie wird's schon weitergehen mit ihm – spätestens beim nächsten Kongress.

Ihre Zwölf-Uhr-Patientin am Montag hat sie gerade an der Eingangstür verabschiedet. Sie geht in die Küche, um den Wasserkocher anzustellen für Tee zur Mittagspause. Im Vorbeigehen drückt sie auf die Wiedergabetaste des Anrufbeantworters, der eine Nachricht signalisiert. „Savorski, guten Tag Frau Kollegin", hört sie, erschrickt und kehrt sofort zum Telefon zurück. In sachlichem Ton fährt ihr Traumprinz fort: „Unser spektakuläres Treffen ist mir noch nachgegangen, worüber ich mit Ihnen reden möchte. Ich bin Freitag dieser Woche zu einer Sitzung in der Stadt und schlage Ihnen vor, dass wir uns gegen zwei an der Normaluhr am Potsdamer Platz treffen. Ich habe eine Stunde Zeit." – Nach einer kleinen Pause fügt er in persönlichem Ton hinzu: „Mein Vorschlag kommt vielleicht etwas überraschend für Sie. Sollten Sie nicht kommen, geben Sie mir bitte über die Uni-Nummer Bescheid."

Das war's. Außer einem „Auf Wiedersehen" und dem Knacken als Signal des Gesprächsendes folgt nichts mehr. Agnes' Herz klopft bis zum Hals; sie bebt vor freudiger Erregung. Mehrmals hört sie die Botschaft ab: alleine seine Stimme zu hören, versetzt ihr wohlige Gänsehaut. Ihre Hände zittern.

Doch sie kommt nicht umhin, einen Unterton herauszuhören, der ihr ein schlechtes Gewissen bereitet. Was hat er im Sinn? Wird er sie am Freitag enttarnen wollen? – Oder sollte er doch ein Interesse an ihr haben? – Die Wahrheit kann sie erst erfahren, wenn sie ihn trifft.

Also bittet sie eine Kollegin, die Offene Sprechstunde am Freitag zu übernehmen, die erst kürzlich eingeführt wurde und noch wenig frequentiert wird.

Am Freitag um viertel vor zwei steht sie am touristenreichen Potsdamer Platz und wartet geduldig. Sie wartet bis zwei Uhr, während sie in freudiger Erregung suchend umherschaut. Sie wartet nervös auch noch bis viertel nach zwei, doch dann wird sie ärgerlich und ist enttäuscht. Um halb drei fährt sie mit der U-Bahn in die Praxis zurück und löst ihre Kollegin ab. – Kein Anruf von ihm.

Ihre Gedanken kreisen um Gründe: Hat er sich revanchieren wollen! Ist das seine Bestrafung für meine Intrige? Oder ist ihm etwas passiert? - Auf der A 24 nach Berlin sind zurzeit mindestens 5 Baustellen, da könnte er sich verzögert haben, falls er Auto fuhr. Lauter Eventualitäten und keine Möglichkeit, Klarheit zu bekommen. Denn weder hat sie seine private Telefonnummer, noch eine Mailadresse – und die Sekretärin in seiner Uni anrufen mag sie nicht.

Agnes lenkt sich ab durch eine ausführliche Beratung einer Klientin, die von ihrer Hausärztin über die Offene Sprechstunde erfahren hat. Kurz bevor sie die Praxis schließen will, klingelt noch eine aufgeregte junge Frau bei ihr, die sie im kurzen Gespräch mit Verdacht auf Borderline-Störung diagnostiziert. Agnes gibt ihr Telefonnummer und Adresse des „Fetz" der Charité und verabschiedet sie gleich danach.

Sobald die Frau gegangen ist, grübelt Agnes weiter. – Auf dem Nachhauseweg holt sie sich noch einen vegetarischen Döner, da ihr heute nach selbstfürsorglichem Kochen gar nicht zumute ist: anders als sonst an Freitagen, an denen sie sich kulinarisch verwöhnt oder zum Essen mit jemandem trifft.

Sie möchte weinen und kann aber nicht. Sie tigert in der Wohnung umher und fängt Arbeiten an, ohne sie zu Ende zu führen: Geschirr abwaschen, das Badezimmer putzen – nichts beruhigt sie. Das Wochenende steht bevor und sie hat noch nichts geplant, so sehr war sie auf den Freitag zwei Uhr fixiert. „Meine depressive alte Sarah-Seite darf jetzt nicht Oberhand gewinnen", suggeriert sie sich und wirft den Lappen, mit dem sie gerade den Spiegel gesäubert hat, in die Badewanne.

Sie ruft ihre beste Freundin Adelheid an, die in alles um P. eingeweiht ist, und berichtet vom desaströsen Nachmittag. Das Reden und Adelheids geduldiges Zuhören beruhigen sie. – Danach geht Agnes noch in die Bar um die Ecke und beschließt den Abend mit einem süßen Cocktail auf Crèmebasis.

Ludwig sitzt an einem Sonntag Anfang November zuhause in seinem weichen Lieblingssessel und blättert die Prospekte durch, die er für Dresden und Umgebung aus dem Reisebüro mitgenommen hat. Sie planen einen Städtetrip, nur er und seine Frau, wofür er vorbereitet sein will. Er liebt es, schon vor Reiseantritt so umfassend orientiert zu sein, dass er vor Ort die ersten Informationen aus dem Gedächtnis heraus mitteilen kann. Den Reiseführer aufzuschlagen ist dann nur noch für Details nötig.

Als er die Fotos vom Zwinger näher betrachtet, stößt er auf Ansichten vom Nymphenbad mit Kaskade, Säulen und Statuen. Dann fällt sein Blick auf eine Sandsteinfigur in einer halbrunden Nische. Eine Nymphe mit Puto vom Beginn des 18. Jahrhunderts, reizend anzuschauen und halbnackt. Er spürt, wie sein Herz plötzlich, nach einer leichten Systole, zu einem starken Klopfen wird. O Gott, nicht schon wieder, stöhnt er beunruhigt. Ich war doch gerade erst zum Gesundheitscheque. Da ist doch nichts Ernstes. – Er schaut erneut auf das Foto der Nymphe, die ihren Kopf zur Seite geneigt hat. Er sieht ihn im Halbprofil. Ihre langen Haare schmiegen sich an Nackenpartie und Schulter, um dann nahtlos in ebenso wellig geformte Stoffdraperien überzugehen. Wange, Hals und zarter Mund vollenden den Eindruck einer Figur, die geschaffen ist, Sinnlichkeit zu verkörpern.

Ach, Agnes! – Ihr bewegtes Gesicht an jenem Abend in der Hotelbar kommt ihm in den Sinn. Eigentlich müsste sie einen viel sinnlicheren Namen tragen, vielleicht Melusine – ach nein, das klingt wie Apfelsine. Oder Mirandolina. Ihm drängt sich das Bild einer lebensfrohen Italienerin von Goldoni auf. – Sie würden auch in die Oper gehen, ein Tribut an seine Frau. Dafür lässt sie ihn dann auch im Zwinger gewähren. Wir sind wirklich ein gut eingespieltes Paar, räsoniert er, und wir unternehmen jetzt mehr miteinander, seit der Große ausgezogen ist.

Es könnte eng werden, denkt Ludwig jetzt, während er seinen Blick aus dem Fenster auf die drei blatt- und fruchtlosen Obstbäume im Garten schweifen lässt. Diese Zweisamkeit könnte recht eng werden auf die Dauer. Hätte ich nicht noch Beruf und

Hobbies ... Karin ist schon dominant – oder auf eine strenge Weise selbstbewusst. Ihr Nonnen-Internat ist schuld, denkt er. Diese Erklärung beruhigt ihn immer wieder, wenn er droht, sich in einer Grübelschleife zu seiner Ehe zu verfangen.

Ludwig merkt jetzt, dass er vom Lesen der Prospekte abgeschweift ist. Er legt sie zur Seite, blickt kurz zu Karin, die konzentriert an einem Mohairschal strickt. Es ist schwer, etwas vor ihr zu verbergen, denkt er. So horchte sie sichtbar auf, als ich kurz Agnes erwähnte. Vielleicht hätte ich gar nichts sagen sollen? - Es war doch nichts Verwerfliches an dem Gespräch mit der Kollegin. Warum Karin gleich die Stacheln ausfährt, wo wir doch unsere Grenzen kennen.

Und doch hat diese Frau mit dem unpassenden Vornamen etwas in mir belebt. Ludwigs Blick fällt auf das Prospekt vom Zwinger. Sie hat ein inneres Tor aufgeschlossen, hinter dessen schmiedeeisernen Mustern vage ein neuer Raum auftaucht. Vielleicht könnte ich in ihm sinnlicher und kreativer werden? Ob ich mit dieser Frau darüber reden könnte, fragt er sich. - Er schiebt die Antwort erst mal von sich und widmet sich weiterhin den Prospekten.

Am Montag nach Agnes' verpatztem Wochenende zuhause gilt ihr erster Blick in der Praxis ihrem Anrufbeantworter. Die Wiedergabetaste blinkt: das muss P. sein. Ihr zittern die Beine, so dass sie sich auf einen Stuhl setzt, um dann die Nachricht abzuhören. „Ich habe es zeitlich nicht geschafft und habe keine private Nummer von Ihnen", entschuldigt er sich. „Doch wir sollten uns treffen, vielleicht noch in diesem Jahr". Da blieben noch zwei Monate bis Jahresende.

Seine Worte in dieser sanften, leichten näselnden Stimme klingen beruhigend, doch das merkt Agnes nicht. Kein Gefühl will sich regen. Sie nimmt die Botschaft hin, ohne darauf reagieren zu wollen.

Benommen steht sie auf und geht zur Küchenzeile, um den Wasserkocher für den Tee vorzubereiten. Sie wiederholt sich all die Vorteile des „Alleinlebens": Ich muss mich über niemanden ärgern, weil er meine Küche durcheinanderbringt (dabei denkt sie an ihren Ex). – Ich kann tun und lassen, was ich will. – Wenn ich Pommes mit den Fingern esse, (sie denkt an ihren Ex) dann sagt niemand, "da liegt eine Gabel. Willst du die nicht benutzen?"

Aus ihrem inneren Bilderarchiv tritt jetzt die Szene an der Imbissbude hervor. Ja, da kritisierte sie keiner wegen fettiger Finger. Sie hängt den Teebeutel in die gläserne Tasse und gießt heisses Wasser ein. Sie schaut dabei auf ihre Hände und bemerkt auf der rechten Handinnenseite eine aufgeplatzte Blase. Da hab ich gestern doch zu sehr gewütet im Keller! Aber irgendwo musste der Frust ja hin. Müde steht sie auf, geht in den Praxisraum und fährt ihren Computer hoch.

Mit entrücktem Blick auf den Bildschirm beschließt sie, dass gelegentliche, zeitlich begrenzte Treffen mit P. sie schon zufriedenstellen würden. Es muss nicht gleich Heiraten sein.

Dann folgt sie dem Alltagstrott mit den lange bewährten Routinen. In Frankreich hieß das: Metro, boulot, dodo.[4]

---

[4] U-Bahn, Arbeit, Schlafen

An einem Samstag Anfang Dezember sitzt Agnes am Küchentisch ihrer Freundin Adelheid und streicht mit dem Zeigefinger die letzten Kuchenteigreste aus der Rührschüssel. Mit langer Zunge leckt sie ihren Finger ab. „Mmh, so schmeckt er am besten", sagt sie genießerisch zu Adelheid, die gerade das Backblech mit Weihnachtsplätzchen in die Röhre schiebt.

„Du hast es geschafft, dir nach deiner Frühberentung den Traum vom Haus auf dem Lande zu verwirklichen. Obwohl du auch Single bist und alles alleine managen musstest." – Agnes schaut respektvoll auf die umfangreiche Bücherwand. „Als einstige Deutschlehrerin ist dir natürlich nie langweilig, mit all den Büchern um dich herum."

In ihrer hausfraulichen Art entzieht Adelheid ihrer Freundin jetzt die Schüssel, stellt sie in die Spüle und füllt lauwarmes Wasser zum Aufweichen der Teigreste ein. Nun ist Zeit für eine Tasse Tee, währenddessen die Plätzchen im Ofen schon erste süße Düfte verbreiten. Sie setzt sich zu Agnes und beide schauen aus dem großen Terrassenfenster in die Weite des Gartens. Alles liegt brach: die dereinst üppig belaubten Sträucher sind Skelette, die Apfel- und die Birnenbäume haben ihre Blätter entweder schon abgestoßen oder lassen sie traurig herunterhängen. Zwischen dem braun gewordenen Gras zeigen sich vereinzelt noch Blumenreste; auf dem Gemüsebeet wird Grünkohl sichtbar, der seinen ersten Frost schon vertragen hat. Diverse Krähen überfliegen den Garten hin zum abgeernteten Feld hinter dem Haus.

Adelheid bemerkt jetzt ihre Katze, wie sie zum alten Laternenmast am Gartenende pirscht. Die Storchenfamilie vom Mast ist schon lange fortgeflogen, ebenso wie die tausende von Kranichen. „Mein Minchen hält es aber lange draußen aus", sagt sie,

„wo es doch so kalt ist". Sie verfolgt mit aufmerksamem Blick die schwarz-graue Katze, die jetzt Richtung Garage schleicht. „Na, dort ist sie gut aufgehoben", sagt Adelheid und zeigt auf die Garage. „Da hätte sie eine Ecke zum Überwintern. Aber sie will immer rein ins Haus."

Nach einer Pause fügt sie hinzu: „Wir haben jetzt Katzenzuwachs in dieser Ecke. Zwei streunende Kater haben sich niedergelassen." – „Und die fütterst du mit?" fragt Agnes ungläubig, weil ihre Tierliebe nicht so weit ginge. „Na klar", antwortet Adelheid, steht auf und öffnet die Backofentür, um nach den Plätzchen zu sehen. Der warme Hauch, der ihr entgegenschlägt, lässt sie zurückzucken. Nachdem sie ihre beschlagene Brille abgewischt hat, sieht sie, dass der Teig noch hell ist und so schließt sie die Tür wieder.

Sie gießt sich und Agnes eine weitere Tasse Earl Grey ein. Dann bemerkt sie ihre Katze wie sie an den Marmorfiguren auf der Terrasse vorbei schleicht, und öffnet ihr die Tür. Minchen stakst an beiden Frauen vorbei zu ihrem Fressnapf, und da sie dort nichts Frisches vorfindet, weiter hin zu ihrer Lieblingsecke hinter dem Bett im Schlafraum.

In die winterliche Stille hinein macht sich Agnes' Handy bemerkbar. Sie hört es zuerst gar nicht. Erst als das Geräusch nicht aufhört, stutzt sie und eilt dann zu ihrer Tasche. Am Telefon ist – sie muss den Namen wiederholen lassen – am Telefon ist Ludwig. Der Bärtige von der Tagung. – Agnes stellt den Ton laut, so dass ihre Freundin mithören kann. „Wir sind auf der Durchreise und wollen in Berlin übernachten, bevor wir morgen nach Hessen zurück fahren. Wir würden sie gerne treffen. Die Frau, die vom Auto verfolgt wurde, möchte meine Frau Karin gerne mal kennen lernen", sagt er.

Agnes schaut die Hausherrin an, die gerade das heiße Backblech auf eine feuerfeste Unterlage stellt. „Heute?", fragt Agnes leise. „Morgen zum späten Frühstück", schlägt Adelheid vor. „Also am Sonntag zum Brunch könnten Sie kommen. Allerdings muss ich Ihnen den Weg beschreiben." - Ludwig nimmt den Vorschlag an.

Als Ludwig und Karin am Sonntag klingeln, sitzen die Freundinnen noch am Frühstückstisch und lesen sich wechselseitig aus ihren Zeitungen vor. Dies ist ein Ritual, bei dem nur die Hauskatze unzufrieden ist, weil niemand sie streichelt. Der Tisch ist für vier Personen gedeckt, so dass die Gäste sich von selbst hergestelltem Brot und Marmeladen oder vom Käse des Biobauern bedienen können.

„Sie wohnen wunderschön hier in Brandenburg", schwärmt Ludwig, „und haben so viel Auslauf". – Während sie später durchs Haus geführt werden, erfreut sich Ludwig an den weißen Marmorobjekten im Wohnraum. Besonders angetan ist er von dem mit leichten grauen Adern durchzogenen Torso einer Frau. Er streicht mit der rechten Hand an den glatten Formen des Statuario entlang und umfasst die Figur dann mit beiden Händen. Er wirkt wie weggetreten in eine Welt der Torsos, Statuen und Säulen. Es sind Adelheids eigene Werke, die er berührt. Als sie ihm mehr über die Arbeit am Stein berichtet, wirkt er sehr lebendig. „Ich würde so gerne auch mit Stein arbeiten, aber ist dies nicht zu schwer?", fragt er sie. „Versuchen sie es! Und danach kommen Sie nicht mehr davon los", prophezeit sie ihm.

Währenddessen räumen Karin und Agnes den Tisch ab; Agnes spült und Karin trocknet das Geschirr ab. Die menschenscheue

Katze hat sich nach draußen verzogen und trifft am Garagentor die Besuchskatzen, die sie mit Fauchen zu verscheuchen versucht. Vergeblich natürlich, denn die Katzen erkennen den Bluff und bleiben, bis Fressen naht. Die beiden Frauen übernehmen dann Adelheids ‚Gästeservice', wobei Karin die Gelegenheit wahrnimmt, nach dem Abend in der Hotelbar zu fragen. Jeder Gedanke von Eifersucht kann im Gespräch der beiden Frauen zerstreut werden.

Angeregt und zufrieden verabschieden sich die Gäste am frühen Nachmittag. Ludwig wirkt wie beseelt. „Ich habe einen neuen Weg für mich gefunden. Ich werde nicht nur beim Betrachten und Befühlen bleiben. Nein. Ich werde Marmor ausprobieren. Meine Kreativität ist wieder auferstanden", freut er sich.

„Grüß Gott, Papa. I wollt di anrufen, aber I bin net dazu kommen", entschuldigt sich Paul Savorski im regionalen Idiom seines Heimatortes. „I muss für die Tagung in Hamburg noch Folien vorbereiten. Die alten Untersuchungen der 90er kann I net wirklich in mein Klinischen Seminar bringen. Da lachen doch die Gockeln, die Studenten", versucht er einen kleinen Scherz. „Nein Papa, tut mir leid, aber I kann net übers Wochenend zu euch kommen, auch wenn du deinen dreiundachtzigsten am Samstag feiern tust. Aber I ruf di auf jeden Fall an", beschwichtigt der Sohn. „Und nu gib mir mal die Mama".

„Aber Mama, Jeanette wird nicht mitkommen die Woche drauf." Seine Stimme klingt genervt. „Sie hat ihr eigenes Leben. Wir sind doch nicht verheiratet. Warum tust du immer so, als ob. Sie ist nicht ‚meine Jeanette'", betont Paul jetzt mit großem Nachdruck und stößt sich kraftvoll vom Schreibtisch ab. Es ärgert ihn, wenn seine Mutter seine unkonventionelle Lebensweise anzweifelt. Als ob er jemals heiraten würde! – Ich bin und bleibe durch und durch mit der Wissenschaft verheiratet, die mir so viel zu bieten hat, bestätigt er sich nachdrücklich. Er zieht sich mit dem Drehstuhl wieder heran an den Tisch. Sein Blick heftet sich an den Papierberg, der sich linkerhand auftürmt. Wie könnte ich diesen effizient bearbeiten, ohne Wesentliches zu übersehen, überlegt er, während seine Mutter Neuigkeiten aus dem Heimatort schildert. Er trinkt den Rest Cola und stellt die Flasche dann auf ein Tablett auf dem Teppichboden. Die HiWi[5] hat die Daten für das Klinische zwar zusammengetragen und auch ausgedruckt - aber sie sind nicht vorsortiert, stellt er beim Blättern fest. – Sie ist noch so unbedarft. Schade, dass Petra ihre Doktorandenstelle in der Schweiz angetreten hat. Sie hätte mir schneller die richtigen Daten geliefert. Basel ist halt interessanter als unsere Uni, denkt er mit einem Anflug von Enttäuschung. Dass sie wegging, obwohl ich sie so protegiert habe. Berechtigt, natürlich, beschwichtigt er sich. Denn sie ist wirklich gut im Fach.

„Gehst denn wieder auf den Christkindlmarkt", fragte er seine Mutter Pflicht bewusst. Und während er seine Akten weiter durchblättert: „Ihr wolltet doch in der Gemeinde die Weihnachtsvorbereitungen besprechen." Die Antwort seiner Mutter scheint ihn nicht zu befriedigen, denn er hakt nach: „Und das Krippenspiel am Heiligabend soll wirklich wegfallen?" Das würde ihn schmerzen, denn jedes Jahr, wenn er dem Spiel in der Kirche beiwohnen konnte, erinnerte er sich an seine eigenen kindlichen Auftritte als Josef. – Vielleicht wäre ich ein guter Tischler geworden, wenn ich nicht in die Wissenschaft gegan-

---

[5] Kurzform von ‚Wissenschaftlicher Hilfskraft'

gen wäre, fragt er sich. Dann wäre ich vielleicht in die Umgebung gezogen, hätte geheiratet, ein Haus gebaut, Kinder bekommen – so wie meine Eltern es gerne gehabt hätten.

Nicht dass sie seine akademische Entwicklung abgelehnt hätten, im Gegenteil. Die Mutter wollte, dass er zur Universität geht. Aber werden sollte er was Gediegenes, Lehrer oder Rechtsanwalt. Dann wäre er in der Umgebung geblieben und könnte die Eltern immer unterstützen. – Diese Diskussionen um meine berufliche Laufbahn haben wir schon lange nicht mehr miteinander geführt, sinniert der Sohn. Mutter ist ja immer noch stolz auf mich. Ob sie noch die Zeitungsausschnitte sammelt, in denen ich erwähnt werde? Nur gelegentlich kommen Vorwürfe in unauffälligen Äußerungen verpackt. So wie jetzt, beim Thema Krippenspiel, Kirchenbesuch und seiner späten Anreise zu Weihnachten. Er stoppt seine Mutter sofort und antwortet trotzig: „Mama, ich bin glücklich da, wo ich bin".

Natürlich erzählt er seiner Mutter nicht von all den Grausamkeiten im Feld. Wie zum Beispiel den perfiden Äußerungen von Mayer oder anderen Neidern; oder über seinen Wunsch, trotz der sicheren Lebensstelle noch einmal Ort und Arbeit wechseln zu wollen. Vielleicht sogar in die Hauptstadt zu ziehen. Oder ins Ausland zu gehen? – „Pfuiti, Mama, auf bald", beendet er das Telefonat. Der Abschiedsgruß klingt ihm befremdlich angesichts der Diktatur des Hochdeutschen oder Englischen in seiner Lebenswelt. Aber er kann doch nicht ‚Bye-bye' oder ‚Ciao' sagen. ‚Adieu' vielleicht? Könnte er mal ausprobieren.

Savorski wendet sich wieder seinem Papierstapel zu und fängt an, die Texte nach Themenschwerpunkten und Verwendbarkeit zu sortieren. Das beruhigt und stärkt ihn. Heute würde er noch vor Mitternacht mit Arbeiten aufhören, damit er endlich mal genug Schlaf bekommt. Falls er nicht zu viel Cola getrunken hat.

Agnes legt sich noch vor Mitternacht ins Federbett, um sich den Schönheitsschlaf zu gönnen. Doch ein Uhr ist vorbei, dann zwei Uhr, und sie grübelt immer noch, wälzt sich vom Rücken auf die rechte Seite, auf die linke Seite, auf den Bauch und da capo alles noch mal von vorne. Sie grübelt, doch ist es nicht das depressive kreiselnde, sich wiederholende Denken, das Sarah spiralartig immer tiefer in die Gefühlsgruft geführt hatte damals. Wann bin ich eigentlich da rausgekommen? fragt sie sich. Eigentlich schon in der Lehmhütte. Spätestens aber, als ich Mylène auf ihrer Ziegenfarm besuchte.

Agnes sieht sich in ihrer scheuen Annäherung an diese Tiere mit den ausdruckslosen Augen. Sie stehen zu einem Dutzend in einer Reihe an einer Melkmaschine mit vielen Schläuchen. Mylène zapft kurz mit der Hand an den Eutern, um ihnen dann die Saugnäpfe anzulegen. Die Maschine zieht im Takt die fette Milch ab und leitet sie über die Schläuche in den Käseraum. Einen Schnappschuss von mir vor einem glänzenden Aluminiumbottich muss ich Adelheid mal zeigen, nimmt sie sich vor. Ihr sagen: Da drin wird die Milch mit Lab vergoren. – Wie wunderbar, die kleinen runden Käse mit meinen Händen zu formen, sie mit Asche oder Pfeffer zu bestreuen und in kleine Holzkistchen einzuordnen! – Und wie wir sie dann an unserem Stand auf dem Wochenmarkt verkauft haben: wie produktiv ich war und wie sinnenfroh!

Diese Reise hat mir Kraft gegeben für die Arbeit und das Leben nach der Scheidung von Johann. Agnes steht auf, öffnet eine

Flasche Möhrensaft und gießt sich ein Glas voll. Damit stellt sie sich vor die Balkontür und schaut in den mondlosen Nachthimmel. Während sie den süßen Saft in kleinen Schlucken trinkt, denkt sie an P. – der erste Mann seit Ewigkeiten, in den sie sich verliebt hat. Ihr wird ganz wohlig im Bauch. Sie sieht ihn vor sich am Stehtisch der Imbissbude. – Er gefällt mir so wie er ist; trotz Kilos zuviel und Neigung zu Bluthochdruck. Er ist kein Adonis und ich keine Aphrodite.

Sie stellt das leere Glas in die Küche zurück und kuschelt sich dann wieder unter ihre Decke. Irgendwann überfällt sie der Schlaf und sie träumt von ihm, dass er unweit von ihr herumläuft und fotografiert. Sie deutet dies so, dass er nach ihr sucht. Schöner Traum.

Nach einem ‚Vormittag der depressiven Patienten' sinkt die Therapeutin Agnes erschöpft und geistig ausgelaugt in ihren dunkelroten Ruhesessel neben dem Fenster. Die erste Patientin forderte extrem hohe Sensibilität und Einfühlsamkeit; die folgende hingegen immer neue Ideen aus einem pädagogischen Zauberkasten, die sie dann psychologisch verpacken musste; der letzte Patient wiederum schützte sich durch widerständige Ja-aber-Sätze, die sie seelenruhig aufgriff und konstruktiv weiterzuführen versuchte. – Jetzt ist ihr nach Mittagspause, die sie heute sogar auf zwei Stunden ausweiten kann, da der 14-Uhr-Patient rechtzeitig absagte.

Sie greift zu einer der gestapelten Fachzeitschriften. Nach Lesen ist ihr nicht zumute, doch für Fotos angucken reicht ihre Konzentration noch. Beim Durchblättern stößt sie auf die Traumatagung in Hamburg, die sie verpasst hatte. Plötzlich bleibt ihr die Luft weg: Auf einem Foto vom Publikum ist P. zu sehen. Er neigt sich leicht zu seiner Nachbarin. Es ist wirklich er, wenn auch nur klein und ein Mensch unter vielen. Und die Frau neben ihm ist ebenso klein und Agnes kennt sie nicht.

Sie spürt die Hitze, die ihr in den Kopf steigt und ein Gefühl wie Eifersucht sticht in der Brust- und Herzgegend. Hat die ein Glück, ihm so nahe sein zu können! Er lächelt anscheinend sogar ein bisschen. Wer ist sie? Seine Freundin oder Frau? Vielleicht eine Kollegin? Eigentlich könnte es mir egal sein – aber es ist mir nicht egal! Agnes legt die Zeitung zurück und igelt sich ein in ihrer Traurigkeit. Traurigkeit darüber, dass nicht sie es ist, die da neben ihm sitzt und er den Kopf lächelnd zu ihr neigt. – Tränen treten ihr in die Augen und sie spürt, dass es auch die Anstrengung des Arbeitsmorgens ist, die auf ihr lastet und nach Entspannung sucht. Auch – aber nicht nur. Wochenlang zurückgedrängte Gefühle brechen hervor. Tränen tropfen von ihren Wangen. Als sie sich schneuzen müsste, steht sie auf und holt sich ein Päckchen mit Taschentüchern. Dann kuschelt sie sich in den Sessel ein, legt die Tücher auf ein Brett des Bücherregals neben sich und atmet tief durch.

Ich müsste eigentlich mal wieder handeln! – Ich müsste aus meiner Schmollecke herausgehen und als erwachsene Frau Verantwortung für mich übernehmen, gibt sie sich die Order. Sie bemerkt, dass ihre beiden Grünpflanzen auf dem Regal vertrocknet aussehen. Sie steht auf und holt mit der Gießkanne Wasser aus der Küche. Sie gießt die Blumen langsam und vorsichtig, damit keine Erde aus den Töpfen weg geschwemmt wird. Plötzlich lacht sie über die Symbolik: Ich bin auch vertrocknet, innerlich, und brauche Wasser, brauche Leben. – Eigentlich möchte ich belebt werden und die Umworbene sein, diejenige, nach der er sich sehnt, und nicht umgekehrt.

Doch muss ich mich wohl selber um Ernährung bemühen, wenn kein Gärtner in der Nähe ist. – Sie bringt die Kanne zurück und geht zum Schreibtisch. Dort sucht sie nach einer geeigneten Weihnachtskarte, mit Kuvert, auf das sie „persönlich" schreibt; auf der Karte folgen ein paar passende Weihnachtsfloskeln. Mehr kann sie jetzt nicht tun. Als sie den Brief in den Kasten direkt an der Post wirft, mit Leerung eine halbe Stunde später, spürt sie, dass dies eine richtige Entscheidung ist.

Anfang Januar zieht Agnes aus dem Briefkasten ihrer Praxis ein Kuvert mit Absender von P.'s Universität. Darin steckt ein Formular für die Anmeldung zur Besichtigung des Reichstagsgebäudes. Als Antragsteller ist handschriftlich die Universität eingetragen. P.'s kurze Notiz besagt, dass sie die Unterlagen schnell verschicken soll und eine Ausweiskopie beifügen. „Ich erwarte Sie am 14. Januar ab ca. 20 Uhr im ‚Restaurant Käfer' oben im Reichstag. Sie sind als VIP in der Liste der Geladenen aufgeführt. Das Arbeitsessen wird schon halb acht Uhr beendet sein, doch ich werde bleiben und auf Sie warten."

Sie jauchzt angesichts der Möglichkeit, ihn zu treffen – und dazu in solch einem auserlesenen Rahmen. Schon stellt sie sich vor, wie sie an der Warteschlange vor dem Reichstag vorbei durch den VIP-Eingang schreitet. Und dann nur ihr kleines Handtäschchen kontrollieren lässt, in dem sie vorsorglich nichts Gefährliches mitträgt. Dem Fahrstuhlführer wünscht sie ein freundliches Guten Abend und genießt die Fahrt mit dem Lift bis zur Kuppel. Dort schreitet sie den spiralförmig angelegten Weg hoch in der Kuppel bis zur Restaurantebene. Zwar ist es dunkel draußen, doch die Großstadtlichter saugt sie dann, ringsherum gehend, in sich auf. In ihrer Vorstellung sieht sie den Funkturm und den Alex-Turm, die erleuchteten Gebäude des nahen Potsdamer Platzes und auch Gebäude aus ihrem Stadtviertel in der Ferne.

Dann sieht sie sich im Edelrestaurant mit ihm sitzen und ein Glas Rotwein trinken – das ist die Erfüllung ihrer Sehnsüchte. Über den Dächern der Stadt sein – in ihrer Hauptstadt. Etwas Stolz erfüllt sie, dass sie hier wohnen und arbeiten darf, inmitten der Vielfalt von Menschen, Kulturen, Architekturen. Das hätte ich als Mädchen ‚vom Lande' nicht gedacht, dass meine Sehnsüchte nach Großstadt wahr werden, denkt sie. Damals hieß die Sehnsucht ‚New York, New York'; da hatte Berlin schon eine Mauer und Bonn war eine Kleinstadt.

Und wenn ich in meinem Kaff geblieben wäre bei meinen Jugendfreunden? Dann wäre ich vielleicht die Frau des Grundschullehrers geworden, hätte zwei Kinder zur Welt gebracht, davor oder danach vielleicht eine Ausbildung oder Umschulung gemacht und wäre jetzt in Frührente. Wir besäßen ein Haus mit Garten und wären sicher eingebunden in die Gemeinschaft aus Ehepaaren, Verwandten und Nachbarn.

Wir hätten auch mal eine Reise nach Berlin gemacht und uns in die Warteschlange vor dem Reichstag eingereiht. - So oder so: um die Stadt kommt man nicht herum.

Er ist offensichtlich noch im Doktor-Modus, denkt Agnes, als die erste Zeit des Zusammentreffens im ‚Käfer' anstrengend verläuft. Sein Körper wirkt sehr angespannt. Gelegentlich zeigt sich dies in unwillkürlichen Bewegungen seiner Arme oder der Beine unter dem kleinen Tisch, die vielleicht innere Spannungen entladen.

Seine Äußerungen zu ihren einleitenden Worten folgen prägnant und sehr schnell. Kaum hat sie Luft geholt, kommentiert oder bestätigt er mit kurzen Einschüben. Die äußere Gelassenheit, mit der sie das Restaurant betreten und ihn gesucht hatte, ist durch dieses verbale Pingpong zusammengefallen. Sie gestikuliert unharmonisch mit den Händen und übertreibt die Gesichtsmimik. Sie kommt aus ihrer Rolle, mit ihm verbal ebenbürtig und klug sein zu wollen, nicht heraus. Es macht zwar auch Spaß, so mit ihm zu reden und mit Worten zu spielen. Doch muss sie das Ruder herumreißen auf dieser wilden See, sonst gibt es ‚Frau über Bord'.

Zwischendrin nimmt sie blitzlichtartig Einzelheiten in seinem Gesicht wahr, die auch unangenehme Gefühle in ihr auslösen. Gefühle, die etwas mit wahrgenommener oder gedeuteter Gewalt und Kälte zu tun haben. Dann wieder spürt sie bei ihm eine Weichheit und Warmherzigkeit, die sie selber hart und unerbittlich erscheinen lässt im Verhältnis zu ihm.

Als Agnes ihre Schokolade mit Sahne (anstelle des müdemachenden Rotweins) und P. einen alkoholfreien Cocktail (anstelle einer Kalorienbombe) vor sich stehen haben, entscheiden sie, dass es an der Zeit ist, sich zurückzulehnen. Kein Pingpong, Schlagabtausch, Pfauenrad oder ähnliches Spiel mehr, sondern Annäherung üben mittels Worten.

Sie sprechen langsamer und bedächtiger. Agnes' Bewegungen beruhigen sich und P. gönnt sich Sprachpausen. Agnes schöpft die süße Sahne vom heißen Kakao ab und sagt lächelnd, dass dies schon als Kind ihr Lieblingsgetränk war; später dann aufgefüllt mit Scotch Whiskey. So gelangen sie zum Thema Pubertätsjahre in langweiligen tausend-Seelen-Orten. Agnes bekennt nun, dass er, Doktor Savorski, sie an die beiden Jugendfreunde

Fritz und Rainer erinnert. Sie erzählt ihm mehr von den beiden und den Beziehungen zu ihr. Er nimmt ihre Ausführungen schweigend und interessiert auf. „Ich hätte nicht gedacht", sagt Agnes „dass meine ersten Begegnungen mit Jungens solche Spuren hinterlassen würden. In den therapeutischen Analysen wird sehr stark auf die Eltern fokussiert, jedoch Jugendfreunden und Freundinnen vergleichsweise wenig Beachtung geschenkt."

Nun ist P. an der Reihe: „Mich haben Bücher sehr geprägt", beginnt er, was dazu führt, dass sie sich über ihre damalige Lieblingsliteratur austauschen: Karl May und irgendein Taschenbuch von Sigmund Freud haben beide ‚verschlungen'. Getrennt waren Vorlieben bei „Bravo" versus Science-Fiction-Romanen. „Eine merkwürdige Mischung haben wir damals geschmökert, je nachdem, was die kostenlosen Bibliotheken uns ermöglichten", sagt Agnes.

"Ich habe dann auch früh angefangen, psychologische Literatur zu lesen", berichtet P. „und mich auch für Philosophie interessiert. Beides habe ich dann gleich nach dem Abitur studiert". Agnes sieht ihn in Gedanken als zarten Jüngling im Hörsaal sitzen und Vorlesungen über Kant oder Hegel folgen.

Während er über sein Psychologiestudium spricht, schaut sie mal auf sein Gesicht, mal auf seine Hände: gelegentlich nehmen sie das Cocktailglas auf, führen es mitsamt dem Strohhalm zu den Lippen und lassen die kühle Flüssigkeit durch diesen sinnlichen Mund in den Gaumen fließen. Da kein Bart verdeckt, kann sie den Konturen der Lippen folgen, gelegentlich die gleichmäßige Zahnreihe betrachten und fragt sich, warum sie dieses Gesicht manchmal als gewaltsam deutet. – Vielleicht tritt dieser Gesichtsausdruck dann auf, wenn P. sich Zügel anlegt, um unliebsame Gefühle zurückzuhalten? – Wenn er nachdenkt, etwa um eine Frage zu beantworten, schaut er nach unten und taucht erst wieder auf und blickt ihr ins Gesicht, wenn er aus seinem immensen Wissensrepertoire klare Worte gefunden hat. Selten schweift er ab, um in den Raum zu schauen. Diese konzentrierte Aufmerksamkeit auf sie beide weiß Agnes zu schätzen.

Dann wieder schaut sie auf seine Hände, denen sie keine Spuren von handwerklicher Schwerarbeit ansieht. In einem Augenblick spürt sie einen intensiven Impuls, seine linke Hand zu berühren – ihre auf seine zu legen. Dabei die Wärme zu spüren, die sie verbinden würde. Schon der Händedruck beim Ankommen, der ein bisschen zu fest war, so dass sie leicht zusammenzuckte, gab ihr ein Gefühl von Stärke. – Die Hand geben – die Hand nehmen – etwas in die Hand nehmen – ‚das kann ich händeln': seine Hand zieht sie an. Der Monolog des Gretchen im ‚Urfaust' fällt ihr ein ‚...sein Händedruck, und ach sein Kuss. Ach könnt ich fassen und halten ihn, und küssen ihn, so wie ich wollt – an seinen Küssen vergehen wollt.'

Soweit sind wir noch lange nicht – weder beim Vergehen, noch beim Küssen, seufzt Agnes stumm. Doch jetzt sitzen wir uns im ‚Käfer' gegenüber, denkt sie – immer noch erstaunt über diese ungeahnte Wendung der Beziehung zu P.. "Wie darf ich Sie eigentlich ansprechen?", fragt sie ihn. „Wie wär es mit Vornamen und ‚Sie'? Ich bin Agnes. Darf ich Sie Paul nennen?" Ja, es bleibt bei Paul. Sein Name schmilzt auf ihrer Zunge, wie die Schlagsahne vorhin. Solch ein weicher Klang, so einfach und doch so schön.

Heiße Schokolade und Cocktail sind ausgetrunken. Beide verharren zufrieden und für Augenblicke wortlos in diesem Zustand. Agnes bemerkt zuerst nicht, dass eine schlanke Frau mit langen schwarzen Haaren in das halbleere Restaurant tritt und Paul leicht in diese Richtung nickt. Erst als sie an Agnes vorbei direkt zu ihm geht, ihn umarmt und sagt: „Da bin ich wieder. Habe alles gesehen und bin fix und fertig", sich einen Stuhl heranzieht und darauf niedersetzt, erwacht Agnes aus ihrem seligen Zustand.

Paul schaut irritiert aus, beugt sich zu der Frau hinüber und sagt leise: „Wir haben uns doch unten im Vorraum verabredet, zwischen halb und viertel vor Zehn. Wieso bist du denn noch mal hoch gekommen?" Agnes starrt das Pärchen an: wieso hat er mir nichts davon gesagt – vom Zeitlimit oder von der Frau? Sie fühlt sich auf einmal klein und unbedeutend. Soll das der letzte Eindruck von unserer heutigen Begegnung sein: Paul mit dieser Frau aus der Zeitung?

Vielleicht als Reaktion auf Agnes' Gesichtsausdruck macht Paul die Frauen miteinander bekannt: „Jeanette ist eine langjährige Freundin und Kollegin von mir. Und Agnes -" Während er noch überlegt, haben die beiden Frauen sich einander zugewandt, formell die Hände geschüttelt und der jeweils anderen ein unbedeutendes Lächeln geschenkt. Alle drei begeben sich wortlos auf den gewundenen Abstiegsweg, hinein in den Lift und zurück in den Vorraum des Reichstags. Bei der Trennung sagt Paul: „Wir sehen uns sicher noch einmal". „Ja", sagt Agnes, „sicherlich".

Auf dem Weg zur S-Bahn ist Agnes Körper „geladen". Sie flucht leise vor sich hin, wobei sie betont heftig mit den Highheels auftritt. Wenn mir jetzt jemand aus dem nahegelegenen Tiergarten auflauern würde, könnte ich Bärinnenkräfte entfalten, schätzt sie sich ein. In der S-Bahn ist sie noch so wütend, dass sie sich am liebsten mit den Wintertouristen um die Sitzplätze streiten würde. Unter nervösem Fusstippen sieht sie dem baldigen Ausstieg entgegen.

Angekommen in ihrem Stadtviertel geht sie zur Bar nebenan, und will bei Weltschmerz-Musik ihr Selbstmitleid pflegen. Doch die Besitzerin schließt gerade die Eingangstür ab. Also heim! Es ist zu spät um Adelheid anzurufen. Morgen, gleich morgen früh rufe ich sie an und erzähl ihr alles.

„Dieser Mistkerl hat mir nicht gesagt, dass unten eine Frau auf ihn wartet", schimpft Agnes am folgenden Morgen ins Telefon, das sie auf ‚laut' gestellt hat. So kann sie ihre wütenden Tiraden mit heftiger Gestik begleiten. „Und stelle dir vor, Adelheid, sie ist auch noch attraktiv und nicht unsympathisch. Ob die wirklich nur Kollegin ist oder auch Lebensgefährtin?", fragt sie mit ironischem Unterton.

Adelheid in ihrer Rolle als Seelentrösterin hört erst mal nur zu. „Aber es ist doch ein guter Anfang gemacht", meint sie zu einem Zeitpunkt, als der Wortschwall abzuebben scheint. „So hoffnungslos sieht es zwischen euch doch gar nicht aus. Immerhin seid ihr schon bei den Vornamen".

„Du hast Recht", antwortet die nunmehr etwas weicher gestimmte Agnes. „Aber sag mal, könntest du für mich rauskriegen, wer sie ist und wo sie wohnt", bittet sie Adelheid. Und auf ein „Wieso?" sagt Agnes: „Meine Festplatte ist unerwartet gelöscht und ich muss alles neu einrichten lassen. Und weißt du, was der Computer-Crack im Laden dazu gesagt hat? ‚Man weiß nie, wann man stirbt, so ist es eben auch mit Festplatten'. Ganz schön zynisch, nicht?"

Agnes' Gefühlsausbruch scheint nachgelassen zu haben. So wagt es Adelheid, von ihrem Leben und ihren Vorhaben zu berichten. „Ich hab im Winter doch ziemlich depressiv rumgehangen", beginnt sie. „So'n richtiger Landblues. Bevor ich ganz absackte, habe ich mir Pläne für das Frühjahr gemacht. Ergebnis: Ich will jetzt Ende Februar eine Nostalgiereise antreten in meine Heimat. Über Google habe ich einen früheren Schulfreund aufgetan, und mit dem treffe ich mich."

„Aber sag mal, wo ist denn eigentlich deine Heimat", fragt Agnes neugierig nach. „ich dachte immer, du seist Neuköllnerin."

„Nein, nein, mein Vater hatte bis Kriegsende im Bergbau in Kattowice geschuftet. Wir wohnten noch bis Anfang der 50er Jahre bei Verwandten in Krakau, um dann nach Neukölln auszusiedeln. Da war ich gerade sechs, so dass ich wesentliche Jahre meiner Kindheit als Deutschstämmige in Polen verbrachte. – Ich erinnere mich weniger an Ausgrenzung oder Diskriminierung, als an armselige Lebensumstände, die sehr viele Menschen betrafen. – Jetzt hat sich alles geändert und die alte Universitätsstadt Krakau ist eine touristisch attraktive Metropole geworden."

„An dir kann man sehen", lobt Agnes, „dass auch eine Single-Frau sich noch im Rentenalter ein interessantes und lebenswertes Dasein schaffen kann".

„Es gibt Glück und Zufriedenheit jenseits von Hollywood-Klischees und Partnerschaftsideologien", gibt sie Agnes mit auf den Weg. „Ohne Paul geht deine Welt nicht unter!"

Wohl wahr. Nachdem Agnes die Aus-Taste des Telefons gedrückt hat, spürt sie neue Energien. Sie treiben sie an diesem

Samstagfrüh zu umfassenden Putz-Aktionen. Nur die Fenster lässt sie wegen der kalten Außentemperaturen ungesäubert, doch ansonsten wird keine Ecke ausgelassen. Im nunmehr aufgeräumten, warmen Keller sortiert sie danach noch alte Fachzeitschriften aus, nimmt das Shredder-Gerät mit in die Wohnung und zerkleinert sämtliche aussortierten Dokumente. Als sie diese befriedigende Zerstörungsarbeit am frühen Abend beendet hat, sind damit auch die Illusionen um Paul ‚im Abfalleimer' geendet: Schade, doch ich muss der Realität ins Auge sehen, dass ich Paul nicht näher kommen werde. Und irgendwann als Single ins Grab sinke.

AUFBRUCH ZU UNBEKANNTEN UFERN

In den kommenden Wochen folgt den trüben Regentagen zum Jahresanfang ein Wintereinbruch mit hohem Schneeaufkommen, glatten Straßen und eisigen Temperaturen. Dieses unwirtliche Wetter dauert bis Anfang März und lässt die Menschen in der Großstadt unter ihren grau-schmutzigen Schneewällen missmutig dahineilen.

Agnes nimmt ihre ehrenamtliche Tätigkeit nach den Weihnachtferien wieder auf, arbeitet während der Woche in der Praxis, meldet sich zu einem Gymnastikkurs an, pflegt die üblichen Kontakte und fühlt sich rundum ausgefüllt. Als ein Ex-Lover sie einlädt, über Ostern auf sein Boot an einer griechischen Insel zu kommen, zögert sie mit der Antwort. Jetzt ein paar Tage der ungemütlichen Stadtluft zu entfliehen täte ihr gut. Doch die Erwartungen, die er unausgesprochen an sie stellen würde, mag sie nicht erfüllen. So bleibt sie im Alltagstrott und freut sich ab März über jedes kleine Vorgartenblümchen, das Frühlingsbotschaften verbreitet. Auch die Amseln verkünden in der Frühe ab fünf Uhr ihre unverständlichen Nachrichten und selbst die Tauben gurren ausdauernd.

Anfang April klingelt es in der Praxis kurz vor elf Uhr. Agnes drückt den Knopf des Türöffners, denn es wird, wie üblich, der Pin-Postbote sein. „Immer bei mir", murmelt sie.

Sie will die beiden Kuverts gerade auf den Schreibtisch legen, um sie später zu öffnen, da sieht sie aus dem Augenwinkel das Logo von Pauls Universität. Ihr Herz klopft bis zum Hals. „Jetzt nicht lesen", sagt sie sich, denn die nächste Patientin wird pünktlich um elf da sein. Auf dem Weg zur Küche, in der sie den wertvollen Brief deponieren will, sieht sie im Spiegel ein gerötetes und sehr freudig strahlendes Gesicht. So sah sie vor fünf Minuten noch nicht aus. – Ich muss mich schnell beruhigen, suggeriert sie sich. Sie zwingt sich, ruhig ein- und auszuatmen. Aber in der Mittagspause werde ich den Brief öffnen, sagt sie sich und übt weiter das Ruheatmen.

Die Therapiesitzung bis kurz vor Zwölf professionell zu gestalten fällt ihr schwer. Der Gedanke an die Post von Paul schießt ihr pfeilschnell in den Kopf, ohne dass sie es verhindern kann. Jetzt nicht, sagt sie sich wie ein Mantra. Später. Innerlich belebt führt sie die Sitzung mit einer sprachlichen Leichtigkeit und einer Lebendigkeit, die ihr in den kalten Wochen abhanden gekommen ist. Was die Patientin wohl davon hält?, denkt die Therapeutin. – Wie gut, dass wir noch keine Prozessanalysen nach draußen geben müssen. Wer weiß, was die Patientin heute angekreuzt hätte: besonders effizient oder gerade nicht?

Kaum hat Agnes die Tür hinter der Frau geschlossen, eilt sie in die Küche, nimmt das Kuvert und setzt sich. In weihevoller Stimmung öffnet sie es mit einem Küchenmesser, nimmt den getippten Text heraus und überfliegt seinen Inhalt. Die Anrede ist merkwürdig, doch entspricht sie der undefinierten Beziehungsform, die sie haben. „Liebe Frau Kollegin", schreibt Paul, „ich war derart mit Arbeit überladen und einige Zeit im Ausland, so dass ich keine Möglichkeit sah, mit Ihnen zu kommunizieren." Kommunizieren? Warum schreibt er nicht ein einfaches deutsches Wort? Ach so, Wissenschaftssprache ist Englisch und er war gerade im Ausland. OK. Und weiter: „Ich weiß, dass es ein ungewöhnliches Anliegen ist, doch können Sie nicht mehr wie absagen." Er sei Anfang Mai zu einer Tagung in Avignon. Er würde sich freuen, wenn sie ihn dort besuchen und sie zwei Tage miteinander verbringen könnten. Um ein Hotelzimmer für sie zu buchen, bräuchte er nur ihre baldige Bestätigung.

In ihrem Kopf ist Chaos: Woher weiß er, dass ich Südfrankreich mag? O Gott, zwei ganze Tage! Welch eine Idee! Obwohl sie sitzt, wird ihr schwindelig. Ich habe noch gar nichts gegessen, fällt ihr plötzlich ein. Langsam steht sie auf und nimmt sich erst mal eine Banane. Während sie diese schält und danach hineinbeißt, beruhigt sie sich. Sehr fern ist das doch gar nicht, sagt sie sich. Ich hatte doch sowieso mal überlegt, zu Gabi und Mylène in den Aude zu fahren. Gabi hat immer ein Bett für mich frei.

Aber wie komme ich dahin? fragt sie sich, öffnet den Küchenschrank und holt sich eine Suppendose ‚Reis mit Huhn' heraus. Sie öffnet den Verschluss, schüttet die currygelbe, dickflüssige Masse in eine Schale und stellt sie in die Mikrowelle zum Erwärmen. Mit Auto? Autoreisezug? Flug-Zug? Ist so umständlich. Und nur Zug – das sind vierundzwanzig Stunden Reise, mindestens. – Agnes nimmt die Suppe heraus und stellt sie auf den Tisch.

Mit dem Maifeiertag stünden mir zwölf freie Ferientage zur Verfügung. Da könnte ich schon einen davon auf Reisen verbringen, na ja, zwei hin und zurück; und ganz viel Landschaft sehen, Lesen und im Schlafwagen komfortabel ruhen. Sie ist begeistert von der Idee: erst Freundin, dann Paul – und das im Wonnemonat Mai.

Doch erst alles überschlafen, nimmt sie sich vor.

Agnes zögert eine schriftlichen Antwort an Paul zwei Tage hinaus. Dann sagt sie Paul brieflich zu. – Seine Antwort dauert nicht lange. Er nennt ihr seine Handynummer, unter der sie ihm, nach ihrem Besuch im Aude, Genaueres über ihre Ankunftszeit in Avignon mitteilen möge.

Diese Nummer übt eine magische Wirkung auf sie aus. Sie ist die direkte Linie hin zu ihm, oder doch zumindest zu seiner Mailbox. Simsen mag sie sowieso nicht, also besteht darin keine Versuchung. Ich werde mich nicht vorher melden, diszipliniert sie sich in Gedanken. Und meine eigene Nummer gebe ich auch nicht heraus, sonst mache ich mich noch verrückt mit Warten. Nein, gewartet habe ich in meiner Ehe genug.

Die pelzig-warme Luft des Südens umfängt Agnes an einem Maimorgen, als sie mit ihrer Freundin Gabi auf der Terrasse ihres Feldsteinhauses frühstückt: mit Blick auf die Mittelgebirgshöhen der Vorpyrenäen, in den Ohren das Summen friedlicher Bienen auf Rosensträuchern und weiteren Gartenblumen. Der lebendige schwarz-braune Mischlingshund taucht gelegentlich aus dem struppigen Gebüsch auf und zeigt mit seinem Hundeblick, dass er auch frühstücken möchte – oder zumindest gekrault werden.

Sie besprechen die Tagesplanung und entscheiden, später zur Lehmhütte hochzulaufen – ein Ort, an dem Agnes seit ihrer depressiven Zeit nicht mehr war. Gabi geht in die Küche und füllt eine Kanne Kaffee; sie bereitet danach einen Salat zu, den sie zum Vespern mitnehmen werden. Agnes wäscht derweil ab und kehrt den weitläufigen Raum der einstigen ‚Bergerie'. Während sie versonnen die Asche vor dem Kamin aufkehrt, denkt sie an die anstehende Begegnung mit Paul. Sie hält inne und ruft Gabi zu: „Ich krieg ihn einfach nicht aus dem Kopf!"

„Dann lass ihn doch drin! Und freu dich über die intensiven Gefühle". Gabi fügt hinzu, während Agnes, Staub aufkehrend, auf sie zukommt: „Das ist das pralle Leben. Ist doch schön, nicht?", während sie weiter Radieschen schneidet. – „Hab ich dir jemals von meiner Jugendliebe erzählt?"

Agnes schüttelt leicht den Kopf. „Nee, wer war das? Doch nicht Gérard?" „Nee, der kam viel später. Das war eine erwachsene Beziehung, mit allen Aufs und Abs." Gabi schüttet die runden Scheibchen zu den restlichen Salatzutaten und verschließt die Plastikdose. „Ich war einmal in einen Priester verliebt. Natürlich nur auf Abstand, keusch und jungfräulich. Die Intensität der Gefühle zu ihm ist später nie wieder in einer Beziehung zu einem Mann aufgetreten. – Allerdings noch zu Frauen: aber irgendwie anders." So als ob ihr das ‚Outen' peinlich sei, wendet sie sich weg und geht suchend in Richtung der Vorratskammer. Agnes fragt nicht weiter nach.

Als die beiden Frauen nach einer dreiviertelstündigen Wanderung auf einem schmalen Pfad das Bergplateau erreicht haben, von dem aus sie die Hütte sehen, schnaufen sie kräftig. „Vor zehn Jahren war ich fitter", stellt Agnes fest. „Da hüpfte ich wie eine Bergziege über Stock und Stein." – Sie erinnert sich an ihre kleine weiße Besucherin, die jetzt sicher schon im Ziegenhimmel wohnt. Den Geschmack von frischem Ziegenkäse spürt sie ihm Mund und die Weichheit, wenn sie ihn im Gaumen sanft zerdrückte; dazu frisches Brot und interessante Gespräche. "Lass uns zur Hütte gehen", sagt sie, „mein Magen knurrt."

In freudiger Erwartung laufen sie den Berg hinunter. Sie stoppen abrupt vor der Holzbrücke – oder genauer: vor den zerborstenen, zersplitterten Holzplanken, die dereinst den Steg bildeten. Das Geländer hängt zu beiden Seiten schief herab, doch im Bach liegt kein Holz. Er fließt drei Meter tiefer gleichmäßig ohne Hindernisse dahin.

„Oh", sagt Gabi, „ich war seit Weihnachten nicht mehr oben. Zu viel Schnee, dann der Frühjahrssturm – und jetzt das Ergebnis." Sie ist betrübt und schaut sich aus kleiner Entfernung den Schaden an.

Agnes setzt sich auf einen umgefallenen Baumstamm und schlägt vor, erst mal zu vespern. „Das stärkt uns. Und dann überlegen wir weiter", ermutigt sie die Freundin. Mit Blick auf die unbeschadet gebliebene Hütte kommen sie später zu dem Entschluss, mithilfe eines handwerkelnden Freundes die Brücke solider wieder aufzubauen.

Brückenbauen ist nicht das einzige, was Agnes in diesen Ferientagen macht. So fahren die Freundinnen zum flachen See schwimmen, gehen am Markttag einkaufen und hinterher einen Pastis trinken. Sie kochen gut und gesund mit Gemüse der Region und freuen sich darüber, mal wieder zusammengekommen zu sein.

Als der Abreisetag naht, schlägt Gabi der Freundin vor, sie mit dem Auto nach Avignon zu fahren. Danach würde sie Freunde in Aix besuchen. Über die Autobahnen sei die Strecke schnell bewältigt, so dass es für Agnes keine Tagesreise würde. „Dieser Teil der Reise wäre dir sicher unangenehm geworden", sagt Gabi verständnisvoll.

Als sie Agnes und ihr Rollköfferchen Dienstagmittag am frühmittelalterlichen Papstpalast absetzt, fühlt diese sich so verloren wie ein kleines Kind vor der Kinderlandverschickung. Unter der liebevollen Umarmung mit Küsschen und dem „Schreib mir, wie es dir ergangen ist" trennen sich die Freundinnen.

Da sitzt Agnes nun mit vielen anderen TouristInnen auf den Treppen vor dem Dom und wartet auf Paul. Diesmal ist die Logistik klar von ihm benannt. Uhrzeiten, Ort des Treffens, Zeitrahmen sind Agnes bekannt, so dass keine Schocks zu erwarten sind. Zwar wird er immer mal wieder seine eigenen Wege gehen, doch haben sie viele Stunden tagsüber und abends für sich.

Als er dann naht, wird ihr mulmig im Bauch. Er wirkt fremd und vertraut in einem, was nicht nur durch Kleidung und Ambiente hervorgerufen wird. Sein distanzierendes Doktor-Gesicht löst sich auf in weichere Züge, als er sie unter der Menge erblickt. Sie steht auf, geht aber wegen des Gepäcks nicht auf ihn zu. Und auch, weil sie ihn so noch Sekunden länger sich bewegen sehen kann. Er geht körperlich aufrecht mit relativ leichtem Schritt, was sie angesichts seiner stattlichen Figur erstaunt. Jetzt ähnelt er wieder dem Bild, wie sie ihn sah am Stehtisch der Imbissbude.

Nur wenige Meter vor ihr hält er an und macht, ebenso wie sie, eine unwillkürliche Bewegung, die zur Adjustierung der körperlichen Nähe dient. Sein Signal weist auf Händedruck-Nähe hin, das ihre auf „Bitte einen Meter Distanz". So einigen sich ihre Körper auf ein verlegenes Voreinanderstehen. Sie lächelt ihn an und schaut lange in seine Augen. Auch er lächelt sie an und vermeidet klischeehafte Floskeln der Begrüßung. – „Setzen Sie sich einen Moment zu mir", sagt sie, denn sie will jetzt alles in Zeitlupe genießen. „Es ist so schön hier". Zwar setzt er sich, doch steckt der nervöse Rhythmus noch derart lebendig in ihm, dass sie beschließen, ein paar Schritte zu laufen. Er zieht ihr Köfferchen hinter sich her den „Rocher des Domes" hoch, und danach sieht sie das erste Mal unten über der Rhone die berühmten Brückenfragmente von Avignon. ‚Sur le pont...' hatte sie im Gymnasium gelernt und gesungen. Und jetzt liegen sie vor mir, denkt Agnes beeindruckt. Nicht mehr vollständig, so dass man den Fluss überbrücken könnte. Doch wie ein Symbol meiner gerade jetzt begonnenen Beziehung zu Paul. Werden wir eine Brücke über die gefährlichen Wasser des Lebens bauen können? Eine Brücke, die nicht mittendrin abbricht, wie diese hier?

„Könnten Sie mal die Sonnenbrille absetzen und sich an die niedrige Mauer stellen", bittet Paul und hält seine Handykamera in Augenhöhe. Dann knipst er und erwartet von ihr, dass sie auch ihn fotografiere, an der gleichen Stelle mit Brücke und Rhone im leicht verschwommenen Hintergrund. – Am liebsten hätte Agnes jetzt noch eine Touristin gebeten, beide zu fotografieren, doch das erscheint ihr unpassend. Noch sind sie miteinander Singles am gleichen Ort und nicht ein Paar.

Nach diesem fulminanten Auftakt wird Agnes verlegen. Was nun? Hier stehenbleiben oder noch ein bisschen laufen. „Eine Kleinigkeit essen, vielleicht im Hotel?" schlägt sie vor. Dann wäre sie ihr Gepäck los und vielleicht auch diese Schüchternheit, die sie wieder intensiv spürt. Den Weg über Kopfsteinpflaster und enge Gehsteige bis zum Tagungshotel gehen sie zu Fuß, während der Rollkoffer neben ihnen unliebsam laut rattert.

„Wollen Sie später mitkommen zur Tagung, auch wenn sie langatmig sein wird?", fragt Paul und Agnes nickt. „Und Altstadtbummel und Restaurant heute Abend. Inselpark Pont St. Benezet morgen" – das klingt für beide passend und gibt eine äußere Struktur vor, die Sicherheit suggeriert.

Wenn Paul spricht, schaut Agnes ihn an. Sein Gesicht ist weniger verspannt als eingangs, auch wenn sie den Eindruck hat, eine unsichtbare trennende Schutzschicht zwischen ihm und sich zu spüren. Vielleicht ist es mein Schutz und gar nicht seiner, denkt sie. Ich könnte schon eine dickere Schicht Polyäthylen-Verpackung um meine Psyche gewickelt haben, gesteht sie sich ein. Doch ist es noch nicht an der Zeit, mich auszuwickeln.

Im Hotel, in dem auch die internationale Tagung stattfindet, ruht Paul sich nach dem arbeitsintensiven Vormittag aus. Agnes unterstützt sich durch Duschen darin, etwas von der Schutzschicht abblättern zu lassen. Zur verabredeten Uhrzeit laufen sie gemeinsam zum Auditorium. Da sich das Tagungsende nähert, kontrolliert niemand ihre Zugangsberechtigung.

Paul ist bewusst, dass ein gemeinsames Eintreten in den Saal bei denjenigen, die ihn erkennen, Fragen auslösen könnte. Er achtet auf eine angemessene Distanz zu Agnes: So könnten sie Kollegen sein, aus dem gleichen Land – das ist unverfänglich.

Agnes sucht sich einen passenden Platz, am Rand in der fünften Reihe, von dem aus sie ihn bei der abschließenden Podiumsdiskussion gut sehen und hören kann. Zwar versteht sie seine Gedankengänge nur punktuell, doch liest sie seine Körpersprache und Mimik. Er wirkt auf den ersten Blick gelassen, hat die Beine ausgestreckt und sich im Stuhl zurückgelehnt – zumindest während einige Kollegen reden. Doch hinter seinem freundlich und offen wirkenden Gesicht entfalten sich Wortkaskaden und Satzfragmente, die zu gegebener Zeit überlegt preisgegeben werden.

Zwischendrin tuschelt er mit seiner amerikanischen Nachbarin. Beide lachen leicht auf, was wahrscheinlich von niemandem außer Agnes bemerkt wird. Doch die Bühne da oben ist freigegeben fürs Schauen, auch wenn der Anlass sich nicht Theater sondern Tagung nennt. Es kann eine schwierige Rolle sein, oben zu sitzen und eine Zeit lang nicht handeln zu dürfen, aber auch nicht weggehen zu können, denkt sie. Gnadenlos darf jede und jeder im Publikum die Akteure anstarren und bewerten. Ein Horror für viele Menschen, besonders jene mit Sozialer Phobie, schätzt sie als Therapeutin ein. Das wäre doch ein ungewöhnlicher Behandlungsvorschlag, einem Patienten die Konfrontation in vivo als Statist im Theater vorzuschlagen: vielleicht bei Proben mit kleinem Publikum? – Und ich? Wie wäre das für mich, wenn ich – wenn ich wirklich mal als Expertin da oben auf dieser Bühne sitzen würde? Agnes spürt bei diesem Gedanken eine schnell ansteigende Erregung, verbunden mit einem Schweißausbruch. Würde ich vor Angst vergehen, stottern, vom Podium herunterstürzen nach den letzten Worten? O, wie peinlich könnte das werden. Schnell blickt sie zum Podium hoch, um sich abzulenken und abzukühlen.

Ihr Herzklopfen steigert sich wieder, als nach Tagungsende, nachdem der Saal schon halb leer ist, Paul zu ihr hoch geeilt kommt. „Ich muss noch etwas besprechen. Können Sie in der Vorhalle auf mich warten? Höchstens eine halbe Stunde", beschwichtigt er sie, wohl als Reaktion auf ihren enttäuschten Gesichtsausdruck. Sie nickt und er eilt davon.

Habe ich Anklage oder Vorwurf signalisiert? fragt sich Agnes. Er klang so, als müsste er sich rechtfertigen. Bloß aufpassen, dass wir nicht in dieses Muster indirekter Manipulation hinein geraten. Ja, ich fühle mich verloren und verlassen an diesem Ort. Aber es ist nicht so schlimm. Ist ja nur eine kurze Zeit. Wir haben noch einen ganzen schönen Abend vor uns und den gesamten morgigen Tag. Freudige Gefühle, gemischt mit ängstlicher Beklommenheit und Sehnsucht überkommen sie. Danach folgt ein tiefer Seufzer, der ihr Verlassenheitsgefühl mitsamt dem dicken Kloß im Hals aus dem Körper herausatmet.

Sie schlendert dann ins Hotel-Foyer und wartet dort. Nicht so lange wie Solveigh in Norwegen auf Peer Gynt oder Ophelia in Dänemark auf Hamlet. Nur eine halbe Stunde in Avignon auf Paul.

In den Altstadtstraßen von Avignon lassen Agnes und Paul sich mitziehen von einem lustvollen Sog aus Touristen und Einheimischen. Vorbei an fantasievoll gestalteten Schaufenstern, multikulturellen Duftmischungen, die aus Restaurants und Bistros strömen sowie geheimnisvoll verhängten Eingängen von Nachtbars. Sie erfreuen sich an Sahneeis, das sie schlecken, bevor es in der Abendwärme zerfließt. Sie belächeln in einem Souvenirladen die nachgemachten Avignonbrücken; und schließlich kauft Agnes sich einen Strohhut mit Trikoloreband.

Dieser Bummel verbindet beide auf eine fröhliche Weise. – Getrennt wiederum werden sie durch das Schweigen, das immer dann entsteht, wenn sie mehr über sich oder eine mögliche Zukunft sprechen müssten. Es gilt nur der Augenblick.

Als sie müde werden, nehmen sie in einem französisch-algerischen Restaurant Platz, das an einer belebten, Fußgängern vorbehaltenen Gasse gelegen ist. Ein freundlicher Kellner mit ausufernden Körpermassen, die durch ein schwarzes Outfit zusammengepresst werden, tänzelt auf sie zu. Begleitet von einem Hüftschwung legt er ihnen die Menükarten auf den Tisch. Agnes und Paul sind sich bei seinem Anblick ihrer Vorurteile bewusst, die ihnen durch den Kopf schießen, doch behalten sie diese für sich. Nachdem der Kellner gegangen ist sagt Paul: „Sehr nett", anstelle des Gedachten. „Ja, wirklich sehr freundlich", antwortet Agnes. Beide wissen, welche Gefahrenstelle im Gespräch sie gerade umschifft haben. Das verbindet sie.

Nachdem sie bestellt haben, lehnt Paul sich über den Tisch und ergreift Agnes' Hand. Der Griff bekräftigt das Fazit des heutigen Abends: „Wir haben es geschafft. Wir haben uns angenähert und einen stimmigen Abend in dieser wundervollen Altstadt miteinander verbracht."

Jetzt wäre der Augenblick, in dem Agnes nach seiner Beziehung zu jener Frau fragen könnte, die sie beide damals im ‚Käfer' auseinandertrieb. Doch wenn sie fragte, könnte seine Antwort diesem Abend einen unschönen Ausgang bringen. Sie fragt nicht.

Als der Kellner mit Pastis und Wasser naht, zieht Paul seine Hand zurück. Er wartet immer noch auf ihre Antwort. Da sie nichts sagt, verwandelt sich sein Gesichtsausdruck. Sie kann ihn nicht präzise deuten, doch wirkt Paul verschlossener als vorher, beinahe abweisend.

Paul bleibt weiterhin schweigsam und auch Agnes sagt ihm nicht, was in ihr vorgeht. Schade. Sie möchte die sie anflutende wehmütige Stimmung durchbrechen. „Hey", rüttelt sie ihn auf,

„Lass uns das Essen genießen, dann zurück ins Hotel und morgen auf die Insel!"

Den restlichen Abend schwimmen beide im Fahrwasser eines ungefährlichen Redestroms. Die Klippen, die Verletzungen bedeuten könnten oder Untergang haben sie umschifft.

Wenngleich Agnes beim Zubettgehen geahnt hat, dass dies keine ruhige Nacht mit ausreichend Schlaf werden würde, ist sie dann doch über die Macht ihrer Gefühle und Erinnerungen erschrocken. Kaum ist eine Stunde Schlaf verstrichen, erwacht sie durch einen angstvollen Traum. In ihm erstanden real erlebte Enttäuschungen mit nahestehenden Menschen wieder auf, mit seelischen Verletzungen und Demütigungen. Im Traum erlebte sie qualvolle Trennungen und Verluste von geliebten Personen noch einmal.

Obwohl sie hätte wissen müssen, dass nach diesem wundervollen Tag ein stinkender Schwall von Seelenmüll hervorquellen könnte, ist sie nicht vorbereitet darauf. Er nimmt ihr die Luft zum Atmen. Sie steht auf, öffnet das Fenster bis zum Anschlag und läuft im Raum umher. Dann duscht sie sich, legt sich wieder hin, kann nicht einschlafen, steht wieder auf. Unentwegt tanzen Bilder und Sätze in ihrem Kopf herum. Dann wieder weint sie, als sie daran denkt, dass sie Paul ebenso schnell verlieren könnte, wie sie ihn für sich gewonnen hat.

Sie besinnt sich darauf, dass ihre Welt auch ohne Paul nicht untergehen wird. Das Leben ginge weiter wie bisher, mit Freundinnen und Arbeit.

Ihr Blick fällt auf den Strohhut mit Trikolore. Die Lebensfreude – Ja, die spielerische Freude am Leben, und – nicht zu vergessen – die Körperlichkeit, das würde mir fehlen. Sie probiert den Strohhut auf verschiedene Weise aus: dreht ihn auf dem Kopf, schiebt ihn in den Nacken wie ein südfranzösischer Fischer. Das Band der Trikolore fällt nach hinten über ihr Nachthemd. Barfuß, im Nachthemd mit Strohhut: sie sieht sich im Spiegel und lacht. „Wer nicht wagt, der nicht gewinnt" sagt sie sich.

Sie wirft den Hut mit Grandezza auf die Kommode und lässt sich dann ins Bett fallen.

Irgendwann muss sie eingeschlafen sein, denn um halb acht piept ihre Armbanduhr sie aus dem Schlaf. Sie ist körperlich gerädert, rotäugig, schlecht gelaunt und eigentlich ist es zu spät, um pünktlich um acht Uhr unten am Buffet zu erscheinen. Je nun, dann kriegt er gleich einiges von meiner Schattenseite mit, denkt sie fatalistisch.

Am Frühstückstisch entpuppen sich beide als Morgenmuffel, oder positiv ausgedrückt als schweigsame Menschen die langsam das Morgenbrot verzehren. Nicht, dass sie unfreundlich zueinander sind. Doch jeder hängt den je eigenen Gedanken nach. Einen kurzen Augenblick lang überlegt Agnes, ob sie in die Rolle der fröhlichen Morgenunterhalterin schlüpfen soll, unterlässt diese Quälerei jedoch.

Schließlich folgt Paul dem Impuls, mit dem Beiseiteschieben des Geschirrs auch die aktuelle Stille weg zu wischen. Er fragt Agnes, wie sie denn jetzt am besten weitermachen sollen.

„Bleibt es bei der Rhone-Insel?" Als sie nickt, schlägt er vor, Obst vom Buffet einzustecken und eine Kleinigkeit vom Bäcker zu kaufen, und Wasser. „Für alle Fälle", betont er, „denn vielleicht finden wir ein malerisches Plätzchen für ein Picknick im Grünen". Wie vorsorglich. „Und gute Laufschuhe anziehen". Und praktisch denkend.

„Hier bleiben wir", ruft Agnes enthusiastisch aus. „Ein Platz wie von französischen Expressionisten gemalt! Schau, hier dieser grüne Fleck ist unser", sagt sie und legt ihre bunte Stola auf die kleine Wiese der Rhone-Insel. Aus einem Baumstamm wird ein provisorischer Tisch und aus dem Rucksack ein Kissen, um später den Kopf darauf zu betten. „Wir haben die Insel jetzt halb durchlaufen", stellt Agnes fest. „Die Bewegung hat gut getan." - Während sie Käse-Sandwiches und Weintrauben verspeisen, schauen sie dem gleichmäßig fließenden Rhonearm zu. Da er an dieser Stelle wenig Tiefe hat, ragen Stöckchen und Steine hervor. Doch zeigt sich kein Fisch – aber auch kaum eine Ameise oder ein Käfer, was sie zu schätzen wissen.

Paul beginnt mit ernster Miene einen Satz, da spürt Agnes auf einmal, wie ihr Körper sich zusammenzieht und die Umgebung verschwimmt. Sie atmet konzentriert ein und aus, um gegen den nahenden Schwindel anzukämpfen. „Es ist nur der Kreislauf", sagt sie und dann schwinden ihr die Sinne.

Als sie nach Minuten wieder zu Bewusstsein kommt, liegen ihre Beine hoch auf dem Baumstamm und Pauls Pullover bedeckt ihren Oberkörper. Sie atmet flach. – „Was ist passiert?" fragt

Paul. „War es die Wärme? Oder das Essen? Was ist los mit dir, Agnes?"

Agnes fühlt sich so schwach wie nach längerer Krankheit. Doch sie setzt sich jetzt auf und atmet tief ein und aus. Als wieder mehr Leben in ihren Körper einzieht, nimmt sie Pauls Hand und bittet ihn, eine Weile so sitzen zu dürfen.

„Was ich dir noch nicht gesagt habe", beginnt sie mit leiser Stimme. „Ich habe einen Schwur auf Lebenszeit". Sie hält inne, während Paul ihren Puls prüft. „Ich will keine ‚offene Beziehung' oder gut sein für den Zeitvertreib aber nicht fürs Leben!". Agnes' Puls ist wieder fühlbar. Sie hat es geschafft! Sie hat ausgesprochen, was ihr auf dem Herzen liegt. Nun ist alles Weitere an ihm.

Paul lässt ihre Hand los, steht auf und legt ihr seinen Pullover wieder über, der abgeglitten war. Er sagt nichts, geht nahe zum Flussufer und schaut in die sanften Wellen.

Agnes legt sich wieder zurück. Sie fühlt die weiche Wärme seines Pullovers und atmet einen leichten Parfümgeruch ein, mit dem sie Redwood-Bäume und Büffelherden assoziiert. Jetzt kehrt ihr Gedächtnis zurück zu dem Augenblick kurz bevor sie ohnmächtig wurde. Wortfetzen dringen durch: „Vorrang hat meine Arbeit – ein bisschen Privatleben – Eltern – Jeanette. Eigentlich kein Raum frei."

Paul steht jetzt neben ihr: „Lass uns aufbrechen, wenn du wieder laufen kannst", schlägt er vor und packt die Essensreste und Abfälle zusammen. Er steckt sie in den Rucksack, den er tragen wird. Ihm sind seine harten, abgrenzenden Worte im Gedächtnis und er ahnt, welche Wirkung sie verursachten. "Ich stelle mein Leben doch auch infrage", sagt er zu Agnes, als antwortete er auf einen unausgesprochenen Vorwurf.

Auf dem Rückweg tut es beiden gut, dass sie eine Weile ungestört ihren Gedanken nachhängen können. Als sie beim Ausgangsort für ein Taxi, einem Campingplatz, angekommen sind, beschließen sie, noch einen Kaffee aus Pappbechern zu trinken. Sie ziehen sich zum äußersten Ende der Terrasse zurück.

Paul beginnt zögerlich: „Ich möchte dir eine Frage stellen, bevor wir uns trennen. Doch nach deiner Reaktion vorhin bin ich unschlüssig, ob ich das noch darf". Er legt eine kleine Pause ein; sie reagiert nicht, sondern wartet ab.

Er holt weiter aus und kommt auf ihre früheren kurzen Begegnungen zu sprechen. „Als ich dich sah und mit dir sprach, warst du mir sympathisch. Ich fand dich auch erotisch und anziehend. Doch ich wusste schon damals, dass für eine neue Beziehung zu einer Frau kein Raum in meinem Leben ist. Dass eine Partnerin auch nichts von mir hat, weil ich ständig unterwegs bin oder am Schreibtisch sitze. Deswegen haben Jeanette und ich eine offene Beziehung vereinbart, was sie auch nutzt."

Wieder schaut er Agnes an, um ihre Mimik zu deuten. Doch Agnes ist emotional zu ausgelaugt, um sich noch erregen zu können. Um irgendeine Reaktion zu zeigen fragt sie, wieso er sich mehrmals auf Treffen eingelassen hat. „Da war dieser verrückte Vorfall im Turm-Restaurant, der mir nicht aus dem Kopf ging. Irgendetwas stimmte nicht, passte nicht zusammen. Deine Story klang echt, deine Empörung auch. Doch gab es irgendwelche uneindeutigen Signale, die mir Rätsel aufgaben, so dass ich mit zum Imbissstand ging. Und auch das verpatzte Treffen am Potsdamer Platz sollte vor allem einer Klärung dienen. Ich wollte dieses diffuse Gefühl endlich loswerden."

Jetzt muss sie doch lachen und will ihm schon alles beichten, als er fortfährt: „Es waren die roten Rosen, die mich darauf gebracht haben." Nun ist sie erstaunt und gespannt auf seine Erklärung. Er lässt sie noch ein wenig die Luft anhalten vor Erwartungsneugier und trinkt betont langsam aus seinem Pappbecher. Dann sagt er: „Die Weihnachtskarte!"

Oh je! „Wie konnte ich nur!", ruft sie aus. Anstelle der üblichen Bilder von Christsternen, Misteln oder Weihnachtstannen hatte sie rote Röschen als schmückende Umrahmung gewählt.

„So beschloss ich, ein bisschen am Abenteuer zu schnuppern. Ich wollte diese einfallsreiche Frau näher kennenlernen." Paul atmet tief, richtet sich auf und wendet sich ihr frontal zu. „Und jetzt bin ich in diesem Rosenhain gefangen", sagt er lächelnd und sie schauen sich beide an. Für diesen Augenblick erscheint alles Ungewisse ihrer Zukunft, alles Schwere des heutigen Nachmittags unwichtig und nichtig. Sie sind zusammen, blicken sich an und halten ihre Hände. Dafür lohnt es sich zu leben, denkt Agnes. Und gleichzeitig ist dies der Augenblick des Abschiednehmens. „Adieu – oder doch Au revoir?", sagt er, „das ist meine Frage".

„Diese Frage habe ich ihm nicht beantwortet", gesteht sie Adelheid, auf deren windgeschützter Terrasse sie wieder einmal sitzt. Der lilafarbene Fliederbusch duftet nur leicht und doch ist die Frühlingsatmosphäre dieses Maitages schon angenehm spürbar. Tulpen und Narzissen sind bereits verblüht; diverse Rosenstöcke bilden Knospen, die aus ihren frischen Blättern hervorschauen. Auch der junge Apfelbaum zeigt weiße Blüten, so dass auf eine kleine Ernte zu hoffen ist. Vor denn beiden

Frauen stehen leere Kuchenteller, deren Krümel die herumstreichende Katze interessieren, sowie Reste von kaltem Nachmittagskaffee.

Nachdem Agnes ihrer Freundin eine minutiöse Schilderung ihres Frankreichaufenthalts gegeben hat, ist es jetzt an Adelheid zu berichten. Ihr Heimatbesuch mit anschließendem Treffen des Schulfreundes hat zwar wegen des kalten Wetters erst Ostern stattgefunden. „Mir sind die trüben Wochen auf dem trostlosen Land schwergefallen. Ich war schon nahe dran, Teneriffa zu buchen", gesteht sie und lacht verlegen. – „Du und fliegen! Das kann ich mir nicht vorstellen", entgegnet Agnes. – „Als dann die ersten Schneeglöckchen sprießten und sich frische Grashalme durch die winterharte Erde bohrten, besserte sich meine Stimmung. Eigentlich wollte ich dann gar nicht mehr wegfahren, zumal die Versorgung meiner Katzen nicht gesichert war."

Adelheids Blick ist über die Terrasse geglitten und hat einige verwelkte Blüten gesichtet. Sie steht auf, um diese abzuzupfen und auf den nahen Kompost zu tragen. Schon im Zurückgehen fährt sie fort zu berichten: „Dann siegte die Neugier auf ein Wiedersehen meiner früheren Heimat und auf Zbigniew." Sie zieht ein Foto aus dem ‚Reiseführer Krakau' und zeigt es ihrer Freundin. „Dies ist er: glücklich verheiratet, pensionierter Zahnarzt. Er hat mir die Schönheit dieser geschichtsreichen Stadt noch eindrucksvoller vermittelt, als es eine offizielle Stadtführung je gekonnt hätte."

Sie legt das Foto zurück ins Buch und erblickt Ansichten von Auschwitz-Birkenau. Die aufgeschlagene Seite zeigt sie vor: „Natürlich war ich auch dort. Alleine. Ich wollte als Deutsche", sie liest vor: „'diesem Ort des unendlichen Leidens und der

Grausamkeit' mit innerer Einkehr begegnen. Du musst dort real sein und mit deinem Geschichtswissen im Kopf herumlaufen, um zu begreifen, wie es war", rät sie. „Ich dachte vorher, ich wüsste schon alles. Doch dort zu sein, am Ort, im Museum, das kannst du nicht mehr vergessen."

In ihrer Lebendigkeit ist zu spüren, dass sich in Polen etwas Neues für ihr künftiges Leben aufgetan hat. „Aber sag mal", fragt Agnes nach, „was ich dich letztens schon fragen wollte: wie kommst du an diesen deutschen Nachnamen?"

„Mein ursprünglicher Familienname klang sehr polnisch, so dass meine Eltern ihn gleich eingedeutscht haben. Und außer dobje und dschenkuje spreche ich kein polnisches Wort. Das will ich aber ändern", kündigt sie an. „Mein Plan ist nämlich, mich an einem deutsch-polnischen Geschichtsprojekt zu beteiligen. Dafür werde ich im Spätsommer nach Krakau reisen. Wir stehen auch schon im Mailkontakt". Auf Agnes' fragenden Blick hin schiebt sie nach: „In Englisch allerdings".

Als ihr Handy tönt und sie es aus der Jackentasche zieht, fällt Agnes ein, dass sie von sich und Paul in Avignon zwei Bilder gespeichert hat. Nach dem kurzen Anruf, der einer Terminabsprache für ihre Intervisionsgruppe galt, behält sie das Gerät in der Hand. Mit einiger Scheu zeigt sie der Freundin die Fotos. Erleichtert atmet sie auf, als diese sagt: „Der sieht aber nett aus".

Beim Treffen Ende Juni mit ihrer Gruppe, diesmal abends in ihrer Praxis, wird auch nachgefragt, wie denn der Frankreichurlaub war. Agnes erzählt nichts von Paul, obwohl es ihr auf den Nägeln brennt. Die fünf Kolleginnen treffen sich seit fünfzehn Jahren, meist monatlich, doch besprechen sie vorwiegend Berufliches. Trotzdem dringt immer wieder Persönliches durch die Maschen des berufsbezogenen Gesprächsnetzes.

So wie jetzt: die Frauen kommen im Gespräch auf kleinbürgerliche Werte und veraltete Vorstellungen über menschliche Beziehungen. „So wie es die Patchwork-Familie gibt, so gibt es auch in jedem Individuum verschiedenen Rollen oder Seiten der Persönlichkeit. Sie sind nicht selten grundverschieden oder unvereinbar", meint die Älteste unter ihnen. „Sieh mich an. Ich muss jetzt die Mutterrolle für meine alte Mutter einnehmen, seit sie bei mir wohnt. Doch sie behandelt mich immer noch, als sei ich ihr Kind. ‚Na, mein Kleines‘, sagt sie. Da muss ich dann von einem Moment zum anderen umschalten. Sage dann ‚Ja, Mama‘ und bin gleich darauf mütterlich sorgend für die alte Frau."

„Und wo bleibst du als Frau, als Partnerin von Helmut?" wird sie gefragt.

Die Antwort der Kollegin entgeht Agnes, denn sie gesteht sich gerade ein: meine Seite als Frau und Individuum ist unterentwickelt. Aber das bin ich selber schuld. Sie nimmt die leere Teekanne und wendet sich der Küche zu, um frischen Kräutertee zuzubereiten. Während sich das Wasser erwärmt, lässt sie ihre Gedanken weiter wandern: Woraus besteht mein Leben?

Aus Erstgesprächen und Therapien mit Patienten, seitenlangen Berichten für Langzeittherapien, Büroarbeiten verschiedenster Art, Intervision mit Kolleginnen zur Fallbesprechung, Supervision zur Auffrischung von Therapietechniken, kurzen und langen Fortbildungen in den Abendstunden oder mehrtägig. Und vor allem im Lesen von Fachliteratur.

Paul! Kürzlich las sie schon wieder seinen Namen in der Psychotherapeuten-Rundschau. Das erste Gefühl war schmerzhaft, das konnte sie nicht verhindern; die Amygdala reagierte spontan. Doch dann formten andere Hirnregionen die neuronalen Botschaften um. Vernunftgeleitete Gedanken blendeten ihre Geschichte mit ihm einfach aus. Wie mit einem großen Besen kehrte sie den Raum aus, den er in ihr einnahm; der Raum wurde leer gefegt und sie warf alles heraus, was an ihn erinnerte. Real gelöscht wurden seine Handynummer und die Fotos von Avignon. „Er ist nichts für mich. Seine Arbeit ist ihm alles", sagte sie sich wie ein Mantra immer wieder vor.

Als sie die gefüllte Teekanne zu den Kolleginnen bringt, sind diese von privaten zu beruflichen Themen zurückgekehrt. Die Gefahrenstelle ist umschifft, denkt Agnes. Gut, dass ich in der Küche war.

Einige Wochen später findet sie morgens im Praxis-Briefkasten eine Fotopostkarte vor, auf der eine reinweiße, abstrakte Marmorfigur abgebildet ist. Sie ist von Ludwig aus Italien, der sich mit seiner Frau in den Bergen bei Carrara künstlerisch betätigt: sie hat einen Malkurs belegt und er arbeitet in Stein. Diese einfache Form auf dem Foto sei sein erstes fertiges Objekt gewesen, sagt er später am Telefon. „Der Stein hat zu mir gesprochen", erklärt er, „deswegen konnte ich ihn nur so und nicht anders formen." Es hat ihm sehr viel Befriedigung gegeben, zuerst selber einen Stein aus dem Fluss auszusuchen, um ihn dann unter professioneller Anleitung zu bearbeiten. „Und alles draußen in der Natur", schwärmt er, „mit Blick auf Berge, Wiesen und andere fleißige Steinarbeiter." - „Diese Arbeit am Stein ist solch eine Bereicherung meines Lebens geworden, dass ich zuhause weitermachen werde."

Agnes freut sich über seine Entwicklung, an der sie mitgewirkt hat. Ludwigs Worte stärken ihr Selbstwertgefühl. Ihr Leben ist sinnvoll, ihr Handeln zeigt Wirkung. Zwar war ich nur Vermittlerin, denkt sie, doch ohne mich wäre er nie zu Adelheid gekommen – und damit zur Bildhauerei. Wenn ich schon selber in meiner Entwicklung stagniere, dann wenigstens Ludwig und Adelheid nicht.

Dr. Paul Savorski sitzt gegen Mitternacht an seinem geräumigen Schreibtisch vorm PC, tippt noch einige Zeilen ein, bevor er die ‚Speicher-unter'-Taste drückt. Sein Text für den Sammelband ist jetzt zwar mit kleiner Verspätung fertig geworden, doch dürfte der Band – wie im Prospekt angekündigt – zum Herbst erscheinen können. Jedenfalls dann, wenn es nicht zu viele Korrekturschleifen gibt oder unvorhersehbare Hindernisse.

Durch das weit geöffnete Dachgeschossfenster seiner Maisonette-Wohnung strömt frische Abendluft herein, zusammen mit den letzten Lichtgaben des Junitages. Gut, dass ich die Fliegengitter eingebaut habe, lobt er sich, als sich wieder ein Falter am äußeren Netz festsetzt. So habe ich noch ein bisschen vom Leben draußen. Er horcht auf Vogelstimmen in den Gärten, wenngleich keine Nachtigall dabei ist, so wie früher zuhause.

Er druckt jetzt noch seine Textseiten aus, um sie morgen früh kurz auf grobe Fehler durchzusehen. Dann würde er den Artikel seinem Lektor mailen, der ihn sowieso in der ersten Korrekturschleife auf restliche Probleme aufmerksam machen wird. Es ist seine langjährige Erfahrung, dass trotz mehrmaligem Durchlesen später im Druck immer noch einige übersehene Fehler auftauchen.

Man ist halt manchmal auf einem Auge blind, denkt Paul, wie in der Liebe. Eigentlich sollte er sich jetzt keinen Träumereien hingeben, sondern zu Bett gehen. Doch in dieser lauen Juninacht wird selbst seine abgehärtete Seele weich. Minutenlang sitzt er, ohne zu denken, mit hinter dem Kopf verschränkten Armen auf seinem Drehstuhl und schaut hinaus. Er schaut, ohne zu sehen oder zu analysieren, ohne zu beobachten oder zu bewerten.

Nachdem er den PC und die Tischlampe ausgeschaltet hat, steigt er die Wendeltreppe hinab in die Küche. Er öffnet den Kühlschrank, weiß dann aber nicht, was er will. Schließt ihn wieder und geht ziellos in seiner Wohnung umher. Dann zieht er sich Schuhe an, nimmt Schlüssel und Portemonnaie für alle Fälle mit und verlässt die Wohnung.

Die Straßen der Vorstadt sind ruhig und die Gärten liegen nunmehr nur schwach beleuchtet als Zierde vor ihren Häusern. Als er in die Hauptstraße einbiegt, bemerkt er in der Café-Bar an der Ecke neben Post und Bushaltestelle noch Licht, hört Stimmen und sieht dann eine Gruppe aus angeheiterten Gästen im Vorgarten sitzen. Auf ein Bier könnte ich reingehen, denkt er, und betritt den schlichten Schankraum. Er setzt sich auf einen Barhocker mit breiter Sitzfläche. In der Küche hört er die Kellnerin, die schon mit Aufräumen und Saubermachen beschäftigt ist. Sie wird mich nicht hören, denkt er, die Musik ist zu laut. Doch ich kann warten.

Der Blues stimmt ihn ein in eine beinahe meditative Stimmung. Einmal spürt er einen Schatten neben sich. Unwillkürlich greift er mit der linken Hand dahin, als wollte er jemanden anfassen. Als er sich jedoch dorthin wendet, ist da niemand.

Dann schaut er sich im Raum um. Er registriert Papierschnipsel auf dem Boden, verdorrte Blumen auf einigen Tischen und angetrocknete Getränkereste auf der Theke. ‚Eines langen Tages Reise in die Nacht', fällt ihm der Titel eines amerikanischen Theaterstücks ein. Ja, die Nacht, sie hat ihren eigenen Zauber, wenn man sich ihr hingibt, philosophiert er und besinnt sich dann: Wann war ich das letzte Mal alleine und in solch einer Stimmung in einer Bar? Mit Kollegen gelegentlich – aber alleine?

Die müde wirkende Kellnerin zapft ihm ein Bier, während sie ein paar Worte miteinander wechseln. Der Doktor fühlt sich für Augenblicke frei von jenen Lasten und Rollen, die sein Leben sonst beschweren.

Auf dem Heimweg durch die ruhige Nacht mit klarem Sternenhimmel kommt ihm eine Szene mit Jeanette in Erinnerung, die typisch war für einen schwer lösbaren Konflikt. Sie gingen zusammen nach einem fröhlichen Abend mit Freunden zurück in seine Wohnung, um die Nacht gemeinsam zu verbringen. Er war angenehm gelöst und entspannt und wollte eigentlich nur noch nach Hause, ins Bett und schlafen. Doch Jeanette signalisierte, dass sie mehr von ihm wollte und er ließ sich dann aus Pflichtbewusstsein oder ‚schlechtem Gewissen' auf sexuelle Aktivitäten ein.

Sie waren so vertraut miteinander, dass er sie und sich routinemäßig physiologisch befriedigte, doch blieb ihm ein unangenehmer Gefühlsrest übrig. In ihm baute sich nach und nach ein Widerwille gegen diese Abende auf. Deswegen versuchte er mehrmals, Jeanette seine Bedürfnisse zu erklären. Doch da für sie ein schöner Abend mit einer sexuellen Vereinigung abschliessen sollte, wollte sie ungern darauf verzichten. Sie fühlte sich unattraktiv und abgelehnt als Frau, wenn er sie nicht begehrte. Sie mochte nicht begreifen, dass seine fehlende Appetenz nichts mit ihr zu tun hatte.

Auch hatte sie versucht, ihn in seiner passiven Stimmung zu belassen ohne Gegenseitigkeit zu erwarten. Doch wenn sie ihn dann zärtlich streichelte oder kundig stimulierte, trieb es ihn mechanisch zu den vertrauten sexuellen Spielen. Aber er war weder mit dem Herzen dabei noch im Flow, sondern stand in Gedanken neben sich und beobachtete sich und Jeanette. Dabei fühlte er sich schäbig, wie eine männliche Prostituierte. Zumal er ihr erotische Lust und Befriedigung vorspielte. So kamen beide zu der Übereinkunft, nach gemeinsamen Treffen getrennt nach Hause zu gehen. Er brauchte nicht mehr zu befürchten, seine Potenz unter Druck beweisen zu müssen. Und sie entging den Gedanken der Selbstabwertung und des Ungeliebtseins.

Als sie dann eines Tages eine offene Partnerschaft vereinbart hatten, war er gelegentlich in Versuchung geraten, mit einer der Studentinnen, die ihn anhimmelten, ein Verhältnis anzufangen. Doch neben den zahlreichen Vernunftgründen, die dagegen sprachen, hätte er sich dem Klischee des immer potenten Mannes auch mit diesen Frauen stellen müssen. Und das war ihm zuwider.

Seit längerem lebte er zwar nicht nur mit der Sublimierung der Triebe durch Arbeit, aber doch noch wesentlich mehr als früher. Und das hätte so bleiben können, wäre diese Frau aus Berlin nicht aufgetaucht. Sein mäßig ausgeprägtes sexuelles Begehren müsste er gleich thematisieren, sollten sie noch einmal zusammenfinden. Denn unter Druck sexuell zu funktionieren oder anderweitige Spannungen über Sex zu reduzieren will er nicht. – Und diese Spannungen auch nicht über Essen sublimieren, nimmt er sich vor angesichts seiner neunzig Kilo Lebendgewicht.

PARALLELWELTEN

„Schneller, schneller, schneller meine Damen", ruft die Physiotherapeutin, die vom Beckenrand aus die acht Aquafitness begeisterte Frauen dirigiert. „Laufen, laufen – und jetzt rückwärts – nicht so lahm, Tempo bitte. Und jetzt die Nudel nach vorne nehmen und mit beiden Armen nach unten drücken. – Und weiterlaufen Maria, unter Wasser die Nudel! Ja, gut so. – Agnes, nicht ausruhen! Sie wollen doch eine Radtour machen, da müssen sie fit sein. – Und jetzt in die Nudel ‚reinhängen und schwimmen. Tempo!"

Frank Sinatra tönt aus dem Kofferradio: ‚I got you under my skin'. "Da komme ich mit dem Tempo nicht zurecht Ines", ruft Agnes. „Viel zu sentimental. Ich schmelze gleich."

„Wann fährst du denn", fragt Maria, die hinter ihr schwimmt.

„Und jetzt an den Beckenrand; legen sie die Nudel weg. Und Füße hoch unter die Stange – Rücken auf dem Wasser und halten, halten – das ist gut für die Bauchmuskulatur."

„Eigentlich wollte ich Ende August nach Polen, aber …" Agnes führt ihre Konfliktlage nicht weiter aus. Es sollen nicht alle hören, was sie bewegt.

„Und jetzt Schluss. Danke meine Damen. Und guten Start in den Abend", wünscht Ines.

Die Damen trotten ermattet die fünf Stufen des Wasserbeckens hoch. Beim ersten Schritt aus dem Wasser heraus fühlen sich die Körper so schwer an, als hätten sie plötzlich Bleiplatten unter den Badeanzügen.

Nach dem Duschen stehen Maria und Agnes als letzte vor ihren Spinden und tauschen alltägliche Neuigkeiten aus. Als Maria knallrote Dessous, umrahmt mit schwarzer Spitze anzieht, fragt Agnes erstaunt: „Hast du einen neuen Liebhaber?"

„In meinem Alter muss man was tun für die Erotik" entgegnet sie, „wenn die Röllchen immer mehr werden" – sie zeigt auf ihren Bauch – „und die Fältchen immer tiefer".

„Aber mag er dich denn nicht so wie du bist?"

„Na du weißt doch: die Schönheitsideale! Was Männer so mögen. Und die Wirtschaft will auch leben."

Agnes ist konsterniert: wie vor den Kopf gestoßen. So müsste sie auch sein, um bei Paul zu punkten. Aber abgesehen davon, dass Rot mir nicht steht, denkt sie, bin ich doch keine Sexware in bunter Verpackung. Wobei – sie schaut auf ihre gediegene Baumwoll-Unterwäsche – ich vielleicht zu unerotisch wirke.

„Und wie ist das mit den Sexualpraktiken", fragt Agnes in sachlichem Ton. „In unserem Alter müssen wir doch kreativer sein als früher. Außerdem fand ich Penetration schon zu Zeiten der Hormonfülle nicht das A und O der Liebe."

„Hast du auch den Film ‚Wolke Sieben' gesehen", fragt Maria, nunmehr vollständig bekleidet.

„Diesen wunderbaren Film von einer Liebesbeziehung jenseits der siebzig? Ja, der hat mich sehr berührt. Auch, weil Erotik im Alter auf sensible Weise gezeigt wurde." – Darauf muss ich Paul mal ansprechen: ob er den Film kennt, denkt Agnes.

„Du hast ja Gänsehaut", bemerkt Maria plötzlich lachend. „Ist dir immer noch kalt?"

„Nein. Ich dachte nur gerade, wie es sein könnte, mit Paul schwierige Themen zu besprechen. Das macht mir Angst." Agnes setzt sich auf einen Hocker unter den Föhn und trocknet sich die Haare.

„Du und Angst! Als Therapeutin musst du doch damit klar kommen."

„Müsste ich eigentlich", sagt Agnes lauter als nötig, da das Föhngeräusch in ihren Ohren rauscht. „Zur Zeit habe ich keinen Kontakt zu Paul." – Maria guckt erstaunt. „Das liegt an mir. Ich habe Angst davor, wie's weitergehen könnte. Aber auch eine tiefe Sehnsucht nach Nähe und Körperkontakt zu ihm", sagt Agnes jetzt mit leiser Stimme, nachdem das Föhnrauschen endete.

Die beiden Frauen packen ihre restlichen Badeutensilien ein und gehen gemeinsam zum Ausgang des Schwimmbads. „Ich wünsche dir, dass es heute Abend knistert", sagt Agnes zu Maria. „Und ich dir eine kluge Entscheidung", antwortet diese.

Die letzten Masterprüfungen seiner StudentInnen liegen Anfang August hinter Paul Savorski, so dass er mehr seelischen Freiraum verspürt. Mit seinem alten Freund und früheren Studienkollegen Georg sitzt er auf der Gartenterrasse seines Lieblingsrestaurants am Flussufer. Sie reden über dieses und jenes und kommen dabei auch auf Ferien zu sprechen. „Du müsstest mal raus aus deinem Trott", bemerkt Georg angesichts der körperlichen Nervosität seines Freundes. „Komm doch mit zu uns an die Ostsee. Wir haben ein Ferienhaus gemietet. Und da ist auch noch Platz für ein oder zwei mehr."

„Oh, Gott, nein!" stöhnt Paul auf. „Hochsommer an der See. Allein die Menschenmassen würden mich erschlagen."

„Aber du musst doch nicht zu den Stränden laufen, auf denen Kinder, Hunde, Surfer und Partycracks übereinander stolpern. Unser Haus liegt etwas abseits, so dass dir auch das grüne Hinterland offenstünde."

Paul will gerade etwas Abwehrendes äußern, als sein privates iPhone klingelt – das berufliche hat er vorsorglich in der Wohnung gelassen. Es ist seine Mutter, die ihn mit aufgeregter Stimme bittet, nach Hause zu kommen. Vater ginge es schlecht und sie wüsste nicht, ob sie ihn ins Krankenhaus bringen soll, obwohl er nicht will. „Du hast doch Einfluss auf ihn. Rede du mit ihm. Auf mich will er ja nicht hören", klagt sie und klingt sehr verzweifelt.

Von einem Moment zum anderen kippt Pauls Stimmung und er wird ernst und besorgt. „Morgen Nachmittag. Früher geht nicht. Ich habe noch Verpflichtungen an der Uni. Und mit drei Stunden Fahrt muss ich rechnen jetzt in der Ferienzeit. Also, Pfuiti Mama."

Nachdem Paul das Telefonat beendet hat, schaut Georg ihn fragend an. Er ahnt was kommt. „Ich werde wohl ein paar Tage unten bleiben müssen, ein oder zwei Wochen mindestens" schätzt Paul."

Georg sieht im Gesicht seines langjährigen Freundes, dass er auch traurig über den plötzlichen Abbruch ihres heiteren Gesprächs ist, und nicht nur über die Krankheit des Vaters. Eigentlich wollte er ein paar Tage bei Paul wohnen, bevor er zu seiner Familie zurückkehrt. Die Freunde haben gerade erst begonnen, längere Gespräche ‚mit mehr Tiefgang', zu führen. — „Familie geht jetzt vor", bestärkt Georg trotz seiner Enttäuschung den Freund. „Meine Kinder nehmen mich im Alter hoffentlich genauso ernst wie du deine Mutter." Und nach einem Blick in Pauls Gesicht, das weiterhin Aufnahmebereitschaft zeigt, fügt er hinzu: „Aber bist du nicht doch ein bisschen zu anhänglich – oder sogar abhängig?"

„Ich habe doch nur sie", antwortet der Freund, „und keine große Familie und Verwandtschaft wie du."

Anfang August ringt Agnes sich dazu durch, Paul eine Rosenkarte zu schreiben und in einem Kuvert an seine Uni-Adresse zu schicken: Vermerk ‚persönlich'.

Als dann die Tage vergehen ohne eine Reaktion von ihm, wird sie erst nachdenklich, danach unruhig und besorgt und zum Schluss wütend. Ich habe es doch gleich gewusst, sagt sie sich und vermiest sich die angenehm warmen Sommertage mit selbstanklagenden Gedanken. Ihre Sarah-Seite bestraft sie durch ständige Unaufmerksamkeit; nichts kann sie mit allen Sinnen genießen.

An einem Sonntag holt sie sich den Stapel getrockneter Wäsche und legt ihn auf das Bügelbrett neben das auf „Baumwolle" eingestellte Bügeleisen. Zuoberst liegt die beige Hemdbluse, die sie in Avignon getragen hat. Seit Mai lag sie ungebügelt herum. Agnes merkt einen Widerwillen gegen die Bluse. Sie schwingt das Bügeleisen heftig, um zuerst die Manschetten zu glätten und tastet sich danach zu den Ärmeln vor. Sie sagt sich, dass die arme Bluse doch nichts für ihren Ärger kann. Trotzdem gelingt ihr kein faltenfreies Bügeln. Ihr perfektionistischer Blick missbilligt kleine Bügelsünden. Warum ist in der Realität alles so viel schwieriger als in meiner Fantasie, beklagt sie sich selbstmitleidig. Als träumende Schwärmerin oder mit kleinen Flirts hie und da ging es mir seelisch besser. Ich konnte mir alles gestalten wie ich wollte, sogar Paul.

Ihr aufkommender Ärger lässt sie weitere bügelintensive Kleidungsstücke mit Verve glätten, was ihr zu anderen Zeiten nicht immer gelingt. Auch Geschirrtücher, baumwollene T-Shirts und Hemden gleiten unter dem heißen Eisen durch. Ihre körperliche Energie braucht viel Abfuhr durch Arbeit.

Mittlerweile ist das Bügeleisen auf „Seide" abgekühlt, so dass sie ein rosafarbenes spitzenbesetztes Hemdchen angehen kann. Es wird in besonderen Sommernächten unter dekolletierten Kleidern getragen und darf nur per Hand gewaschen werden. In diesem Sommer wird es wohl nicht mehr zur Geltung kommen, prophezeit sie sich. Zwar hatte sie öfter davon geträumt, mit Paul an der Seite in ihrem dekolletierten Kleid beim Sommerfest des Berufsverbandes zu erscheinen. Sie hatte sich vorgestellt, er würde das Wagnis eingehen, mit ihr in der Öffentlichkeit aufzutreten. Da hatte sie noch auf Antwort von ihm gehofft.

Vielleicht sollte ich einen zweiten Anlauf wagen; vielleicht ist meine Karte gar nicht angekommen – Post geht auch manchmal verloren, denkt sie, während sie die Wäsche schrankgerecht zusammenlegt. Zufrieden mit dem Resultat von einer Stunde Bügeln schließt sie die Schranktür. Es keimt der winzige Spross einer Idee in ihr, der nur noch kräftig gedüngt und gegossen werden muss, bevor er in die Tat umsetzbar wird.

Montag nach 9 Uhr morgens ruft sie mit klopfendem Herzen und vibrierender Stimme seine Fakultät an. „Doktor Savorski ist in Ferien", heißt es aus dem Sekretariat. „Nein, wann er zurück kommt weiß ich nicht".

Das hätte ich mir denken können. Ist doch klar: Ferienzeit. Sie will jetzt ärgerlich sein und enttäuscht von ihm. Sie steigert sich in anklagende Sätze hinein.

Dann quält sie sich damit, dass sie sich seine Ferien vorstellt: mit Jeanette natürlich, am Strand oder in den Bergen; beide genießen das traute Zusammensein; vielleicht erzählt er sogar von mir und beide lachen über meine Ängste und Visionen. Ich habe doch zu lange Zeit mit einer Antwort gewartet, wirft sie sich vor. Jetzt habe ich alles vermasselt!

Frau Savorski und ihr Sohn gehen bedrückt die langen Gänge der St.-Josef-Klinik entlang, an deren Wänden einige bunte Malereien hängen. Sie beachten diese nicht mehr, denn zu oft sind sie in den letzten zwei Wochen in trauriger Stimmung hier entlang gelaufen.

„Es war richtig mit der Zusatzversicherung für Einzelzimmer" wiederholt Frau Savorski. „In ein Mehrbettzimmer hätte Vater nie eingewilligt. Er braucht die Ruhe und nicht den ganzen Tag Fernsehen und Trubel. – Hast du auch die beiden Bücher mitgenommen?" fragt sie ihren Sohn.

Paul nickt zustimmend und deutet auf den Stoffbeutel mit den Bänden ‚Die Bundeswehr gestern und heute'. Er überlegt, was er noch mit seinem Vater besprechen könnte. Hoffentlich fängt er nicht wieder an zu beklagen, dass ich damals nicht zum

Bund gegangen bin. Dann muss ich mich wieder wegen meinem Zivildienst rechtfertigen.

„Sollen wir uns um einen Rollstuhl kümmern oder reicht der Rollator weiterhin", fragt Frau Savorski Paul. Es tut ihr gut, dass sie Entscheidungen nicht mehr alleine treffen muss seitdem ihr Sohn da ist.

„Erst mal lassen wir alles beim Alten. Aber ein geeignetes Bett müssten wir jetzt organisieren, damit die Pflegekräfte – wenn es denn mal soweit ist – von allen Seiten an ihn herankommen."
„Und du auch natürlich", fügt er hinzu. „Jetzt kann er noch alleine in der Wohnung herumlaufen und auf die Toilette gehen. So bist du mehr die seelische Stütze als die körperliche". Sie bleiben vor dem Fahrstuhl stehen, dessen aufleuchtender roter Pfeil darauf hinweist, dass er bald im Erdgeschoss angelangt sein wird.

„Ach, wer hätte das gedacht, dass er mal so gebrechlich werden würde. Wo er immer so sportlich war", seufzt Frau Savorski und beide treten durch die sich öffnende Fahrstuhltür in die Kabine ein.

„Aber Mama, Papa ist doch für seine dreiundachtzig noch relativ gesund. Und dass ihm schwindelt und übel im Bauch ist, und dass er mit der künstlichen Hüfte und der Arthrose nicht mehr gut laufen kann, ist doch altersbedingt. Du mit deinem Herzinfarkt vor fünf Jahren musst doch viel vorsichtiger sein. Musst mit den Kräften haushalten", redet Paul ihr gut zu. Doch macht ihm der körperliche Zustand seines Vaters ernsthafte Sorgen, mit denen er seine Mutter nicht belasten will. – Sie verlassen den Fahrstuhl, gehen den schmalen Flur der kardiologischen Abteilung entlang bis zum Krankenzimmer des Vaters.

Obwohl sie nach Anklopfen an der Zimmertür keine Antwort erhalten, treten sie ein. Entgegen ihrer Vermutung schläft Herr Savorski nicht, sondern schaut von seinem Bett aus durchs Fenster auf die begrünte Außenwelt. Vogelgezwitscher ist hörbar und warme Sommerluft zieht in den Raum und macht ihn beinahe gemütlich. Aus der sitzenden Position dreht Herr Savorski langsam den Kopf zu ihnen herüber und lächelt leicht. „Ihr seid's aber spät", rügt er sie. Doch klingt dies eher wie eine Phrase, denn als ein ernst gemeinter Tadel. „Hast mir die Bücher Bub?" Paul nickt und ist beruhigt, dass es seinem Vater anscheinend besser geht als am Vortag. „Dienstag wollen sie dich entlassen. Dann sind alle Untersuchungen gemacht und die wichtigsten Ergebnisse bekannt. Die restlichen schicken sie dann an Dr. Meister", teilt er seinem Vater mit. Dieser scheint erleichtert, dass er wieder nach Hause kommen wird.

Meine kleine Familie ist mir wirklich wichtig, denkt Paul, während er die mitgebrachten Astern aus dem Garten mit Wasser versorgt und auf einen Tisch stellt. Er merkt eine sehnsüchtige Traurigkeit, als ihm seine eigene unverbindliche und kinderlose Beziehungssituation in den Sinn kommt. Doch wenn ich meine treue Mutter betrachte, die das Leid ihres geliebten Mannes teilt – das ist schon hart. Ob ich die letzten Lebensjahre an der Seite einer kranken Partnerin aushalten könnte? fragt er sich. Leid kann zusammenschweißen, aber auch trennen. Wahrscheinlich wäre ich feige und würde mich innerlich verabschieden.

Um nicht weiter zu grübeln, während seine Mutter am Bett ihres Mannes sitzt, räumt Paul ein bisschen auf: holt schmutzige Wäsche aus dem Schrank und kontrolliert im Badezimmer die Waschutensilien. „Du musst uns öfter besuchen kommen als bisher", ruft die Mutter und unterbricht Pauls betrübte Gedanken. „Hör doch jetzt mal mit Räumen auf und komm her. Du musst Vater vorlesen." Paul gehorcht, setzt sich auf einen harten Stuhl neben das Bett, schlägt das Buch auf und liest.

Nachdem Paul seinen Vater Dienstag nach der Frühvisite aus der Klinik abgeholt und nach Hause gefahren hat, macht er sich zur Abreise fertig. „Ich fahr jetzt, und ruf dich heute Abend an", verspricht er seiner Mutter."Ich muss in der Uni noch Post von zwei Wochen abholen, und dann den Vortrag für September vorbereiten und so weiter. Du weißt schon, mein Alltag", fügt er hinzu, bevor er sich ins Auto setzt und zum Abschied winkt.

Während der langen Fahrt freut er sich auf sein Zuhause und auf die Tagung Anfang September. Da wird er dann auf jeden Fall Agnes wiedersehen. Es sind weniger als zwei Wochen bis dahin. Die wird er mit Arbeit verbringen und ein paar Tage mit Georg.

Barfuß im hellen Sand des Ostseestrandes laufen Paul und Georg von Buhne zu Buhne und entfernen sich immer weiter von der Seebrücke.

„Die Frau von der ich dir erzählt habe – du weißt schon, die mit den Rosen", berichtet Paul und Georg nickt bestätigend dazu, „sie hat mir Anfang August eine nette Karte geschickt. Da ich aber nicht zuhause war, lag sie zwei Wochen in meinem Postfach im Sekretariat. Hoffentlich nimmt Agnes es mir nicht übel, dass ich erst so spät darauf geantwortet habe." Er gräbt mit seinen Schritten tiefe Kuhlen in den nassen Sand, die sich gleich darauf wieder mit anspülendem Wasser füllen. – „Ich wusste, dass ich sie auf jeden Fall bei der Tagung im September treffen werde. Deswegen habe ich mir nicht viel Gedanken darüber gemacht, als ich monatelang nichts von ihr hörte." Er blickt in die Weite bis zur Grenzlinie zwischen jadegrünem Meer und blau-grauem Himmel.

„Na, aber drei Monate sind schon eine lange Zeit, wenn man vorher so…" Georg zögert und sucht das passende Wort „sich doch so nahe gekommen ist. Ich wäre schon eher aktiv geworden. Du bist da eher – geduldig?" Er greift einen flachen Stein und wirft ihn in die leicht gekräuselten Wellen, die ihn weiter hinaus tragen.

„Doch nur weil ich weiß, dass ich sie auf jeden Fall irgendwann wiedersehen werde." Paul holt seinen Blick zurück zum Übergang zwischen Wellen und Sand und verfolgt das gemächliche Auf und Ab des Wassers. „Die Psychoszene in Deutschland ist klein und wir haben gemeinsame inhaltliche Interessen. Da wären wir uns noch in diesem Jahr über den Weg gelaufen oder Anfang des nächsten."

Paul spürt die Vorfreude auf ein Wiedersehen mit Agnes, jetzt wo er Zeit für sich und eine beruhigende Landschaft um sich hat. Wenn auch nur für diese drei Tage. Am Wochenende würde dann die Tagung laufen mit seinem Vortrag am Nachmittag. Er würde vormittags hinfahren, um nach ihr Ausschau zu halten. „Des Meeres und der Liebe Wellen", zitiert Paul ein Grillparzer-Drama angesichts der schaumbekrönten Ostseewogen.

Agnes sitzt vor einem polnischen Bier in einer masurischen Gaststätte, vor der ihr Fahrrad, und mehrere andere Räder abgestellt sind. Die Ruhepause nutzt sie zum Telefonieren: „Ich bin dann am Mittwoch los und habe die Fahrradtour in Polen gestartet", teilt sie Adelheid mit. „Nachdem bis Montag weder Post noch ein Telefonanruf vorlagen, habe ich die Gruppenreise über zehn Tage endgültig gebucht."

„Aber du hast dich doch zur Tagung Anfang September angemeldet, da oben im Norden. Da wolltest du ihn doch treffen", hakt Adelheid nach. Und setzt nach: „Also ich habe mir schon von Anfang an gedacht, dass das nichts wird mit Euch beiden. Der hat doch nur seine Arbeit im Kopf! – Und vielleicht noch seine blonden Studentinnen", fügt sie mit süffisantem Unterton hinzu. „Ich wollte dir sowieso schon mal sagen, das du ihm nicht nachlaufen solltest."

„Ich kann mir nicht vorstellen, noch jemals wieder mit ihm zu reden. Nachdem er mich so hängen lässt. Eine Unverschämtheit", klagt sie. Vielleicht hätte sie noch weitere Dummheiten geäußert, doch Adelheid unterbricht die Freundin und wünscht ihr, dass sie das Radeln richtig genießen soll.

Radeln und genießen war ein freundlicher Wunsch, dem die Wirklichkeit nicht entspricht. Anstrengende Sandwege entlang radeln oder stark befahrene Asphaltstraßen im Gruppentempo mithaltend zu bewältigen, fällt Agnes schwer. Zumal sie lieber vor sich hin träumen würde. An diesem sonnigen Nachmittag wird Paul jetzt seinen Vortrag halten und ich bin nicht dabei, denkt sie wehmütig. Er wird im Hörsaal nach mir suchen und in den Vorräumen, fantasiert sie, während ihre Beine sich abstrampeln. Kräftig tritt sie in die Pedale, und schnauft heftig - zumal es bergauf geht. – Aber das wäre sowieso nichts geworden mit ihm, allein der räumliche Abstand von zweihundert oder mehr Kilometern: eine Fernbeziehung mit ständigem Zeitplan im Kopf und traurigen Abschieden an Sonntagabenden. Nein, so nicht. Aber wie dann?

Ein Zwischenstopp mit der Möglichkeit, im Gras am See zu liegen lässt sie weiter träumen. Während sie einen Milchkaffee schlürft, sieht sie Paul und sich bei gemeinsamen Ferien mit Picknick in den Bergen oder an der See. Sie malt sich auch städtische Events aus: Musik im Freien, Classic am Gendarmenmarkt. Aber was gäbe es darüber hinaus? Wie könnte ein gemeinsames Leben in unserem Alter aussehen? Paul ist noch nicht am Ende der Karriereleiter angekommen und er ist ehrgeizig. Ich hingegen muss mich nicht mehr beweisen. – Oder doch? Eine kurze Vision von sich selbst scheint auf, in der sie auf einem Podium vor vielen TeilnehmerInnen eigene berufliche Erkenntnisse vorträgt. Sie löscht diese Vision sofort, als der Ruf „Auf Mädels!" der Tourenleiterin ertönt. „Es geht weiter". – Es geht immer weiter – irgendwie, denkt Agnes während sie ihren Rucksack schließt. Auch wenn es eine schwere, steinige Tour wird, ich will noch nicht aufgeben.

„Mist, schon wieder kaputt". Agnes steht vor ihrem Praxis-Briefkasten aus Billigblech und bohrt mit dem Schlüssel im Loch herum. Mal rechts drehen, mal links, das Schloss reagiert nicht. Die Leinentasche mit Pflaumen, Kartoffeln und Möhren vom Wochenmarkt setzt sie jetzt ab und versucht noch ein letztes Mal, das Türchen zu öffnen: diesmal langsam mit Gefühl. „Wow, es geht doch", ruft sie aus, als der Schlüssel endlich greift.

Ihr Herz klopft heftig, als sie ein Kuvert mit seiner Uni-Adresse vorfindet. Noch aufgeregter wird sie, falls das überhaupt noch geht, als sie den Brief mit zitternden Händen geöffnet hat und seine Mobilfunknummer liest. Nun kommt sie nicht drum herum, ihn irgendwann anzurufen. Die Nummer ist da, lockt und fordert und bedroht sie auch.

Soll ich ihn jetzt gleich anrufen oder erst abends? Es gibt keinen richtigen Zeitpunkt: ein Anruf kann immer ungelegen sein, und seine Antwort immer abweisend. Agnes wählt seine Nummer und wartet.

Kurz bevor sich die Mailbox einschalten könnte, meldet Paul sich mit „Hallo".

Blitzschnell denkt sie, dass er ihre Nummer nicht eingespeichert hat, sonst würde er sie mit Namen ansprechen. „Guten Tag Paul", fängt sie vorsichtig an, „hier ist Agnes, störe ich dich gerade?"

Seine Stimme klingt etwas kühl: „Ach du bist es, Agnes, warte mal einen kleinen Augenblick". Er scheint den Apparat hinzulegen und aus dem Raum zu gehen. Sie fragt sich, warum er das Handy nicht mitnimmt. Hat er Besuch? Jeanette? Als er wiederkommt, hört sie, wie eine Tür geschlossen wird, bevor er den Hörer wieder aufnimmt. „Ich musste noch etwas klären. Aber jetzt bin ich da", sagt er mit freundlicher Stimme.

Dieser Gesprächsanfang stärkt Agnes' Misstrauen, so dass sie zögerlich nach seinem Befinden fragt. Er antwortet ausweichend, klingt befangen. Patt! – Also zurück zum Anfang und noch mal von vorn: „Störe ich dich gerade oder können wir kurz miteinander reden", fragt sie jetzt direkter.

Paul klingt auf einmal besorgt: „Wieso warst du nicht auf der Tagung?"

Sie übergeht eine Erklärung und bestätigt ihm, dass es ihr gut geht. Sie berichtet von ihrer Radtour und fragt ihn nach dem

Verlauf seiner letzten Wochen. So plaudern sie, um sich wieder anzunähern. Nach einer viertel Stunde stellt sich bei beiden das Gefühl ein, dass sie das Gespräch beenden müssten.

„Wie wollen wir denn diesmal verbleiben"? frage sie ihn, mit einer Stimme so wüstenstaubtrocken, das ihr der Hals dabei weh tut.

„Ich bin in anderthalb Tagen in Berlin, allerdings mit wenig Zeit. Könnten wir uns vielleicht auf einen Kaffee morgens treffen? Was meinst du?"

Agnes fällt ein Stein vom Herzen; sie atmet hörbar durch. Er will mich also. Egal für wie viele Minuten, mit oder ohne Kaffee, draußen oder drinnen – er will mich treffen. Das reicht ihr, um den Telefonhörer anzustrahlen. „Gute Idee", antwortet sie mit kontrollierter Stimme. „Du hast ja meine Nummer". Und sie hat seine. „Auf Wiedersehen" sagen beide, bevor sie auf ‚Aus' drücken.

Agnes und Paul sitzen sich in einem karg möblierten Caféhaus morgens um dreiviertel neun gegenüber und sprechen in gedämpfter Tonstärke über ihre Zukunft. Eine melancholische Stimmung geht von ihnen aus. „Es hat doch keinen Sinn unsere Beziehung so weiter zu führen wie bisher", schließt Paul aus dem vorher Gesagten. „Wir stolpern über unsere unterschiedlichen Lebenskonzepte". – Er schaltet umständlich sein iPhone aus, da es unermüdlich Signale abgibt. „Ich kann meine Arbeit nicht vernachlässigen." Er sieht in Agnes' betrübtes Gesicht. „Doch ich könnte versuchen, nein, ich werde versuchen, mehr freie Zeit für uns zu reservieren."

Immerhin ist sein Einlenken ein Schritt in ihre Richtung, denn Agnes hat mit Nachdruck eine Stand-bye-Beziehung abgelehnt, eine Beziehung-auf-Abruf. Sie möchte auch bestimmen können, wann und wo sie sich treffen. Verbinden sollen nicht nur abendliche Telefonate und Mails.

Sie möchte mich mit Haut und Haar – aber wie soll ich das machen, grübelt er. Auch auf ihr Misstrauen müsste er jetzt noch eingehen. „Was muss ich tun, damit du mir mehr vertraust", fragt Paul und blickt sie ernst an.

Als sie längere Zeit nichts sagt, beugt er sich vor und erklärt in das Schweigen hinein: „Was kann ich von dir verlangen, wo doch alle Hindernisse bei mir liegen?" Er setzt sich aufrecht hin und schnaubt sich verlegen die Nase. Er schaut Agnes nicht an als er fortfährt: „Und dann haben wir auch noch nicht über Jeanette gesprochen. – Du müsstest mir die Beziehung zu Jeanette zugestehen – so wie ich dir deine Freiheiten nicht nehme." Als er hochblickt und ihren distanzierenden Blick wahrnimmt fügt er hinzu: „Oder hast du keinen Kontakt mehr zu deinen früheren Partnern oder Partnerinnen?"

„Lass uns jetzt nicht darüber reden", lenkt sie das Gespräch in eine andere Richtung; und mit Blick auf die Uhr: „Uns bleibt noch eine halbe Stunde und dann musst du gehen". Agnes versucht sachlich und cool zu bleiben und sich starke Gefühlsregungen für später aufzuheben. Wie in einem beruflichen Meeting arbeitet sie eine Tagesordnung ab, auf der jetzt „Fazit" steht und „Ausblick". Vielleicht ist es auch die Umgebung mit Kaffeegeruch und Kuchen im Blick, die sie milder stimmt, denn sie fragt ihn jetzt, wie es weitergehen kann.

„Wir könnten uns auch mal an einem privateren Ort treffen", schlägt Paul vor. „Möchtest du bei mir vorbei kommen – für einen Nachmittag oder mit Übernachtung, wegen der langen Anfahrt?"

Wieso habe ich diesen Vorschlag nie gemacht! Wo er doch öfters in Berlin ist! Er – in meiner trauten Wohnung? Schäme ich mich etwa für meinen Geschmack? Was könnte Paul denn aus ihm deuten? – Weil Paul jetzt den Stuhl näher an sie heran rückt, besinnt sie sich darauf, dass sie antworten muss.

„Lieber Paul", beginnt sie zögernd, „ich würde dich gerne zuhause aufsuchen. Aber eine Übernachtung bei dir..." beide zucken zusammen bei diesem Reizwort „auch wenn die Wohnung vielleicht geräumig ist", hängt sie noch zögerlich dran, beendet den Satz aber nicht. „Ich will darüber nachdenken und gebe dir Bescheid", vertröstet sie ihn, dessen Stirn sich zur Frage kräuselt. „Spätestens in einer Woche!".

TRAUM UND WIRKLICHKEIT

Agnes will an einem Wochenende im November zu ihm fahren. Ihr erstes Treffen steht jedoch unter einem unglücklichen Stern. Es hatte tagelang geregnet. Am Morgen des Abreisetages, einem Freitag, bemerkt sie, dass ihr Balkonabfluss durch Blätter und Unrat verstopft ist. Bei erneutem Regen könnte Wasser in die Wohnung dringen. Der Sanitärdienst würde aber erst am Montag kommen, so dass sie die Wetterlage ziemlich unruhig beobachtet.

Ebenso viel Unruhe bereitet ihr die Vorstellung, zwei Tage in seiner Wohnung mit ihm zusammen zu sein.

Als sie dann seine Maisonette-Wohnung das erste Mal betritt, trifft sie nicht die befürchtete Kühle und Unordnung einer Junggesellenwohnung, sondern eine Stilmischung aus altem Mobiliar – vielleicht von Zuhause übernommen? – und dazugekauftem Neuem. Keine Selbstbaumöbel, kein Hinweis darauf, dass er handwerkelt. Ich werde wohl meine verstopften Balkonabflüsse und tropfenden Wasserhähne weiterhin selber reparieren müssen, stellt sie fest. Schmückende, unfunktionale Objekte fehlen. Ihr fällt auf, dass im gemütlichen ‚Wohnzimmer' auf der halbhohen Anrichte ein gerahmtes Foto seiner Eltern steht. Sonst nichts, weder weitere Fotos, noch Vasen oder übliche Blickfänger.

Paul weist auf einen gedeckten Tisch in der Essecke des großen Wohnraums hin: „Ich habe ein paar Kleinigkeiten aus dem Supermarkt besorgt und hoffe, sie schmecken dir". Es ist kein klassisches Verführungsszenario: weder Sekt oder gar Champagner, sondern Birnensaft und Kräutertees stehen auf dem Abendbrottisch. Dazu verschiedene Brotsorten, diverse Käse, etwas Kochschinken und Wurst, Oliven, Gewürzgurken und Tomaten auf kleinen Tellern drapiert.

Als er nach dem Essen das Bett im Gästezimmer zurechtmacht, wünscht sie sich, bald schlafen gehen zu dürfen. Mit kollegialer Freundlichkeit in der Stimme wünscht er ihr einen guten Schlaf. „Morgen unternehmen wir dann etwas", fügt er hinzu.

Als Agnes Samstag früh nach traumlosem Schlaf erwacht, gilt ihr erster Gedanke der Uhr: „Schon halb neun", der zweite dem Wetterbericht: „Sonne und Wolken, 6 bis 8 Grad" und der letzte der nicht ausgepackten Reisetasche: „Was ziehe ich heute an". Dann öffnet sie die Zimmertür, hört keine Geräusche und schleicht sich, noch im Nachthemd, ins Bad. Sicherheitshalber schließt sie die Tür ab, denn in ihrer Scheu möchte sie nicht nackt unter der Dusche gesehen werden. Wie eine Jungfrau, kichert sie.

Ihre Fröhlichkeit bleibt, als sie nach ausgiebigen Reinigungs- und Gesundheitsritualen in die Wohnküche tritt, aus der sie Geräusche hört. Paul steht im seidenen, kobaldblauen Morgenmantel am Kühlschrank, aus dem er die Frühstücksutensilien entnimmt. „Isst du Marmelade oder Käse", fragt er sie, ohne aufzublicken und ganz in seine Aufgabe vertieft.

Agnes geht auf ihn zu, und als er sich nach Schließen der Kühlschranktür aufrichtet, stehen sich beide Auge in Auge gegenüber. Jetzt küssen, schießt es Agnes durch den Kopf und ihr Körper vibriert vor Begehren.

Jetzt nicht, denkt Paul, wendet sich von ihr ab hin zur Kaffeemaschine.

Mit seiner Geschäftigkeit tötet er jede Erotik, denkt Agnes. Soll ich ihn jetzt umwerben oder was? Ihre frohe Laune ist durch seine Abfuhr geschmälert, doch der Gedanke an weitere Stunden mit ihm hebt ihre Stimmung dann wieder.

Nach dem Frühstück machen sie sich auf in die schon winterlich kühle Stadt. Nicht nur das Museum zur Stadtgeschichte oder die Einkaufsmeile werden angepeilt, sondern auch das Geschehen in seinem Viertel mitgemacht. Sie stehen am Rande einer Straße, zusammen mit vielen Müttern und einigen Vätern, und sehen Kindern zu, wie sie im Sankt-Martins-Zug die Laternen schwenken. Voran ein Mann mit dunkelrotem Cape auf einem Schimmel: den heiligen Martin darstellend, der seinen Mantel durchriß und die Hälfte den Armen gab.

Sie haben noch weiteren Anlass zu Gesprächen über Heilige. In einer katholischen Kirche steht ein Abbild der Namensgeberin von Agnes: Agnes mit dem Lämmchen auf dem Schoss. „Wie sind deine Eltern auf diesen Vornamen gekommen", fragt Paul. „Ward Ihr religiös?"

„Na ja, wie man es halt so war, damals", weicht Agnes aus. Wieso eigentlich nach einer Heiligen benennen, fragt sie sich und gesteht dann: „Ich habe viel über meine Familie nachgedacht und in der Lehrtherapie darüber gesprochen. Soviel ich mich erinnere, hatte meine Mutter keine schlüssige Antwort. Der Name gefiel ihr halt."

Am Sonntagmittag will Paul Agnes zum Bahnhof fahren, doch eine öffentliche Abschiedsszene vermeiden. So umarmen sie sich noch in seiner Wohnung und drücken sich heftig und innig.

Sie leben ganz im Augenblick und spüren den eigenen Körper in der Berührung mit dem anderen. Innere Ruhe und Zufriedenheit hat beide erfasst. Als sie sich voneinander lösen, drückt Paul einen kurzen Kuss auf Agnes' Wange. Der erste, seit sie sich kennen – und der letzte für mehrere Wochen.

Während eines großen Kongresses in Berlin treffen sie sich zum Mittagessen in einem abseits gelegenen Bistro. Freudig erregt nimmt er bei der Begrüßung ihre Hand in seine beiden Hände. „Ich muss dir nachher etwas sagen", bedeutet er ihr und lässt sich auf den Stuhl fallen. Nach der Essensbestellung, als der Apéritif schon vor ihnen steht, platzt er heraus: „Meine Eltern sind einverstanden, dass du Weihnachten mit zu uns kommst." Auf ihren irritierten Gesichtsausdruck hin, denn sie haben nie darüber gesprochen, fügt er hinzu: „Falls du nichts Anderes vorhast natürlich. Aber ich dachte, dass es dich interessieren könnte, wo ich herkomme. Und wie meine Eltern sind. – Es war nicht so einfach ihnen zu erklären, dass eine unbekannte Frau mit mir sein würde. An Jeanette haben sie sich gewöhnt, doch sie war die letzten Jahre auch nicht mehr mit dabei."

Nun war also zweierlei ‚auf dem Tisch': Weihnachten und Jeanette. Wo soll ich nachhaken, denkt Agnes als die Salate schon aufgetischt werden. Mittlerweile hat sie gar keinen Hunger mehr.

Mit dem Kopf über den Salatblättern, die sie eingehend mit dem scharfen Messer zerkleinert, kann sie weiter nachdenken ohne gleich antworten zu müssen. Da ich für die Weihnachtstage noch keine festen Pläne habe, wäre Pauls Vorschlag realisierbar. Doch mich in die Höhle des Löwen wagen, nachdem ich bislang nur in einem offenen Käfig ein und aus gegangen bin? Abenteuerlich! – Würde ich dort wohnen? Würde ich ein eigenes Zimmer bekommen? Wie würde Paul mich seinen Eltern vorstellen? Einige dieser Fragen müssten noch beantwortet werden, bevor ich das Wagnis eingehen könnte. „Paul", fängt sie an, legt das Besteck zur Seite und blickt ihn direkt an: „Ich komme mit."

Nun ist er irritiert. Dann legt er sein Besteck zur Seite, und schaut sie nur durchdringend an. Agnes spürt Tränen, ihre Lippen zittern, die Hände ebenso. Sie ist sichtbar gerührt. Sie hört nichts mehr von den Geräuschen rundherum, sieht nur ihm in die Augen und weiß, dass dies wieder einmal ein sehr wichtiger Augenblick ist. ‚Verweile doch, du bist so schön.'

Den Gedanken nach Jeanette zu fragen schiebt sie auf ein ‚Morgen'.

Familie Savorski und Agnes sitzen am ersten Weihnachtstag mittags am Wohnzimmertisch und essen Gänsebraten mit Rotkohl und Klößen. Erleichtert blickt Paul Savorski vom Essen hoch, denn die letzte Hürde scheint geschafft zu sein. Er schaut auf seine Mutter, die beginnt, Agnes auf ihre Art in die Familie aufzunehmen. Das merkt er daran, wie sie mit ihr über Braten und Klöße redet; die ältere Frau klärt die jüngere auf, wie man das macht – so als sei Agnes ein Teenager. Vielleicht sollte ich auch mal kochen lernen, wo Mama das so gut kann. Obwohl sie meint, ich müsse unbedingt abnehmen. Recht hat sie ja, seufzt er.

Wenn Papa nur nicht so lethargisch am Tisch sitzen würde. Früher war er lustig, gerade bei gemeinsamen Essen und Feiern. Und jetzt – wie er gebeugt über dem Teller sitzt und mühsam kaut. – Paul atmet tief und seufzt beim Ausatmen, so als bekäme er kaum Luft. Er möchte die Traurigkeit verbergen und die schwarzen Gedanken, die ihn beim Anblick seines kranken Vaters überkommen. „Papa", spricht Paul seinen Vater an, „Papa, lass uns nachher a weng laufen; die Straßn nauf und nunter ? - "Herr Savorski hebt langsam den Kopf, will ihn schütteln. Doch da ihn nun alle am Tisch anblicken, nickt er zustimmend.

Während Agnes Frau Savorski zuhört, wirft sie schnell einen Blick zu deren Mann herüber. Wegen ihm hauptsächlich ist Paul dieses Jahr zu Weihnachten nach Hause gefahren. Paul scheint am Zusammensein seiner kleinen Familie viel gelegen zu sein, zumal dies das letzte Weihnachten mit seinem Vater sein könnte. Hätte ich das mit meinen Eltern auch so gemacht, wenn ich gewusst hätte, dass sie nicht mehr lange leben, fragt sich Agnes. – Bevor die Sehnsucht nach ihnen und Traurigkeit sie überfällt, blendet sie zurück an den Mittagstisch. Alle sind mit dem Hauptgericht fertig.

„Bleiben Sie sitzen, ich hole den Nachtisch", bietet Agnes sich an. „Ich weiß ja jetzt, wo alles steht." Sie geht in die altertümliche ‚Bauernküche' und holt aus dem Kühlschrank die vorbereiteten vier Portionen Speiseeis. Darüber gießt sie erwärmte Kirschen.

Sie will sie gerade hinaustragen, als Frau Savorski ruft: „Vergessen Sie den Schlagrahm nicht". Oh weh, hätte sie beinahe vergessen.

„Ich kann dann noch abwaschen", erbietet sich Agnes später, denn einen Geschirrspüler gibt es nicht. „Dann könnt ihr euch gleich hinlegen", schlägt sie zu den Eltern gewandt vor; und zu Paul: „Hilfst du mir Abtrocknen?". Und sie fügt leise hinzu: „Dann haben wir noch einen Moment für uns". Ich muss ihm sagen, dass ich nicht die künftige Schwiegertochter bin, obwohl seine Mutter schon Andeutungen macht. Mit ihren achtundsiebzig – die Generation denkt eben anders. Meine Mutter hätte genauso reagiert, wenn ich ihr einen annehmbaren Mann präsentiert hätte. Sie träumen dann vom Glück der Kinder, auch wenn deren gemeinsame Zukunft wenig fundierende Gegenwart hat. Agnes stellt das kostbare goldumrandete Sonntagsgeschirr ins Spülbecken und beginnt abzuwaschen. Paul ist ihr zur Hand und ordnet das abgetrocknete Geschirr dann in die Küchenanrichte aus dunklem Eichenholz ein.

Agnes möchte an die prekäre Situation der Weihnachtsnacht anknüpfen, als sie noch eine Weile aneinandergeschmiegt in seinem früheren Kinderzimmer sassen. Aber wie jetzt anfangen? „Ich konnte dich einfach nicht so – intim berühren", beginnt sie das Gespräch, während Paul, an den Küchentisch gelehnt, auf Arbeit wartet. „Ich wollte deinen Wunsch erfüllen und deinen Rücken massieren. Ich weiß auch, wie man es macht, aus meiner früheren Massagegruppe. Aber ich kann das nicht rein mechanisch. Es würde mich mit dir auf eine körperliche Weise verbinden und davor habe ich Angst."

Paul hört ihr ruhig zu; dann fragt er: „Ging es dir bei deinen früheren Freunden auch so oder liegt es an mir?"

„Natürlich liegt es an dir", schießen ihre Worte heraus und erregt fährt sie fort: „Ich bin viel aufmerksamer dir gegenüber und viel echter mir gegenüber als je zuvor bei jemandem." – Jetzt ist es an der Zeit, die Bombe platzen zu lassen, denkt Agnes. „Und dann ist da noch offen, wie deine Beziehung aktuell zu Jeanette aussieht." – So, nun hat sie's raus gelassen und atmet auf. Erleichtert beginnt sie, die angebackenen Bratenreste aus der Pfanne zu schrubben.

Nach einer kleinen Pause, in der Paul eher verlegen das Besteck einordnet, fährt sie fort: „Je mehr ich mich in dir verfange, desto schwerer wird für mich eine Trennung. Und du kennst meinen Lebensschwur: entweder ganz oder gar nicht." Noch einmal atmet sie tief durch. Sie wendet sich dem Waschbecken zu, ohne weiter abzuwaschen. Vielleicht liegt es am Tischwein und dem leckeren Essen, dass sie endlich den Mut hat, nach klaren Verhältnissen zu fragen. Wochenlang hatte sie sich damit herumgetragen, aber die Angst vor einer schmerzvollen Antwort hielt sie von der ‚Gretchenfrage' ab.

Plötzlich spürt sie Pauls Hand auf ihrer Schulter und dass er sie zu sich herum dreht. Dann drückt er sie fest an sich, so dass sie sich geborgen und bei ihm aufgehoben fühlt. So stehen sie eine Weile, bevor er sagt: „Würde ich eine Geliebte zu meinen Eltern einladen, zu meinem Vater, der nicht mehr lange leben wird?"

Agnes schämt sich, dass sie so engstirnig war und ihm nicht vertraut hat. „Heißt das, dass du Jeanette gar nicht mehr triffst", fragt sie nach einer Weile.

„Nein, das nicht", antwortet er „doch unsere Gemeinsamkeiten wurden noch weniger als bislang. Beruflich haben wir teilweise miteinander zu tun und führen die gute Arbeitsbeziehung weiter. Sie ist kreativer als ich, und ich pragmatischer. So ergänzen wir uns."

Es gibt Agnes einen kleinen schmerzenden Stich, als er die Vorzüge Jeanettes anspricht. Sie löst sich etwas aus seiner Umarmung und wischt Waschbecken und Abstelltisch trocken.

Ich und eifersüchtig, trotz Frauenbewegung! Würde er auch so positiv von mir reden, wenn unsere Beziehung sich irgendwann ändert? – Eigentlich eine beruhigende Vorstellung, dass nicht alles Schöne verloren geht bei Trennung.

Voran laufen eingehakt Frau Savorski im schwarzen Pelzmantel mit Mütze und die warm vermummte Agnes; dahinter schleichen langsam Herr Savorski am Rollator und sein Sohn, der gelegentlich mit schiebt. Auf dem Nachmittagsausflug treffen sie auch andere Ortsbewohner, die aus ihren fest verschlossenen Haustüren auf breite Plattenwege hinausgetreten sind. Man wünscht sich „Frohes Fest" und sagt "Ist der Bub a ma wieda da."

Frau Savorski nimmt die Gelegenheit wahr, ihre Besucherin eingehender zu befragen: „Wie haben Sie Paul eigentlich kennengelernt? Mein Sohn hat kaum darüber gesprochen."

„Oh, wir kennen uns schon lange, viele Jahre", beginnt Agnes. Und als ob das schon Aussage genug wäre, fügt sie an: „Am besten wäre es, wir würden ihnen beide zusammen die Geschichte erzählen."

Frau Savorski gibt sich mit der Antwort nicht zufrieden. „Also mein Mann und ich, wir haben uns in einem Tanzlokal kennengelernt."

Soll ich an diesem Köder anbeißen und sagen ‚Wir nicht'? Nein, ich frage sie über ihre Geschichte aus: „Ach, und wie war das damals, in den fünfziger Jahren? Sie sind doch eine Zugereiste aus Schlesien, hat Paul erzählt, und ihr Mann ist von hier."

Langsam durch den kalten Winternachmittag stapfend erzählt Frau Savorski, wie sie ihren Mann kennenlernte. Dabei dreht sie sich gelegentlich zu ihm um, vielleicht, um die Bilder der Vergangenheit mit der Wirklichkeit von heute zu vergleichen. „Er sah gut aus und war humorvoll. Und kräftig war er – wie ein Baum", schwärmt sie, wehmütig lächelnd. „Aber mich ham viele wolln, die Bubn hier", verfällt sie in den Dialekt, der nicht ihrer ist. „Obwohl i a Fremdn war und kein Vata ghabt ha, kei Geld, und nur a Verkäufrin war." Frau Savorski bleibt in Gedanken stehen und Agnes mit ihr. „Ja, unser Sohn", sagt sie wieder ohne Dialekt, „der ist mein ganzer Stolz, der Bub."

Paul und sein Vater haben jetzt aufgeholt, so dass sie die letzten Worte mithören. Der erschöpfte Vater setzt sich auf das Brettchen am Rollator; Frau Savorski stellt sich neben ihn, nimmt seine Hände und wärmt sie zwischen ihren. Paul gesellt sich zu Agnes, die jetzt vorschlägt, auf dem kürzesten Weg nach Hause zu laufen. „Deinem Vater geht's wirklich nicht gut", sagt sie.

Nachdem der kleine Familienausflug beendet ist, will Paul ihr noch etwas von seinem Heimatort zeigen und so laufen beide in Richtung ‚Zentrum'. An beiden Seiten der leicht abschüssigen Straße kleben die ein- bis zweistöckigen Häuser aneinander gereiht, verbunden durch Anbauten oder Garagen und Zäune. Trübes Grau von Vorgartengebüsch und Gras schafft einen kleinen Abstand zum Bürgersteig, auf dem jetzt weit und breit niemand zu sehen ist. Der schneidend kalte Ostwind schiebt Papier- und Plastikreste durch die asphaltierte Straße, die sich bis in die Ortsmitte schlängelt. Gelegentlich biegt eine ebenso trostlos anmutende Seitenstraße ab, in der nur die Verkehrsschilder farbig sind. Am trüben Himmel zeichnet sich der nahende Schneefall ab, so dass die beiden ihre Schritte beschleunigen. Es wird kein weicher Schnee werden, mit Flocken, die sich sanft niederlassen.

Der kalte Wind hat mittlerweile gedreht und kommt von Norden, so dass sie ihre Anorakkapuzen über die Mützen aufsetzen und verschließen. Eingemummelt wie zwei Arktisbewohner erkunden sie einen fast menschenleeren Ort zu Weihnachten. Fast, denn ein alter Mann humpelt ihnen entgegen, der aus dem geöffneten Gasthaus getreten ist. Agnes wirft einen Blick in die Wirtschaft, die der Treffpunkt der männlichen ‚Dorfbevölkerung' sein wird, wenn sie mal wieder über Politik und anderes diskutieren wollen.

„Die gab es schon vor fünfzig Jahren", erklärt ihr Paul. „Und seitdem hat sich nicht sehr viel geändert. Ich war selten drin, nur bei Feiern." – „Wohin hat es dich denn gezogen, wo hast du dich wohl gefühlt", fragt sie ihn. „Wo ich mich wohl fühle, gefühlt habe?", beginnt er, „Zuhause in meinem Zimmer, mit den Büchern. Auch in dem Wald dort oben. Eine Zeit lang hatten wir einen Mischlingshund, der Benny, mit dem habe ich lange Wanderungen unternommen. Da ging es mir gut."

Sie laufen noch bis zum Ortsausgang, wo er ihr seine frühere Volksschule zeigt, die als roter Backsteinbau imposant und auch etwas bedrohlich wirkt. Er sagt ihr, dass er vor vielen Jahren noch einmal drinnen war und den früheren Erinnerungen nachgehangen hat. Doch mit dieser Zeit und diesem Ort hat er jetzt innerlich abgeschlossen.

Als die ersten Schneeflocken fallen, eilen sie seinem Elternhaus zu. Mitten auf der ansteigenden Straße umarmen sie sich innig, was einer Verabschiedung von seiner einsamen Vergangenheit gleich kommt. Er ist schon lange nicht mehr der kleine unsportliche Junge ‚vom Dorf'.

Am späten Abend klagt Paul über Kratzen im Hals und leicht erhöhte Temperatur. Er hatte schon gestern Anzeichen gemerkt, diese aber nicht ernst genommen und gehofft, mit einem heißen Bad die Erkältung bekämpft zu haben. Er legt sich in sein Bett und Agnes darf sich neben ihn setzen. Seine Mutter hat eine Kanne heißen Kamillentee in der Thermoskanne bereitgestellt und Salbeibonbons angeboten. Er sieht etwas gequält aus, was auch an der geschwollenen Nase liegt, aus der er kaum Luft bekommt. Da sie trotzdem gerne noch eine Weile beisammen sein wollen, schlägt Agnes vor, ihm etwas vorzulesen. Er überlegt und lässt sie dann ein Buch aus seinem Regal nehmen, während er die Bettdecke noch ein wenig höher zieht. „Möchtest du auch noch eine Wärmeflasche dazu", fragt sie ihn, doch er verneint.

Sie liest ihm dann Kurzgeschichten vor, die beide erheitern. Da sie gerne und mit veränderten Stimmen liest, könnte dies auch in Zukunft verbindend sein: sie liest und er hört zu. Früher war es umgekehrt: er redete (auf dem Podium) und sie hörte zu. Kurz blitzt der Gedanke auf, selber einmal auf dem Podium eigene Gedanken vorzutragen – nur einmal so wie er sein zu können.

Am folgenden Tag machen die Savorskis und Agnes es sich gemütlich in der warmen Stube, zumal das Wetter nicht zum Rausgehen einlädt. Noch schneit es bei dunklem Himmel und der Ostwind bläst die Flocken kräftig an Fenster und Türen. Alleine wagt Agnes sich zwar einmal vor dem Mittagessen hinaus, doch kommt sie nach einer halben Stunde mit hochrotem Gesicht und eiskalter Nase zurück. Am Nachmittag spielen sie zu dritt Rommé und Herr Savorski sitzt mit am großen Eichentisch und guckt zu. Gelegentlich nickt er ein, so dass sie etwas leiser jubeln oder spontane Äußerungen gedämpft vortragen. Obwohl Agnes Rommé seit Jahren nicht mehr gespielt hat und sich die Regeln erklären lassen muss, gefällt ihr dieses unkomplizierte Miteinander.

Paul sieht immer noch verquollen aus, schnieft und hustet leicht. Auch denkt und reagiert er langsamer als sonst und ist von einer Aura des Krankseins umgeben. Trotzdem freut er sich am Spiel und am gemeinsamen Zusammensein. Als alle drei am frühen Abend erschöpft die Karten beiseitelegen und ausrechnen, wer gewonnen hat, tritt bei Agnes eine wehmütige Stimmung auf. Nur noch heute bis Morgen Mittag sind Paul und sie zusammen. Danach wird wieder jeder seine eigenen Wege gehen. Nur jetzt nicht dran denken, beschwört sie sich. Genieße den Augenblick.

„Abendbrot!" Mit diesem laut geäußerten Aufruf weckt Frau Savorski ihren Mann aus dem Halbschlaf. „Komm jetzt. Wir haben noch leckeren Braten von gestern."

Am Hauptbahnhof hält Paul in einer Bucht für Kurzparker und hilft Agnes dann, den Koffer aus dem Gepäckraum zu hieven. Sie verabschieden sich mit Händedruck, was er mit der Ansteckungsgefahr durch seine Erkältung begründet. „Bis Samstag dann", sagt Agnes. „Bis Samstag", antwortet er. Sie schaut ihm nach, bis er in der Autoschlange verschwindet. Dann sucht sie in ihrer Tasche nach dem Zugticket mit der Gleisangabe. Dabei fallen ihr die zwei ausgedruckten Seiten von jenem Landhaus in Südbrandenburg in die Hände, in dem sie über Silvester einige Tage verbringen werden. Das sieht wirklich edel aus, denkt sie.

In der Bahn ziehen trübe, flache Landschaften an ihr vorbei, unterbrochen nur von wenigen tristen Bahnhöfen. Agnes versucht, trotz eines unsteten Geräuschpegels im voll belegten Großraumabteil, die vergangenen Tage geistig zu verdauen. Gab es Träume oder Botschaften mit Warnsignalen? Bei der Mutter muss ich etwas vorsichtig sein mit dem, was ich sage. Aber sonst waren es schöne Tage, resümiert sie, schließt die Augen und lehnt sich zurück.

Am Mittwoch geht sie in die Praxis, schaut die wenige Post durch, gießt die Blumen, kocht sich einen Kaffee, holt den Rest der Tafel Schokolade aus dem Küchenschrank und setzt sich an den PC. Erst druckt sie Formulare aus, das erfordert nur Datenübertragung. Und dann macht sie sich ans Schreiben des ersten Umwandlungsantrages von einer Kurz- in eine Langzeittherapie.

Als sie nach anderthalb Stunden bei Punkt 5, der Verhaltensanalyse, angelangt ist, pausiert sie und bringt die leere Kaffeetasse in die Küche zum Spülen. Bei ihren Überlegungen zur ‚funktionellen Bedingungsanalyse' für die krankheitswertige Störung der Patientin fallen ihr Parallelen zur eigenen Situation ein.

„Situation":= Heikles Thema ansprechen müssen (Wünsche, Vorstellungen); Beispiel: Pauls Beziehung zu Jeanette

„Organismus-Variable"= Liebesentzug diverser Personen im Leben, wenn sensible, hochwertig besetzte Themen angesprochen werden;

„Reaktion"= Angst, Herzklopfen, trockener Hals etc.; Gedanken kreisen um Bedeutsamkeit und Berechtigung eigener Wünsche oder Vorstellungen;

„Konsequenz, pos."= Schweigen vermeidet Konflikt oder Verstossenwerden;

„Konsequenz, neg." = entfremdetes Ich, depressive Stimmung, Kontaktvermeidung.

Das ist die Sarah-Seite in mir, die wird sich nie ganz auflösen. Doch habe ich sie gut im Griff, lobt sie sich. Und schränkt ein: das hat jetzt aber verdammt lange gedauert; wieso habe ich Wochen, sogar Monate gewartet? – Besser jetzt als nie, belobigt sie sich und lutscht mit Genuss an einem Streifen Milchschokolade.

„Gar nicht erst anfangen, wenn es so enden kann", bemerkt Agnes mit einer Kopfbewegung in Richtung eines jungen Paares ein paar Tische weiter. Sie sitzen beim Abendessen im brandenburgischen Landhaus. Paul weiß zuerst nicht, was sie meint. Sie ergänzt: „Sie haben den ganzen Abend fast nicht miteinander gesprochen. Er schaut ständig auf sein Handy. Sie stochert im Essen herum. Entweder ist Ehekrach oder Ehegewöhnung. - Davor habe ich Angst. Angst, dass wir uns nach einigen Jahren so gut kennen, dass ein Schweigen kein angenehmes mehr ist, sondern untergründig aggressiv oder gelangweilt. Ich fürchte mich vor einer Gewöhnung, die nicht mehr aufhört, die uns nicht weiter bringt im Leben."

Paul hat aufmerksam zugehört und mit dem Essen ausgesetzt. „Du denkst zu weit voraus. Mittlerweile haben wir noch nicht einmal zusammen in einem Bett geschlafen, geschweige denn miteinander." Und weil er sich schon einmal zu diesem heiklen Thema vorgewagt hat, fährt er fort: „Heute könnten wir damit beginnen, uns unsere Wünsche vom Weihnachtstag zu erfüllen: im gemeinsamen Doppelbett. Ich massiere dir die Füße und du mir den Rücken." Vielleicht ist es das kleine Glas Spätburgunder, das ihr Erschrecken dämpft. Dennoch stockt ihr der Atem.

Als sie sich im Hotelzimmer nach dem Duschen in den weißen Bademänteln mit Landhaus-Emblem wieder begegnen, müssen sie lachen. Denn sie haben beide noch Dessous darunter anbehalten. Agnes fallen plötzlich die beiden Eisbären ein, von denen sie vor Monaten träumte, und sie erzählt Paul davon. Dann losen sie, wer zuerst den anderen verwöhnen darf – und das ist Agnes. Sie darf ihre rudimentären Massagekünste an seinem Rücken üben.

Agnes dimmt die Stehleuchte herunter auf ein samtenes Gelb und dreht die Heizung eine Stufe höher. Da sie nicht auf dem wackligen Bett knien kann, setzt sie sich auf die Kante, von der aus sie jedoch seinen Rücken nicht erreicht. Also programmieren sie die Stellung um: er muss sich auf einen Stuhl setzen und über einen mit Kissen gepolsterten Tisch beugen. Diese Haltung erleichtert es ihr auch, eine distanzierende Haltung zu ihm und seinem Rücken einzunehmen. Denn zärtlich, liebevoll, streichelnd, küssend soll diese erste Massage nicht werden. Sie dient der körperlichen Entspannung und darf später wiederholt werden.

Trotzdem fließt ein wohlig erotisierender Strom durch ihren Körper, als sie die Muster seiner Haut, die kleinen braunen Warzen oder die Wölbungen der einzelnen Wirbel betrachtet.

Gerne würde sie dabei verweilen. Doch sie bleibt bei der semi-professionellen Massage.

Nachdem Agnes die Berührungen hat ausklingen lassen, bedankt sich Paul für den Genuss, den sie ihm bereitet hat. Er schickt sich an, ihr nun ebenfalls eine Massage zu schenken. Dafür setzt sie sich auf den Stuhl und er lagert sich zu ihren Füssen. Sie schließt die Augen und lässt mit sich geschehen. Dabei treibt sie zuerst auf einem kleinen Floß in einem gleichmäßig fließenden Strom; es gleitet sie ab und an in seichte Gewässer nahe einem dschungelhaft bewachsenen Ufer; dann läuft es beinahe auf Mangrovenwurzeln auf. Vor einer Stromschnelle gewinnt das Floß ein Tempo, das immer mehr zunimmt, jedoch wunderbarerweise kein Absturz in Wassertiefen erfolgt; Angst kommt auf, weil sie keinen Horizont vor sich sieht. Leichte Übelkeit tritt auf. Doch der Seemann steuert das Floß sicher und behutsam. Eine sanfte Brise lässt sie auf den Wellen dahin treiben, getragen vom warmen Wind aus unbekannten Quellen. Eine surreale Landschaft tut sich auf, die mal in hellen Farben brilliert, mal im Dunklen des Flusses widergespiegelt wird. Nach einer Ewigkeit endet die innere Reise und das unsichtbare Boot ankert in einem schifflosen Hafen.

Als sie die Augen aufmacht, sitzt Paul neben ihr und schaut sie an. „Hast du geschlafen", fragt er. Hat sie? „Des Meeres und der Liebe Wellen", sagt er dann auf ihre Flussfantasie hin.

„Lass uns zu Bett gehen", schlägt Agnes vor. „Es war ein langer Tag".

Am nächsten Morgen schleicht sie sich ins Badezimmer, als Paul noch zu schlafen scheint und hofft, dass er die morgendlichen Hygienerituale nicht hören wird. Ihre Besorgnis ist unbegründet, denn die rauschende Lüftung überdeckt alle anderen Geräusche. Als sie zurück ins Zimmer geht, steht er schon neben dem Bett, bereit, jetzt auch das Badezimmer aufzusuchen.

Sie liegt schon wieder unter den kuscheligen Daunen, als er zurückkommt. Nachdem Paul sich unter seine Bettdecke gelegt hat und ihr den Rücken zuwendet, entscheidet sie sich, die erste körperliche Annäherung zu wagen. Eng schmiegt sie sich mit Oberkörper und Kopf an seinen runden Rücken und umarmt ihn. So liegen sie beide eine kleine Weile und genießen diese Berührung. Sie verfolgt seinen Herzschlag und seine Atmung, die zuerst verschieden von ihrer sind. Als sie sich angleichen will, gelingt es ihr nicht, denn ihre körperliche Erregung nimmt langsam zu. Mit ihr erhöhen sich auch Atemfrequenz und -tiefe. Ihr ist so warm, dass sie die Bettdecke mit den Füssen zurück schiebt, um danach ihre Beine in seinen zu verschränken.

Sie spürt, wie sich sukzessive immer mehr Lust in ihr ausbreitet, so dass sie in leichten Wiegebewegungen ihren Unterkörper an seinem reibt. Es ist mehr wie ein sanfter Tanz, der sie jetzt bewegt, denn auch Paul lässt seinen Körper in erotischem Takt fließen. Die darunter liegende Melodie wird mit jeder Bewegung erst komponiert, wobei allegretto überwiegt, beinahe wie somnambul. Sie atmen beide so tief, als sögen sie die Quelle am Boden des Brunnens leer.

Irgendwann nimmt er ihre Hand und führt sie an jene Stellen seines Körpers, die von dieser Berührung profitieren und auch ihre körperlichen Bewegungen intensivieren. Im crescendo schwingen sie sich dann zu den Höhen auf, die bei solcherart Tänzen erstrebenswert sind.

In der Koda verabschieden die Tänzer sich danach nicht, sondern sie lehnen sich an die mit Kissen gepolsterte Wand. Sie halten ihre Hände. Sie schauen sich an und er fragt lächelnd, was sie auch denkt: „Hast du dir so unser erstes Mal vorgestellt?" Beide prusten angesichts dieses unspektakulären ‚Ersten Males'. Sie bleiben noch eine Weile in diesem inneren Frieden, bevor sie sich dem Tageslicht zuwenden.

„Es ist übrigens der 1. Januar", bemerkt Agnes am Frühstückstisch „wir haben den Übergang verschlafen". Zwar hatte sie einige Knallkörper gehört und Lichtstreifen durch die schweren Gardinen gesehen, was sie jedoch nicht am Weiterschlafen gehindert hat. „Es tut uns beiden gut, an diesem ruhigen Örtchen zu verweilen", fügt sie hinzu, während sie das halbweiche Hühnerei auslöffelt. Das schweigsame Paar vom Vorabend scheint schon gefrühstückt zu haben, so dass Agnes nicht weiter verfolgen kann, ob es eine punktuelle oder eine dauerhafte Ehekrise ist.

Nachdem sie sich vom üppig ausgestatteten Buffet ein Croissant und Butter geholt und Paul eine weitere Scheibe Roquefort mitgebracht hat, ist es für Agnes an der Zeit, wieder einmal über heikle Themen zu sprechen: Die Gretchenfrage von Gretchen war einfach: Wie hast du's mit der Religion? Bei Agnes und Paul ist das Repertoire schwieriger Themen umfangreicher.

Sie outet sich mutig, in der Annahme, dass Paul ebenso wahrhaftig antworten werde: „Mein Aidstest liegt einige Jahre zurück und das Ergebnis war negativ – also keine Infektion; seitdem habe ich keinen sexuellen Kontakt mehr gehabt", gesteht sie gleich zwei Geheimnisse in einem. Bisher hat sie nämlich ihr Jungfernleben der vergangenen Jahre nicht erwähnt, um peinlichen Fragen aus dem Wege zu gehen. Sie schämt sich etwas dafür und blickt auf den Essteller, damit er ihre geröteten Wangen nicht sehen kann.

Paul zögert etwas und vertraut ihr dann an, dass er davon ausgeht, nicht HIV-positiv zu sein. Allerdings verlässt er sich auf Jeanettes Aussagen, die sich in regelmäßigen Abständen testen lässt und bei Fremden auch Kondome benutzt. „Sollten wir – falls wir – was meinst du?" fragt er Agnes.

„Hast du welche mit?" entgegnet sie.

„Nein, du?"

„Nein, wieso?"

„Hast du nicht an so etwas gedacht?"

„Nein", sagt sie und fügt in sachlichem Ton hinzu: „Das hat aber noch einen anderen Grund." Sie atmet tief durch und fährt fort: „Wie du weißt, bildet sich nach der Menopause bei Frauen das Östrogen zurück. Damit treten diverse körperliche Veränderungen auf, unter anderem auch im Genitalbereich. – Meine Gyn hat mir vor Monaten eine Crème verordnet, die ich zwar vor einigen Tagen angefangen habe anzuwenden, um mich auf dich vorzubereiten. Doch außer den Nebenwirkungen spüre ich noch keine Veränderung. Ich weiß also nicht, ob ich dich empfangen kann", formuliert sie etwas unspezifisch.

Paul schiebt den Teller beiseite, ergreift ihre linke Hand und sagt etwas unbeholfen, um sie zu beruhigen: „Es gibt auch andere Sexualpraktiken. Wir haben doch Zeit". Als er sie dann wieder loslässt, bemerkt sie eine zurückhaltende Ernsthaftigkeit in seinem Gesicht. Was hat er auf dem Herzen?

„Nun bin ich dran zu beichten", versucht er in lockerem Ton sein Thema zu entkrampfen. „Kennst du noch den Refrain: I'm a man, yes I can[6]?" fragt er sie, unter Andeutung der Melodie. Ja, kennt sie. „Das ist mein Reizthema", fährt er fort. „Meine Rolle als Mann fordert, dass ich sexuell immer bereit sein muss. Dieses Klischee geistert noch herum und wird durch Viagra aufrechterhalten, obwohl es Leid und Entfremdung verursacht. Die Stigmatisierung ist subtiler geworden, man ist nicht mehr ‚Versager', sondern ein mitleidiges ‚Es wird schon. Du bist nur müde' verstärkt den Druck fürs nächste Mal. – Ich möchte mein Recht auf Handlungsfreiheit auch im sexuellen Bereich einklagen dürfen", bestimmt Paul jetzt nachdrücklich, „und nicht als defizitär und mangelhaft abqualifiziert werden." Basta!

Agnes verdaut erst mal gedanklich sein Plädoyer zur sexuellen Selbstbestimmung, schaut ihn dann an und fragt ihn: „Hast du den Eindruck, ich würde sie dir nehmen, deine Entscheidungsfreiheit"?

„Nicht absichtlich", antwortet er, „sondern durch deine Reaktionen." Und dann schildert er die Verquickung seiner sexuellen Reaktionen und ambivalenten Gefühle in der Beziehung zu Jeanette. „Du könntest dich zurückgewiesen fühlen und traurig werden. Dies wiederum könnte ich nicht gut ertragen, würde mich überwinden und den sexuell potenten Mann spielen", antizipiert er. „Und dieses Muster will ich auf keinen Fall reproduzieren", schließt er ab.

---

[6] "Ich bin ein Mann, ja ich kann…"

Sie sind schon lange mit Frühstücken fertig und auch die letzten im Raum. Doch ihr Gespräch am ersten Tag des Jahres kommt einem Kehraus-Ritus gleich, der eigentlich zu Silvester hätte stattfinden müssen. Nun kehren sie eben heute mit ihren Besen die bösen Geister der Vergangenheit aus. Wo sind die Masken ihrer guten Geister?

„Auf, auf!", ruft Agnes beflügelt aus. „Wir dürfen jetzt fröhlich sein, einen Reigen tanzen und verkleidet durch die Straßen ziehen."

Sie hatten eigentlich einen längeren Spaziergang in der leicht hügeligen Waldlandschaft geplant. Der triste graue Himmel und einsetzender Schneefall machten ihn jedoch so ungemütlich, dass sie nach einer Stunde in das heimelige Hotel zurückkehren. Einige Stunden nachmittags wollen sie jeder für sich verbringen, um dann zum Abendessen wieder zusammenzutreffen.

Agnes kuschelt sich mit einem Schmöker über Maskentänze in einen Ohrensessel in Fensternähe des Foyers, um gedanklich in fernen Regionen herum zu stromern. Die musikalische Dauerberieselung aus dem Hintergrund bittet sie abzuschalten. Die Ruhe tut ihr gut.

Paul bleibt im Zimmer, um seine privaten Nachrichten abzuhören und jene Mails anzuschauen, die sich seit Abschalten seines iPhones bei ihrer Ankunft angesammelt haben. Es werden Neujahrsgrüße sein, von Freunden und von seiner Mutter. Da er sie sowieso anrufen muss, hört er ihre Nachricht zuerst ab. Sie ist von heute früh zehn Uhr und jetzt ist vier vorbei. Hoffentlich macht sie sich keine Sorgen, weil sie mich nicht gleich erreicht hat, denkt er, während er ihre Nummer eintippt.

Ihre Botschaft trifft ihn unvorbereitet: Sein Vater hatte nachts einen Schlaganfall, liegt auf der Intensivstation im Sankt-Josefs-Krankenhaus und sein baldiges Ableben wird von den Ärzten prognostiziert. Paul soll sofort kommen, wenn er seinen Vater noch einmal sehen will.

„Bei dem Schneeaufkommen ist es für heute zu spät. Ich fahre gleich morgen früh", teilt Paul mit, nachdem er Agnes vom Anruf berichtet hat. Aus ist der Traum von ein paar Tagen zu zweit.

Der letzte gemeinsame Abend ist entsprechend melancholisch überschattet und durch sachliche Gespräche ausgefüllt. Paul verspricht, Agnes auf dem Laufenden zu halten per Mail oder Telefon.

Als der Sohn seinen Vater am folgenden Tag ein letztes Mal sieht, im Krankenhaus aufgebettet in einem besonderen Raum, fließen Tränen und Worte des Abschieds begleiten sie. Der Vater wird sie nicht mehr verstehen und nicht mehr antworten. Doch vielleicht spürt er die zarte Berührung der Finger, die über seinen Kopf streichen oder die warmen Hände, die seine umschließen. Paul sieht seinen Vater bleich und regungslos. Er ahnt, dass er seine letzten Minuten miterlebt. Dem gläubigen Vater wurden schon die Sakramente gespendet, so dass er in Ruhe einschlafen darf und sich in Gottes Hand weiß.

Als Paul sich etwas zurückzieht, setzt sich seine Mutter auf die Bettkante und fährt fort, die Hand Ihres Mannes zu halten, ihm zu zeigen, dass sie auch jetzt noch bei ihm ist. Bis dass der Tod euch scheidet, hatte es vor Jahrzehnten geheißen, als sie sich das Jawort gaben. „Ich bin bei dir, bis dass der Tod uns scheidet", flüstert sie. Als ob sie ihm helfen wolle, in Ruhe, ohne Schmerzen, ohne Sorgen für ewig einzuschlafen. Vielleicht sind es ihre Worte welche die Schranke zur anderen Welt geöffnet haben, denn nunmehr ruht seine Atmung und er schläft für ewig ein.

So totenbleich und leblos hat Paul seine Mutter noch nie gesehen. Als ob auch ihr der Lebensatem genommen wäre mit dem Hinscheiden ihres geliebten Mannes. Gebeugt mit steinernen Gesichtszügen sitzt sie noch längere Zeit auf dem Bett des Toten und Paul lässt sie so sein. Ihm ziehen Erinnerungen in farbigen Bildern vor seinem inneren Auge vorbei: wie Vater und Sohn miteinander wanderten, wie er ihn lesen lehrte noch vor Schulbeginn, wie er den Sohn nach der Disputation seiner Dissertation umarmte vor Stolz. Sein Vater, ein lebenskluger und emotional intelligenter Mann, der im Leben jedoch ohne seine praktisch denkende und warmherzige Ehefrau nicht so hätte aufblühen können, wie er dies in den Augen seines Sohnes getan hat.

„Vater", murmelt Paul fast unhörbar „trotz all der harten Zeiten, die wir auch miteinander hatten, trotz deiner Strenge und manchmal Unnachgiebigkeit mir gegenüber, war es doch alles gut so, wie es war. Bitte verzeih mir. Verzeih mir, dass ich dich oftmals zurückgewiesen habe, gekränkt habe, verletzt habe. Ich habe dich trotzdem geliebt." Jetzt ist auch Paul erstarrt, als wäre der Tod als Sensemann in den Raum getreten und hätte alle aufgefordert mitzukommen.

Irgendwann tritt nach einem Anklopfen eine Krankenschwester in den Raum und löst die Starre auf. Paul nimmt sich zusammen und bespricht das Wesentliche. Bevor Mutter und Sohn den Raum verlassen, schauen sie noch einmal zurück auf den

Toten, der jetzt von kundigen Händen hoch gehoben und auf eine Bahre gelegt wird.

Um die Mutter zu entlasten und ihr in der Trauer beizustehen, erledigt Paul den Großteil der anstehenden formalen und organisatorischen Pflichten. Unterstützt wird er durch eine Verwandte, die im Nachbarort wohnt, sowie einigen Gemeindemitgliedern, die der Familie nahe stehen. So ist es ihm möglich, mehrmals nur für einige Tage in seinem Heimatort zu verweilen und in der Zeit dazwischen seinen beruflichen Verpflichtungen nachzukommen.

Als Paul mit seiner Mutter die zukünftige Grabstätte auf dem nahegelegenen Friedhof auswählt, kommen sie überein, diese für mehrere Personen anzulegen. So könnte die Mutter später hier liegen und vielleicht auch er irgendwann. Einige Namen auf den Gräbern neben dem gewählten Platz sind ihm bekannt. Eltern von Schulfreunden oder einstige Lehrer. Manchmal muss er erst den Schnee wegwischen, um alle Daten erfassen zu können. Paul schreitet die Grabreihen entlang und hinterlässt im frischen Schnee seine Fußspuren. Da denkt er an Agnes und ihren Neujahrsspaziergang in Brandenburg. Würden sie einmal an diesem Ort zusammen sein, im Schnee, bei Regen, im Sonnenschein? Wehmütig geht er zurück zu seiner Mutter, die versunken an der noch leeren, ausgehobenen Grube steht. „Komm, Mama, lass uns heimgehen", sagt er.

SEHNSÜCHTE UND ALLTAG

„Wir telefonieren oder mailen zwei- oder dreimal in der Woche, mehr nicht", berichtet Agnes der Freundin Adelheid, während sie weiter die Walnüsse vom alten Baum im Garten knacken. Die verbrennenden Holzscheite im Kamin knistern leise und verbreiten eine wohlige Wärme. „So verbinden wir uns intensiv, aber nicht stundenlang und schwätzen auch nicht Banales. Oder wenig, zumindest."

„Aber wie hältst du das aus?" fragt Adelheid. „Ihr ward so nahe und jetzt siehst du ihn erst in einigen Tagen wieder, wenn er nach Berlin kommt."

Während Agnes die großen Nusshälften sowie die kleinen Stückchen aus den Schalen herauslöst und in eine bereit gestellte Schüssel legt, erzählt sie, wie ihr Leben jetzt so aussieht. Mit ähnlichen Aktivitäten wie vor genau einem Jahr und doch stimmungsmäßig ganz anders.

Als sie alle Nüsse geknackt, einige davon geknabbert und viele in der großen Schüssel angesammelt hat, lehnt sie sich nach getaner Arbeit zurück. Sie wischt versprengte Schalenrest von ihrer Hose und nimmt eine bedeutungsschwangere Haltung ein. Dann offenbart sie Adelheid mit klopfendem Herzen ihre neue Sehnsucht: „Ich trage mich mit dem Gedanken, meine Angst, vor großem Publikum mein Fachwissen vorzutragen, anzugehen. Und hoffentlich zu besiegen", fügt sie kämpferisch hinzu. „Ich möchte einmal so auf dem Podium am Pult stehen wie Paul und Wissenschaftliches einbringen."

„Hast Du schon eine Idee, welches Thema oder wo du auftreten willst", fragt ihre Freundin mit skeptischer Stimme, während sie die Nüsse in kleine Bröckchen für den Kuchen hackt. Agnes nimmt ein Stück von der Kochschokolade und fantasiert, dass sie sich zur nächsten internationalen Klinischen Tagung im Mai in Edinburgh anmelden könnte. Zwar müsste sie sich beeilen, denn die deadline für „call for papers" wird bald sein. Sie kann Paul fragen, der dort einen Vortrag halten wird.

„Doch wie kannst du als Neuling und Nichtpromovierte, ohne eine Universität hinter dir oder eine Reihe von Publikationen in renommierten Zeitschriften zu solch einer Tagung eingeladen werden? – Das müsste ein ganz heißes Eisen, ein wenig beackertes Feld sein, das du angehst", fährt Adelheid entmutigend fort. Und sie hat auch beinahe erreicht, dass Agnes den Plan fallen lässt. Vielleicht sollte sie kleinere Brötchen backen und sich zur nationalen Tagung im Herbst anmelden. Sie findet in Leipzig statt und wird nur punktuell englischsprachige Vorträge enthalten. So könnte sie bei Deutsch bleiben und nicht noch Übersetzer beschäftigen. – Diese Lösung erscheint beiden Freundinnen eher machbar.

„Apropos Übersetzen und Sprache", knüpft Adelheid an. „Trotz Intensivkurs und jeden Tag üben hadere ich mit der polnischen Sprache noch heftig. Du könntest mir gleich ein paar Vokabeln abfragen, wenn du saubere Finger hast", wünscht sie sich von ihr. – Wobei der Versuch, trotz vorhandener Lautschrift die polnischen Vokabeln richtig auszusprechen, eher kläglich endet. Wie gut für Agnes, dass das schlichte Englisch zur Wissenschaftssprache geworden ist, und nicht polnisch oder chinesisch.

In Tiefparterre des Berliner Hauptbahnhofs steht Agnes – wie immer wieder eingeschüchtert durch die immense Höhe und Weite, die sich über und neben ihr auftut. Noch ist der ICE, mit dem Paul gegen sechzehn Uhr ankommen soll, nicht eingetroffen, und doch klopft ihr Herz schon schneller als gewöhnlich. Ihre Umhängetasche mit dem kleinen Gepäck für eine Übernachtung stellt sie kurz auf einer Bank ab, bleibt jedoch unruhig stehen. Innerlich versucht sie, sich auf den ersten Augenblick einzustellen, mit dem sie ihn wahrnehmen wird. Werde ich erschrecken, weil er so anders aussieht als vor vier Wochen? Richtig war seine Entscheidung, nicht bei mir zu übernachten, sondern im Hotel. – Agnes schaut auf die Uhr, doch die Ankunftszeit ist noch nicht überschritten.

Und wir haben nur die paar Stunden bis morgen früh um zehn. Nach seiner Beiratssitzung fährt er direkt nach Hause und am Wochenende, wie üblich, zu seiner Mutter. Oh die Mutter, seufzt Agnes und blickt betrübt zu Boden, bemerkt ihre angestaubten Schuhe. Müsste ich auch wieder mal putzen, schießt der Gedanke durch den Kopf. – Die zieht ihn heran zu sich in ihrer Einsamkeit. Und er lässt sich ziehen. Jetzt ist es nicht mehr Jeanette, auf die ich eifersüchtig bin, sondern seine Mutter. Wie soll das nur weitergehen? – Eigentlich bräuchte ich neue Winterschuhe.

Jetzt tönt endlich die Ansage der Zugeinfahrt durch den Lautsprecher, schwer verständlich wegen den quietschenden Bremsen eines gerade haltenden Zuges. Agnes greift ihre Tasche und stellt sich neben die Rolltreppe, auf die Paul zusteuern wird. Die hektischen Menschen, die sich aus den engen Zugtüren des ICE herausquälen, machen sie noch nervöser, so dass ihre Hände zittern. Obwohl er sie nicht verfehlen kann, fühlt sie

165

sich unsicher, reckt den Kopf und strengt sich an, in dem Menschenwirrwarr sein Profil zu erblicken.

Plötzlich steht er neben ihr. Schweigen. Anschauen. Umarmen. Ruhe. „Halt mich fest", sagt sie.

Als sie das Hotelzimmer betreten, lassen sie Hektik, Druck und Wehmut draußen vor der Tür zurück. Sie baden im Meer der Stille. Sie fließen im Strom ihrer Gefühle. Sie spielen an den sandigen Ufern ‚des Meeres und der Liebe Wellen'. Die dünnen Kanäle, die sie in den Meersand graben, werden in stetem Rhythmus geflutet. Die kleinen Burgen werden vom Wasser eingerissen und der Sand wird hinweg getragen. ‚Des Menschen Seele gleicht dem Wasser', schrieb Goethe ‚Vom Himmel kommt es, zum Himmel steigt es, und wieder nieder zur Erde muss es. Ewig wechselnd'.

Irgendwann ist dieser Tag zu Ende.

Agnes öffnet die samtweiche Gardine und schaut hinaus in das frühe Licht des Morgens. Es ist grau, beinahe aschfarbend und lässt die wenigen Menschen, die auf der Straße hineilen, noch unwirklicher erscheinen. Dann dreht sie sich zu Paul um, der bis obenhin zugedeckt unter seinem Plumeau liegt. Nur sein Profil ist zu sehen, doch die Augen bleiben verschlossen. Er scheint noch zu schlafen, und so wendet sie sich wieder dem Fenster mit seinem trüben Ausblick zu. Da hört sie leise – oder träumt sie das? – seine Stimme, die liebevoll sagt: „Du bist so schön, Agnes". – Als sie sich daraufhin lächelnd umdreht, liegt er da wie zuvor. Sie wendet sich ihm zu und setzt sich auf die kleine freie Ecke des Bettes, die sein Körper nicht belegt hat.

Er richtet sich leicht auf, wobei er sie mit seinen Beinen näher zu sich heran zieht. Gedankenverloren sagt er: „Ich habe schon wieder von meinem Vater geträumt. Von beiden, auch von meiner Mutter. Im Traum gingen sie Hand in Hand, so wie in der Wirklichkeit. – Mein Vater sprach Dialekt, musst du wissen. Mir fiel es im Gymnasium sehr schwer, Hochdeutsch zu lernen. Im Traum habe ich wieder so gesprochen, wie ich es gelernt habe, und wir konnten uns verstehen." Er legt eine kleine Pause ein, während der Agnes ihn nur mit klarem Blick anschaut. „Ich glaube, meine Eltern haben mich oft nicht verstanden: was ich arbeite, wie ich lebe war fremd für sie."

„Du denkst sicherlich oft an sie, jetzt, wo deine Mutter allein ist?"

Paul holt tief Atem und löst sich aus seiner Berührung mit Agnes. „Es gibt ein Problem, für das ich noch keine Lösung sehe." Er schaut sie an, vielleicht um ihre Stimmung zu erfassen, bevor er mit ernster Miene fortfährt: „Meine Mutter würde am liebsten zu mir ziehen."

Agnes erschrickt. „Und? Wie ist deine Haltung dazu?"

Paul steht jetzt auch aus dem Bett auf und geht zu ihr hin. Als er vor ihr steht und in ihre Augen schaut, erkennt sie seine ambivalenten Gefühle, ohne dass er Worte gebrauchen muss. „Für sie bin ich der einzige Vertraute. So richtig warm geworden ist sie in dem Ort doch nie, trotz der Gemeindearbeit. Ich kann sie nicht alleine lassen", wirbt er um Verständnis. Und fügt nach einer Weile hinzu: „Wenn sie vorerst nicht zu mir zieht, muss ich jedoch weiterhin zumindest jedes zweite Wochenende runter fahren. Ausnahmen sind nur meine Tagungen und anderweitigen Verpflichtungen."

Dann bin ich keine Ausnahme, denkt Agnes.

Als hätte er ihre Gedanken erraten fügt er hilflos hinzu: „Wir müssen irgendwie sehen, wie es mit uns weiter geht. Kommt Zeit, kommt Rat."

Agnes spürt die anflutende Traurigkeit angesichts dieser verwaschenen Antwort und der Unmöglichkeit, eine geregelte, normale Beziehung mit ihm zu führen. Noch einmal bäumt sie sich innerlich auf: „Warum wehrst du dich nicht gegen deine Mutter? Gibt es außer dir denn niemandem im Ort, in der Gemeinde? Gibt es kein schönes Seniorenheim – sag doch was!" Sie fasst den tonlos gewordenen Paul an beiden Armen und schüttelt ihn beinahe, damit er reagieren solle. Doch er windet sich aus ihrem Griff heraus und geht zu seiner Kleidung, um sich anzuziehen. Schließlich wiederholt er: „Gib uns Zeit. Uns wird schon etwas einfallen".

Agnes merkt, wie sie sich eine seelische Schutzhaut überstreift, die den emotionalen Abstand zwischen ihr und Paul vergrößert. Ich bin auch ohne ihn lebensfähig, sagt sie sich. Ich brauche ihn nicht.

Eigentlich wollte sie ihm beim Frühstück von ihrem geheimen Wunsch erzählen. Dem Wunsch, den bisher nur Adelheid kennt. Aus organisatorischen Gründen müsste sie ihn unbedingt heute mit ihm besprechen, aber in dieser Stimmung?

Sie gehen beide nebeneinanderher in den Frühstücksraum des Hotels und belegen lustlos ihre Teller, schütten sich Milchkaffee ein und essen schweigend. Nach außen wirken sie wie ein müdes Paar, doch in ihren Seelen grämen sich beide und hadern mit ihrem Schicksal.

Endlich nimmt Agnes ihren Mut zusammen und erzählt ihm von ihrem Wunsch, einmal auf einem Podium an einem Pult zu stehen und einen selbst verfassten wissenschaftlichen Vortrag zu halten. Sie hatte zuvor keine Fantasie, wie er darauf reagieren könnte. Dennoch ist sie erstaunt, als er irritiert und mit eher ausdrucksloser Miene reagiert. „Was ist für dich so wichtig daran", fragt er sie.

„Ich möchte einmal sein wie du. Ich möchte einmal von der anderen Seite des Mondes erleben, was ich bislang von der einen betrachtet habe." Pauls Schweigen bringt sie vollends aus der Fasson. „Freust du dich denn nicht darüber, dass ich mehr von deiner Welt erleben möchte", sagt sie beinahe angriffslustig. „Über Jahre habe ich dich in Vorträgen da oben erlebt und bewundert und Sehnsucht entwickelt, dich kennen zu lernen. Ich wollte wissen, welch ein Mensch hinter diesem Wissenschaftler steckt. Wollte Alltägliches von ihm wissen – wie er lebt, ob er Haustiere hat, ob er verheiratet ist. Du warst mein sehnsüchtig angehimmelter Stern, dessen Anwesenheit mich wärmte wie die Sonne", platzt sie heraus. Nun hat sie gebeichtet. Zieht sich zurück, schaut auf den Boden der leeren Kaffeetasse und schweigt.

Paul signalisiert ihr mit Worten und einer Geste, die um Verständnis bittet, dass er darüber nachdenken müsse. Nein, er sei nicht böse auf sie, er sei nur irritiert und es sei heute wirklich kein guter Zeitpunkt für ein solches Gespräch.

Gemeinsam laufen sie zur S-Bahn, die sie in unterschiedliche Richtungen bringen wird. Den schmutzig-schwarzen Schneematsch auf den Gehsteigen versuchen sie zu umgehen, was ihre ganze Aufmerksamkeit erfordert, ebenso wie die zahlreichen ihnen entgegenkommenden Passanten. – Der emotionale

Ausbruch von Agnes und die indifferente Haltung von Paul haben eine bislang ungekannte Spannung zwischen beiden aufgebaut. Als Paul in seine S-Bahn einsteigt, wird sein Gesicht wieder zur ‚Maske' des Doktor Savorski, und auch ihr Gesicht verschließt sich, als ihre S-Bahn naht.

Während der Fahrt zur Praxis hält Agnes nach Menschen Ausschau, die wie Paare erscheinen. Es sind nur wenige um diese Tageszeit, doch ein jüngeres Pärchen zieht ihre Aufmerksamkeit an. Sie tauschen kleine Gesten der Vertraulichkeit aus. So greift sie etwa in seinen Rucksack, ohne ihn vorher zu fragen oder er legt seinen Arm leicht um ihre Schulter. Nicht besitzergreifend, nicht zur Schau stellend. Eine naive Zufriedenheit geht von ihnen aus, die sie rührt.

An einer späteren Station steigt ein älteres Ehepaar ein und setzt sich ihr gegenüber. Die Frau war voraus gegangen, hatte die Plätze mit besitzergreifendem Blick reserviert und dann ihren betulichen Mann mit „Setz dich hierhin" angewiesen. Er sitzt etwas vornüber gebeugt, was möglicherweise durch einen arthrotischen Rücken, aber auch durch Depressionen hervorgerufen sein könnte oder beides zusammen. Die Blicke des Paares richten sich auf nichts, so als ob nur Luft um sie herum wäre, und nicht die anderen Fahrgäste oder die vorbeiziehende Stadtlandschaft.

Agnes spürt die leichte Erregung, die Vorstufe ist von Ängstlichkeit und dann profunder Angst. Werde ich so sein in ein paar Jahren? Werde ich überhaupt mit Paul altern oder doch als Single-Seniorin enden, fragt sie sich. Wie soll es weitergehen – mit einer Schwiegermutter im Haus oder einer Fernbeziehung alle paar Wochen? – Eigentlich hat sie sich auf den nächsten Besuch bei Paul Mitte Februar gefreut. Doch jetzt! –

Wenn nur der räumliche Abstand nicht so groß wäre und die Zugfahrten lästig. Sie stoppt ihr negatives Denken, will sich nicht grüblerisch im Kreise drehen. Es wird schon eine Lösung geben, hofft sie und greift mit Nachdruck ihre Tasche, um aus der S-Bahn auszusteigen.

Paul ruft spät abends aus dem ICE an, wo er zum Telefonieren zwischen zwei Wagen steht. Sie hört das leichte Quietschen und leise Rattern während er mit ihr spricht. „Entschuldige für heute Morgen. Es war zu viel. Es kam auch so überraschend, was du über deine Sehnsucht gesagt hast." Er macht eine Pause, während der jemand an ihm vorbei zu gehen scheint und fährt dann fort: „Für mich ist das öffentliche Auftreten ein Teil meines Berufes, da ich mein Wissen auch verbal verbreiten möchte, nicht nur in Büchern oder Zeitschriften. Zudem muss man im Wissenschaftsbetrieb seinen Platz in der Community auch persönlich einnehmen, um weiter zu kommen. Mehr jedoch liebe ich den Diskurs in kleinem Kreis. Im Team mit meinen Mitarbeitern zu diskutieren liegt mir sehr, oder in Seminaren mit Studenten." Er legt eine Atempause ein, in der sie ein „Ach so" äußert, damit er nicht das Gefühl hat, mit einer Wand zu reden. „Die Entwicklung von Gedanken und Ideen am PC oder in Diskussionen mit Menschen ist der eigentliche Motor, der mich im Beruf hält."

„Das geht mir doch genau so", antwortet sie ihm. „Die Inhalte sind spannend, doch auch die Form zählt in der sie vermittelt werden. Ich mache zum Beispiel gerne mit Patientinnen Stehgreif-Rollenspiele zu ihren Themen. Natürlich nur gelegentlich, aber dann ist es für beide Seiten belebender als das Gespräch allein." Die Zuggeräusche überdecken teilweise seine leise

Stimme, wodurch sie sich anstrengen muss, seinen Worten zu folgen. Zudem wird er müde sein nach einem arbeitsreichen Tag. Deswegen schlägt sie vor, ihr Gespräch in zwei Wochen bei ihm zuhause fortzusetzen. Vielleicht kann sie bis dahin konkrete Ideen einbringen und mit ihm besprechen. – Sie tauschen noch einige liebevolle Worte aus, um sich dann mit einem ‚Adieu' zu verabschieden.

Sie sitzt auf Pauls wenig genutztem dunkelblauen Sofa und hat ihren Rücken mit Kissen bequem abgestützt. Er sitzt ihr gegenüber in einem weichen Sessel. Auf dem Tisch neben ihnen stehen zwei halb volle Rotweingläser und salzige Plätzchen zum Knabbern. Die Beleuchtung ruht sanft auf ihnen, sowie auf einem kürzlich erstandenen, eindrucksvollen Ölgemälde an der Wand gegenüber dem Fenster. Es zeigt ein Dorf in lebhaften Farben der Kunst der ‚Blauen Reiter'. Verschlossene Vorhänge unterstützen die Atmosphäre von winterlichem Eingeschlossensein. Sie ermöglicht Agnes, konzentriert ihre Überlegungen für einen möglichen wissenschaftlichen Vortrag im Herbst preiszugeben.

„Ich knüpfe an den Vortrag auf der Tagung vor anderthalb Jahren an, auf dem über eine handverlesene Gruppe internationaler Wissenschaftler und Wissenschaftlerinnen gesprochen wurde. Sie entwickeln eine neue Perspektive auf das ‚Selbst' – und damit auch auf seine Gesundheit und Krankheit. Diese Perspektive schließt nicht nur Symptomatologie ein, sondern auch Wissen aus der Phänomenologie, der Epidemiologie, Biologie, Philosophie etc.. In Erweiterung der bisherigen, am Symptom orientierten Diagnosekriterien für psychische Störungen präsentierten sie 61 ‚principals', also Hauptpunkte mit Erkenntnissen aus verschiedenen Bereichen der Wissenschaften und der Erfahrungswelten."

„In der Praxisforschung könnte man so vorgehen: 1.) müsste PatientInnenbeforschung und TherapeutInnenbeforschung parallel laufen; 2.) könnten Sequenzen aus therapeutischen Sitzungen unter der Perspektive der verschiedenen Wissenschaften analysiert werden. Die Sequenzen würden gerastert:

Beispielsweise spricht ein Patient über seine Partnerbeziehung und die Therapeutin gleicht diese mit ihrem Wissensrepertoire ab.

Das Raster der TherapeutInnenantworten ergibt:

Wissen aus der Sozialpsychologie, der Geschlechterforschung, der Philosophie und der privaten Erfahrung als Ehefrau. Eine andere Therapeutin würde an dieser Stelle vielleicht die Geschlechterforschung und die Philosophie weglassen und aus dem Bereich der Kommunikationswissenschaften schöpfen. – Die entsprechenden Patientenantworten oder –reaktionen darauf werden sich unterscheiden. Und die heilsamsten ‚principles' würden sich im Laufe der Jahre herausmendeln."

Paul hört ihr interessiert zu, will sich zwischendrin äußern, zügelt sich jedoch. Agnes ist von seiner Aufmerksamkeit berührt und fühlt sich stark und sicher. Welch ein Abenteuer, denkt sie, an dem ich verbrennen kann oder wachsen, je nachdem, wie er zu mir steht.

„Da es zu aufwendig wäre ganze Sitzungen zu rastern oder gar nach allen 61 Hauptpunkten durchzugehen, schlage ich eine Prioritätensetzung vor. Für meine Vortragsidee möchte ich wenige ‚principles' herausstellen, die mehr Bedeutung bei Diagnose und Therapie erhalten sollten. Ich spreche mal ins Unreine, welche drei ich priorisieren würde:

Einsamkeit, Stärke der Verstrickung (in destruktiven menschlichen, sächlichen oder strukturellen Beziehungen) und Inflexibilität in Denken und Handeln."

Nachdem Agnes aufgehört hat zu reden, nimmt Paul sein Rotweinglas, hebt es weihevoll in die Höhe und sagt: „Ich trinke auf deine geistvollen Gedanken. Ich werde dich darin unterstützen, dass du sie auch öffentlich auf einem Podium darlegen kannst." – Sie lehren ihre Gläser in kleinen Schlucken, so als gälte es, einen Vertrag für die Zukunft ehrenvoll zu feiern. Leicht beschwipst vollendet Agnes den Pakt: „Hugg, sagt der Indianer bei Karl May, ich habe gesprochen." Sie lachen so herzlich, als sei alles nur ein Spiel.

In ihrer sonnigen Zwei-Zimmer-Wohnung schaut Agnes sich noch ein letztes Mal um, ob diese genauso aussieht wie immer. Rückenfreundliche Stühle und ein runder Tisch stehen am Fenster mit Blick auf beginnendes März-Grün der Bäume.

Das Geschirr ist abgewaschen, die Herdplatten sauber, das Obst in der Schale frisch drapiert. Alles wie üblich. Selbst das geputzte Badezimmer und der gesaugte Teppich wurden turnusmäßig gereinigt. Nur der Auflauf im Backofen und ein mit besonderen Nahrungsmitteln gefüllter Kühlschrank weisen darauf hin, dass sie Besuch bekommen wird. Paul wird in einer halben Stunde klingeln und die Treppen heraufkommen. Entgegen einem Filmklischee, wird sie ihn nicht im Negligé empfangen, auch nicht in der Küchenschürze, sondern in Jeans und Pulli.

Es ist sein erster Besuch in ihrem Appartement und sie ist nervös und zappelig. Wie wird er reagieren, was wird er sagen – und was aus Taktgefühl verschweigen? Wie werden sie die drei Tage miteinander verbringen? Tage, die Agnes geplant und mit kulturellen Vorschlägen gestaltet hat.

Nachdem sie die Haustür per Taste aufgedrückt hat, geht sie ihm einige Treppenstufen entgegen. Sie begrüßen sich zwischen den Welten auf dem Treppenabsatz und steigen dann gemeinsam hinauf in ihr Reich. Sie lässt ihm den Vortritt, so dass sie seine Reaktionen beobachten kann. „Wie schön du es hast. Und so hell und freundlich", ruft er aus und sieht sich überall um. „Jetzt kann ich mir endlich vorstellen, wo du sitzt, wenn du mit mir telefonierst oder mailst. Oder wo du dein Lieblingsessen gekocht hast." Sie öffnet ihm die Balkontür und er wirft einen Blick auf die ersten grünen Birken, den Nussbaum, den Ahorn. „Im Sommer können wir hier sitzen und Tee trinken", fantasiert er. „Mit der Sonne im Rücken."

Sie wirft jetzt prosaisch ein, dass er bestimmt Hunger hat, der Auflauf eine halbe Stunde brauchen wird, bis er gar ist, und sie sich bis dahin setzen könnten. „Vielleicht mit einem Apéritif oder einem Kaffee, wie du möchtest", fordert sie ihn zur Stellungnahme auf. Er möchte erst mal nichts, sondern schaut ihr zu, wie sie das Essen in den Backofen schiebt, den Tisch deckt und sich dann zu ihm setzt.

Ihre wichtigste Frage möchte sie gleich loswerden, sonst würde sie unausgesprochen alles Nachfolgende mit einer bleiernen Schwere überdecken. „Was ist mit Edinburgh im Mai?", platzt sie heraus. „Kann ich mitkommen?"

„Ich habe dich angemeldet, wie besprochen, das war doch klar", reagiert Paul erstaunt. „Hast du geglaubt, ich vergesse dich?", sagt er lächelnd und beugt sich zu ihr herüber: jetzt ist der Augenblick für eine lange Umarmung.

Als er sich daraus löst, sagt er: „Ich habe zwei Einzelzimmer bestellt, damit wir wählen können, wann wir zusammen sein wollen und wann nicht. – Die Tagung wird nur teilweise interessant für dich sein. Es gibt viel Spezifisches, so dass du vielleicht eher Lust auf Sightseeing hast oder Shoppen."

„Ich und Shoppen. Ich habe doch alles. Soll ich mir etwa einen karierten Kilt zulegen oder einen lila Schafwollpullover?"

Nun kann sie beruhigt den Auflauf aus dem Backofen ziehen und das gemeinsame Essen mit Paul genießen. Auch den kalorienreichen Nachtisch einer gekauften Mousse au chocolat. Und den im türkischen Kännchen gebrauten Cappuccino. Und natürlich kann sie Paul selber genießen. Allerdings nur, wenn sie weiterhin das Mutter-Sohn-Thema ausklammert.

Als Kollegin und seine Begleiterin fliegt Agnes mit nach Edinburgh. Als sie sich einige wissenschaftliche Vorträge anhört und entsprechende Gespräche führt, wird ihr doch mulmig bezüglich ihrer eigenen Befähigungen. Allein das fachspezifische Vokabular zu verwenden und zu wissen, was damit gemeint ist, bedeutet für sie einen Tanz auf dünnem Eis. So hört sie mehr zu, als dass sie sich selber äußert. Paul bemerkt dies und fordert sie auf zu diskutieren. Sie hätte doch aus ihrer jahrzehntelangen Praxiserfahrung viel beizutragen. Warum hielte sie damit ‚hinter dem Berg'? Agnes lächelt und denkt, dass er wirklich nicht weiß, wie schwierig es für Frauen ist, in diesen zumeist männlichen Zirkeln mitzuhalten.

Entgegen ihrer ersten Abwehr kauft sie sich in einer Boutique einen rot-grün-weiß karierten Kilt, der bis unterhalb des Knies reicht. In ihm stecken die soliden, grauen Feldsteinmauern der Edinburgher Häuser, die bombastische und gruselig anmutende Burg unter dunklem schottischen Wolkenhimmel. Auch karge Graslandschaft und heftige Ozeanwogen sind im dichten Gewebe verarbeitet. Eindrucksvolle Assoziationen an Scotland the brave werden in ihrem Kleiderschrank hängen. Und noch mehr Erinnerungen und sogar digitale Fotos von Paul zusammen mit ihr, nunmehr ein Paar und nicht zwei Singles.

Im Flugzeug auf dem Weg zurück nach Deutschland kommt es dann doch zur gefühlsgeladenen Auseinandersetzung zwischen beiden. Da der mittlere Sitz zwischen ihnen frei geblieben ist, können sie ungestört miteinander reden, begleitet von dem leisen Fluggeräusch der Boing 737. Verdeckt bleibt bei Agnes der unterliegende Groll gegen Pauls Mutter und ihre Forderungen an den Sohn. Dagegen darf sie nicht offen opponieren, das verbietet ihr das Mitgefühl für die Witwe. Also richtet sie ihren Unmut gegen Jeannette, indem sie erneut einen kürzlichen Vorfall erwähnt.

„Ich kann Ende Mai nicht zu dir kommen, aber Jeannette kann einfach so bei dir reinplatzen", kritisiert sie.

„Aber du weißt doch", antwortet ihr Paul, dem dieses Thema unbequem ist, „dass wir an diesem Abend nur Kollegiales besprochen haben. Und sie so müde mitten in der Nacht nicht mehr nach Hause fahren wollte. – Dafür ist doch das Gästezimmer da", argumentiert er und blickt aus dem Fenster auf die Wolken unter sich. Warum hört sie denn nicht auf mit ihrer Eifersucht, denkt er. Ich vertraue ihr doch auch, wieso kann sie mir nicht vertrauen.

Agnes lässt nicht locker: „Aber was soll ich denn denken, wenn ich eine Damenstrumpfhose in deinem Mülleimer vorfinde und du mir nichts von dem Besuch erzählt hast? Das sieht doch nach Verheimlichung aus", ereifert sie sich. Agnes merkt jetzt, dass sie sich bremsen muss, sonst wird sie ungerecht. Und außerdem schießt ihr eine Hitzewelle bis in die oberste Kopfhaut und das Bedürfnis wegzulaufen überkommt sie. Stopp, sagt sie sich und drückt beide Hände fest zusammen. Dieser Druck gibt ihr ein Gefühl von Sicherheit, das sie jetzt braucht. Denn sonst fällt sie innerlich ins Bodenlose, so wie früher, wenn Verlassensängste sie überfielen.

„Sorry", sagt sie nach kurzer Zeit und berührt leicht seinen Oberschenkel. „Sorry – aber du weißt…".

Mehr muss sie nicht sagen, denn Paul hat sich schon zu ihr hingewendet. „OK, Frieden?"

„OK Frieden", wiederholt sie.

Ende Mai trifft sie sich mit Adelheid am Potsdamer Platz zu einem Spaziergang im Tiergarten und anschließendem Kinobesuch.

„Warum hast du gerade einen Film von Andrzej Vajda ausgewählt?", fragt Agnes nach dem zweistündigen Eintauchen in die Welt des Kinos.

„Wundert dich das? Du kennst doch jetzt meine oberschlesische Vergangenheit und mein Interesse an der deutsch-polnischen Geschichte", entgegnet die Freundin. Sie sind auf dem Weg zu einem Eiscafé, um den Tag ausklingen zu lassen.

„Aber muss es denn so düster und dunkel in den Städten und den Seelen sein", entgegnet Agnes und blickt auf die hellen, teilweise erleuchteten Straßenabschnitte. „Klar, die Bilder faszinieren durch ihre Eindringlichkeit und seine große künstlerische Gestaltungskompetenz. Aber mich macht das alles so traurig – und die jetzige Welt ist doch schon traurig genug, da brauch ich nicht noch ‚ne Extraportion."

„Das will Vajda gerade ausdrücken: die Verlorenheit und Einsamkeit von Menschen in einer zerstörten Welt. Ihre Beziehungslosigkeit."

„Und dann noch in schwarz-weiß gedreht! Nee, Probleme höre ich jeden Tag in meiner Arbeit", sagt Agnes und weist auf ein Eiscafé hin. „Lass uns da hinein gehen. – Außerdem habe ich selber genug davon."

Adelheid weiß, dass es um die schwierige Beziehung zwischen Paul, seiner Mutter und Agnes geht, will jetzt aber nicht darauf eingehen.

Später dann, als sie genüsslich die Eiskreationen mit Sahnehäubchen lutschen, knüpft Adelheid an das vorherige Gespräch an: „Wir leben jetzt, heute. Da gehört beides dazu, nein, ein ganzes Spektrum aus Schönem und Hässlichem, Traurigem und Lustigem."

„Ich will aber nicht leiden", beginnt Agnes, als sie wieder an ihre Dreiersituation denkt. „Ich will eine Lösung, die alle zufrieden stellt."

Adelheid legt den Eislöffel neben das geleerte Glas und ihr spöttischer Blick verkündet, dass jetzt eine konfrontative Äußerung folgen wird. „Du könntest dir für einige Monate eine Auszeit nehmen und in seinem Ort eine Wohnung anmieten. Dann könntest du ihn öfter sehen und…" Weiter kommt sie nicht, denn Agnes fällt ihr ärgerlich ins Wort: „Wie soll ich das machen? Beruflich geht es nicht. Überhaupt – warum soll ich immer diejenige sein, die sich verbiegt." Trotzig löffelt sie ihren Eisrest und kratzt kräftig im Glas, um nichts übrig zu lassen.

„Ich weiß doch, dass dir die jetzige Situation mit Paul nicht gefällt. Ich fühle doch mit dir! Deswegen meine ich, dass es gut wäre, wenn du mal in Ruhe alle Alternativen durchdenken würdest. Und jene Lösung, welche die wenigsten Sorgen bereitet, dann weiter angehst."

Agnes schaut ihre ältere Freundin resigniert an. „Das hab ich doch alles schon gemacht: die Liste mit den Pros und Contras rauf und runter. Und fühl mich trotzdem weiterhin mies.– Ein Algorithmus für optimales Problemlösen ist leider noch nicht entwickelt."

„Du hast ja noch deine Arbeit am Vortrag", muntert Adelheid auf. „Damit wirst du vollauf beschäftigt sein in den kommenden Wochen."

Dem Rat der Freundin folgend verwendet Agnes alle ihre freie Zeit und Energie für die Vorbereitung ihres Vortrags im September. Wie viele Anläufe für eine Verschriftlichung ihrer Gedanken hatte sie in früheren Jahren genommen, aber die Entwicklung mittendrin gestoppt. Doch jetzt setzt sie ihre Überlegungen der vergangenen Monate, trotz aller Selbstzweifel, um. Sie gewinnt zwei Kolleginnen aus ihrer Intervisionsgruppe, die sie in ihrer Pilotstudie unterstützen. So kann sie Therapiesequenzen von drei Therapeutinnen und acht Patientinnen sammeln und auswerten.

Ihre ‚Meetings' sind in unregelmäßigen Zeitabständen, bedingt durch Ferien und Arbeitsbelastungen. Außerdem treffen die ‚Daten' in den ersten anderthalb Monaten spärlich bei ihr ein, so dass sie Angst hat, nicht genügend Material zur Analyse der Raster zusammenzubekommen. Anfang August ängstigt sie sich um die Verwertbarkeit der mittlerweile herausgefilterten Zwischenergebnisse. Zweifel kommen auf, ob die Korrelationen zwischen den Aussagen aus den Hauptpunkten der Patientinnen und den Unterschieden in den Antworten der Therapeutinnen relevant sind. Forsche ich an einem Nebenschauplatz?, fragt sie sich. Egal, jetzt bin ich dran, jetzt bleibe ich dran. Den Kopf in den Sand stecken will ich nicht.

Anstelle dessen nimmt sie die Eule, als Symbol der Klugheit und Weitsichtigkeit, und hängt sich ein Foto von ihr über den Schreibtisch. Wenn sie sehr erschöpft und deprimiert spät abends am Computer sitzt und die Datenanalyse und deren Auswertung nicht vorankommen, schaut sie auf die Eule und singt laut: „Die Eule, die Eule, die hat am Kopf ne Beule, fiderallala, fiderallala..."

Ansonsten verläuft ihr Alltag an den meisten Tagen undramatisch und angenehm unspektakulär – mit einigen Highlights durch Freundinnenbesuche, Geburtstagsfeste und Sonnenschein.

Nur als in der „Offenen Sprechstunde" an einem Freitag im Juli die aufgeregte Patientin, die sie im Winter ans „Fetz" verwiesen hatte, erscheint, ist Agnes irritiert. Denn wieder klingelt diese kurz vor Praxisschluss und zieht das Gespräch derart in die Länge, dass Agnes letztlich durch das eindeutige Signal des

Türöffnens anzeigt, dass die Patientin jetzt wirklich gehen muss. Irgendetwas Unausgesprochenes liegt in der Luft, das Agnes nicht benennen kann. Irgendetwas stimmt nicht zwischen dem Anliegen der Patientin und ihrer Persönlichkeit. Ist sie eine Schauspielerin oder ist dies doch nur eine typische Erscheinungsform einer Borderline-Störung? – Mit kräftigem Kopfschütteln weist Agnes weitergehende Gedanken von sich.

Paul packt seinen Rollkoffer für die dreitägige Konferenz in Toronto, an die er noch zwei Reisetage anhängen will. Während er an diesem warmen Abend Ende August überlegt, welche Kleidung für Kanada angemessen ist, hört er das Tonsignal seines Festnetztelefons. Auf dem Display erkennt er, dass es seine Mutter ist, die anruft.

„Grüß Gott, Paul. Ich wollt dir nur eine gute Reise wünschen."

„Danke Mama, ich bin grad beim Packen". Hoffentlich mahnt sie mich jetzt nicht wieder, dass ich gut auf mich aufpassen soll, denkt er.

„Und pass gut auf dich auf", sagt sie.

„Ja Mama, mach dir keine Sorgen. Ich melde mich dann, wenn ich zurück bin. – Und wenn was ist, fragst du einfach Frau Heimerich. Oder die Tina, die kann dir dein neues Handy einrichten."

„Aber du kannst doch alles am besten", lobt die Mutter. „Warum musst du nur immer so weit weg fahren."

„Willst du denn, dass ich mit sechzig in Rente gehe", antwortet er ironisch. „Du bist doch stolz auf meine Karriere."

„Aber kannst du nicht dieses Reisen aufgeben. Ich brauche dich doch hier."

Paul merkt an seinem Blutdruckanstieg, dass er kurz davor ist, eine bissige Bemerkung loszulassen. Es ist doch meine alte Mutter, die sich Sorgen macht, beruhigt er sein Gemüt. „Dann lass uns jetzt Schluss machen", sagt er. – „Gute Nacht, Paul." – „Gute Nacht, Mama."

Kaum hat er den Hörer aufgelegt, klingelt schon wieder das Telefon. Es ist Agnes, die ihm auch eine gute Reise wünscht. Er atmet tief durch. „Ich packe gerade den Koffer und muss noch eine Kleinigkeit essen und dann ab ins Bett."

„Ich will dich nicht lange aufhalten, aber ein paar Abschiedsworte dürfen doch sein, oder?"

Während Agnes ihm aktuelle Neuigkeiten mitteilt, läuft er mit dem Hörer in der Hand durch die Wohnung und sammelt restliche Kleinigkeiten ein, die er mitnehmen muss. Rasierer auf jeden Fall, Kamm, Shampoo. – Als er seinen Reisepass aufschlägt, sieht er sich noch mit einem kräftigen Bart, der ihn sehr männlich und robust erscheinen lässt. Dass die mich noch durchlassen an der Grenze, wo ich so lange schon glatt wie'n Aal bin, wundert er sich.

Plötzlich fällt ihm eine Frage ein, die er schon seit längerem stellen wollte, doch aus Angst vor der Antwort gezögert hatte. Heute könntest du es wagen, sagt er sich. Also fragt er Agnes: „Würdest du mich eigentlich auch mögen, wenn ich ein unspektakulärer Psychologe ohne Titel, Amt und Reputation wäre? Wenn meine Literaturliste nicht so lang wäre wie Rapunzels Haar?" – Schweigen in der Leitung. „Würdest du dich wohlfühlen an meiner Seite, zum Beispiel auf einer Tagung wie auf der in Leipzig in zwei Wochen, wenn ich ein Praktiker-Kollege wäre wie dein Freund Hasso? Wenn ich dir also ähnlich wäre?"

Er hört immer noch keine Antwort. „Bist du noch da", fragt er nach und Agnes antwortet mit einem zögerlichen „Jaaa".

„Entschuldige", sagt sie „das kommt so überraschend. Darüber muss ich erst mal nachdenken. Weil – das wärest doch nicht eigentlich du, deine Persönlichkeit, die sich durch Ehrgeiz, Arbeitsintensität, Intelligenz und so weiter auszeichnet."

Paul hört im Hintergrund die Kirchenglocken anschlagen. Es muss so gegen zehn Uhr sein. Und er fährt morgen in Herrgottsfrüh zum Flughafen und hat schon mittags Ortszeit seinen ersten Termin. „Agnes, es war dumm von mir, diese Frage jetzt aufzuwerfen. Lass uns später mal drüber reden. Vielleicht in Leipzig – nach deinem Vortrag natürlich. Aber bis dahin sprechen wir uns ja noch." – Eine schwere Müdigkeitswelle schwappt über ihn, so dass er beschließt, gleich schlafen zu gehen, und die Weckzeit noch früher zu stellen als er es hatte tun wollen.

Agnes hat sich gerade in der Praxis zur dringend nötigen Mittagsruhe hingelegt, als das Telefon klingelt. Sie lässt sich in ihrem Entspannungszustand nicht stören, und erst als sie eine Frauenstimme hört, horcht sie auf. „Hier ist die Frau Savorski. Grüß Gott." Im Hintergrund ist leise ein deutscher Schlager zu hören. Bevor die Stimme ausholt, um auf dem Anrufbeantworter weiter zu reden, hat Agnes den Hörer abgenommen und begrüßt Pauls Mutter.

„Ach wie schön, dass sie da sind, Agnes. Ich hab nämlich etwas auf dem Herzen. Und ich dachte, jetzt wo Paul grad weg ist, könnt ich mal mit Ihnen drüber reden."

Während sie zuhört, setzt sich Agnes hin und versucht, gedanklich aufnahmefähig zu werden, denn noch ist sie benommen im Kopf und sieht Sternchen.

Frau Savorski nimmt das Schweigen als Zustimmung auf und fährt fort: „Ich hab mir gedacht, ich könnt doch zum Paul ziehen. Ich könnt auch für ihn kochen und den Haushalt machen. Und groß genug ist die Wohnung ja. – Und ich tät Sie auch gar nicht stören, wenn Sie zu Besuch sind", beschwichtigt sie, obwohl Agnes bisher keinen Einwand vorgebracht hat.

Diese ist auch zu betroffen, um zu reagieren. Was soll ich ihr denn jetzt antworten? denkt sie. Was will sie überhaupt von mir: dass ich Paul überrede? Agnes wird heiß bei dem Gedanken, mit der ‚Schwiegermutter' zusammen zu leben.

„Ich könnt mich nützlich machen", fährt die ‚Schwiegermutter' fort. „Hier braucht mich niemand mehr", schließt sie ihr ‚Plädoyer'.

Als Agnes innerlich mehr Boden unter den Füssen spürt und die Sternchen vor den Augen weniger werden, ergreift sie das Wort: „Liebe Frau Savorski, das ist ein wichtiges Anliegen, was sie haben. Aber ich finde, wir sollten das zu dritt in Ruhe besprechen, wenn Paul zurück ist."

„Na, ich wollt's halt schon mal gesagt haben." In das Schweigen hinein ist jetzt ein deutscher Schlager mit peppigem Rhythmus zu hören.

„Wir werden schon eine Lösung finden", sagt Agnes.

„Ja sicher", bestätigt Frau Savorski.

EIN WEITERER KONGRESS

Da Agnes sich mit Paul am Bahnhof in Leipzig treffen will, um gemeinsam zum Hotel zu fahren, sitzt sie noch für eine halbe Stunde auf einer Bank auf dem freien Platz hinter den Straßenbahnen. Sie beobachtet eine Gruppe Angetrunkener beiderlei Geschlechts, die mit Bierflaschen vor zwei Polizisten herumfuchteln und durch ihre rauen, lauten Stimmen die Blicke der vorbeigehenden Menschen auf sich ziehen. Sie schaut umher, ob nicht vielleicht ein Kollege vorbeikommt. Doch sie sieht nur eine Asiatin in ihr aufgeklapptes Handy reden; sie hört die schwergewichtige Schwarzafrikanerin, die in unverständlicher Sprache mit ihrem Handy spricht, und dieses ebensolche Töne herausstößt. Nun eilt ein dünner, weißhäutiger junger Mann vorbei, der während des Laufens auf seinen Kleinbildschirm tippt. – Zwei Jugendliche demonstrieren Lässigkeit und ziehen rauchend an ihr vorbei. Ein Touristenpärchen bleibt nahebei stehen, um im aufgeklappten Stadtplan zu suchen.

Von denen da, denkt sie, wird heute Nachmittag keiner zu meinem Vortrag gehen. Für wen mache ich das eigentlich? fragt sie sich. Interessiert das Thema überhaupt jemanden? - Immerhin bin ich gut vorbereitet. Die Probelesung mit meiner Gruppe verlief positiv. Ich werde es schaffen! suggeriert sie sich.

Agnes schaut auf die Bahnhofsuhr, dann auf ihre Armbanduhr. Langsam könnte sie Paul entgegengehen. Sie steht auf und schlendert über die Straßenbahnschienen hinweg zum imposanten Bahnhofsgebäude und weiter zum Gleis, an dem er ankommen muss. Wie meistens nach längeren Trennungen von ihm, steigt ihre Erregung. Wird er der vertraute Paul sein – oder kommt jetzt die große Enttäuschung?

Als sie Paul dann aus dem Zug aussteigen und auf sie zukommen sieht, überwiegen Freude und angenehmes Herzklopfen.

„Wir treffen uns dann in einer Stunde unten im Foyer", sagt Paul im Gehen und schließt leise die Hotelzimmertür hinter sich. Agnes greift sich jetzt ihr Notebook mit dem Manuskript für ihren Plenumsvortrag, der als zweiter nach der Mittagspause angesetzt wurde.

Ihre Hände zittern, als sie ihre Präsentation anschaut. Sie läuft im Zimmer auf und ab und spricht sich ihren Text zum wiederholten Male laut vor, wobei sie ihn beinahe auswendig kennt.

Immer noch unruhig duscht sie ausgiebig, isst gedankenverloren das Schokoladentäfelchen, das auf dem Kopfkissen lag und legt sich dann aufs Doppelbett. Mit hinterm Kopf verschränkten Armen und hochgelegten Beinen versucht sie einige Minuten zu träumen, ist jedoch zu unruhig und steht wieder auf. Dabei fällt ihr Blick auf ihr Abbild im gerahmten Spiegel. Der Kongress vor zwei Jahren fällt ihr ein, als sie nur Teilnehmerin war. Damals sehnte sie sich nach jenem Mann, der jetzt im Zimmer einige Türen weiter wohnt und mit dem sie sich gleich treffen wird. Habe ich mich seitdem verändert, fragt sie ihr Spiegelbild und greift nach den goldenen Ohrringen, die sie dann in die Ohrläppchen einsteckt. Sie dreht ihr Gesicht und stellt fest, dass noch mehr Falten hinzugekommen sind – oder ist es nur das

Licht, dass ihr Gesicht besonders blass und eingefallen erscheinen lässt?

Nach Schließen ihrer Zimmertür nestelt sie nervös am Verschluss ihrer Tasche, um die Codekarte zu verstauen. Dabei fallen aus der vollgestopften Tasche allerlei Kleinigkeiten, die sie, leise fluchend, wieder einsortiert. Als ob Paul sie gehört hat, steht er plötzlich neben ihr. Agnes erschrickt, als er seine Hand um ihre Hüfte legt und ihren Körper zu sich heraufzieht. Er will sie küssen, doch sie wehrt ihn ab – mit einer Geste, die auf ihr Make-up hinweist. Er erträgt es kommentarlos.

Ihr ist mulmig im Magen vor Aufregung, was sie Paul nicht zeigen möchte. Während sie zur Kongressstätte laufen, grübelt Agnes ständig: Eigentlich müsste ich mich ungeheuer freuen. Ich habe einen Partner an der Seite und nachher meinen großen Auftritt. Anstelle dessen bibbere ich vor Angst und wäre lieber Teilnehmerin.

In der Vorhalle der Universität verabschieden sich die beiden. „Adieu", sagt Agnes mit starrem Gesichtsausdruck. „Toi, toi, toi", sagt Paul und simuliert ‚über die Schulter spucken'. Darauf darf sie nicht antworten, das brächte Unglück. „Und hier ist noch ein kleines Geschenk aus Kanada. Rechts oder links?" fragt er, wobei er beide Arme mit zwei gleichaussehenden, gut verpackten Gegenständen ausstreckt.

„Rechts", sagt sie und Paul überreicht ihr das entsprechende Päckchen. „Aber erst hinterher auspacken", ruft er ihr nach, als sie gerade aufgerichtet mit ernstem Blick zum Plenumssaal schreitet.

Nachdem Agnes die schwere Tür hinter sich zufallen hört, spürt sie die immense Größe des Raumes und eine Dichte, in der die Luft zusammengepresst erscheint. Mit willentlichem Nachdruck steigt sie die Stufen herab, denn von der Bühne unten scheint ein Gegendruck zu erfolgen, der sie zurück zum Ausgang schiebt.

Sie wendet sich in Richtung des Tontechnikers, wird aber vom Kollegen aufgehalten, der den Vortrag vor ihrem einbringen soll. „Frau Arendt, wie schön sie noch zu sprechen. Ihr Thema knüpft unmittelbar an meines an, denn die Verbindung von Einzelfallstudie und quantitativer Forschung, die wir mit unserer Untersuchung hergestellt haben, weist in ihre Richtung."

Agnes weiß darauf eigentlich nichts zu sagen. Ich muss jetzt aber etwas sagen, denkt sie und improvisiert: „Sie haben an ihrer Uni ganz andere finanzielle Möglichkeit als wir drei kleinen Praktikerinnen. Dass sie in der Formulierung der Fragestellung auch Praktiker einbezogen haben, ist von hohem methodischem Wert".

Jetzt ist es an dem Kollegen, sich geschmeichelt zu fühlen. Doch bevor er etwas antworten kann, tritt der Techniker auf sie zu und sie wenden sich den praktischen Vorbereitungen zu: Mikrofonprobe, PC-Cheque, Pointer vorhanden? und so weiter.

Mit den sich öffnenden Türen gegen viertel nach eins tritt auch der Moderator, Dr. Birke, in den Plenumssaal und geht auf die Vortragenden zu. Agnes blickt erstaunt hoch, als er sie kollegial anspricht. Bislang kannte sie ihn nur per Mail und Telefon und hatte sich einen ‚vertrockneten Wissenschaftler' vorgestellt: graue, schüttere Haare, ausgemergelte unsportliche Figur und ein ungepflegtes Outfit. Sie ist von seinem gut sitzenden hellbeigen Anzug, der stattlichen Figur und dem souveränen Auftreten angenehm überrascht. Er wird sie also vorstellen, einführen in den Vortragsrahmen, auf die Redezeit achten und später die Diskussion leiten. Ihn neben sich zu haben gibt ihr ein Fünkchen Sicherheit angesichts der nunmehr hereinströmenden Teilnehmerinnen und Teilnehmer. Der Saal fasst mehrere hundert Menschen, und es scheint ihr, dass er voll werden wird.

Agnes steht noch einmal von ihrem Sitz in der ersten Reihe auf, entschuldigt sich für einen Augenblick und verlässt den Raum durch eine Tür neben dem Podium. Sie sucht einen Waschraum auf und kühlt ihre Arme und das leicht erhitzte Gesicht, bringt ihre Frisur in Form, zupft die gemusterte Stoffjacke zurecht, dreht sich, um ihre farblich passende Hose noch einmal auf Sauberkeit hin zu überprüfen. Die Highheels drücken etwas an der Ferse, doch will sie heute nicht mausgrau auftreten, und da gehören Absatzschuhe zum Outfit.

Als sie die Tür zum Plenumssaal, diesmal von unten kommend, öffnet, möchte sie sofort wieder zurücktreten. Ein Schwall aus Geräuschen, Gerüchen, Farben schwappt ihr entgegen. Wie eine Tsunamiwelle, denkt sie. Ihre Hände zittern vor Aufregung. Sie geht betont ruhig zu ihrem Sitzplatz und wartet auf den ersten Vortrag.

„…freue ich mich, Ihnen eine langjährig praktizierende Therapeutin vorstellen zu dürfen, die in der noch jungen Gattung der ‚forschenden Praktiker' (Scientist Practicioner) einen interessanten Ansatz vorstellen wird. Sie ist seit…." Mehr hört Agnes nicht von den Worten des Dr. Birke, denn ihr absichtsvoll durch den Raum schweifender Blick hat nun endlich Paul gefunden. Ihr Herz schlägt bis zum Hals und die Hände zittern. Das muss sie sofort abstellen. Ruhig, ganz ruhig, suggeriert sie sich, wäh-

rend sie sich, freundlich lächelnd, das Mikrofon anstecken lässt.
– „Und nun bitte, Frau Arendt", endet der Moderator.

Agnes versucht, die wenigen Stufen zum hell erleuchteten Podium betont gelassen heraufzusteigen. Blitzartig erscheint die Erinnerung vom Kongress vor zwei Jahren vor ihrem inneren Auge. Da traute sie sich nicht auf die Bühne und blieb verlegen unterhalb des Podiums stehen. Doch für den heutigen Auftritt hat sie geübt: nicht nur den Vortragstext zu sprechen, sondern sich auch rollengemäß zu verhalten. Und so steigt sie die Stufen empor, stakst zum Tisch, drückt einige Tasten auf dem Notebook, so dass das erste Power-Point-Bild mit dem Titel ihres Vortrags auf der Großleinwand erscheint und beginnt zu reden.

„…haben wir drei Psychotherapeutinnen mit einer kleinen Anzahl von Patientinnen eine Methode praktiziert, die Patientinnenbeforschung mit Selbstbeforschung verbindet. Wir haben jeweils mehrere zufällig ausgewählte Dialogsequenzen einer Therapiesitzung auf Gesprächsmuster untersucht. Das besondere an der Analyse ist, dass wir die Bereiche, aus denen die therapeutischen Antworten kamen, zu benennen versuchten. Also zum Beispiel antwortete eine Therapeutin in einer Sequenz vor allem mit einem Wissen aus: Psychopathologie, Sozialpsychiatrie, Modedesign", Erheiterung aus dem Plenum, „Religionswissenschaften, Geschlechterverhältnisse bei Frauen mit Migrationshintergrund, aktueller Politik. – Des Weiteren habe ich die Sätze sowohl der Therapeutin, als auch der Patientin daraufhin untersucht, ob sie einen oder mehrere der von mir ausgewählten drei Hauptpunkte, oder ‚principles', enthielten – entweder direkt oder ableitbar.

In dem gleich näher dargelegten Forschungsvorgehen werden sie sehen, welche interessanten Ergebnisse die Verknüpfung von Patientenbeforschung und Selbstbeforschung ergeben hat. Jenseits des Fachwissens, auf dem wir alle aufbauen, zeigt mein Ansatz, dass über das Rastern von Textsequenzen unter dem Aspekt von ‚principles' wirkungsvolle Erkenntnisse für die psychotherapeutische Forschung und Praxis entstehen. Angesichts der Erfahrung, dass die therapeutische Beziehung der Hauptwirkfaktor für Linderung und Heilung psychischer Erkrankungen ist, ist es verwunderlich, dass nicht schon früher solche parallelen Strukturen beforscht wurden".

Agnes legt eine Pause ein und ist erstaunt über die innere Ruhe, mit der sie vorträgt. Dann projiziert sie weitere Bilder und Daten an die Wand, die sie jeweils kommentiert und sprachlich ausmalt. Ihr Blick wandert dabei zwischen Bildschirm, Projektionen an der Wand in ein Plenum, das für sie vor allem aus Farben und Konturen besteht. Einzelne Menschen registriert sie nicht. Auch Paul sieht sie nicht mehr. –

Fünf Minuten vor Vortragsende gibt ihr Dr. Birke mit einem Handzeichen die Zeitbegrenzung zu verstehen. Da sie den Vortrag zuhause mehrmals abstoppte, wird sie alles bis zum Textende anbringen können, ohne ihrem Nachfolger Minuten zu stehlen.

Sie endet mit dem Satz: „Der Forschungsansatz, den ich Ihnen heute vorgestellt habe, hat uns Spaß gemacht und viele Einsichten in unsere Erkenntnismöglichkeiten, aber auch in die Begrenzungen gegeben. Schließen will ich mit einem Satz aus dem Gebet der mittelalterlichen Nonne Theresa von Avila". Agnes macht eine Pause, während der sie deren Porträt an die Wand projiziert: „Oh Herr,…bewahre mich vor der Einbildung, bei jeder Gelegenheit und zu jedem Thema etwas sagen zu müssen. – Lehre mich die wunderbare Weisheit, dass ich mich irren kann." - „Danke für Ihr geduldiges Zuhören."

Agnes Arendt nimmt den Beginn des Applauses noch auf dem Podium stehend entgegen und schreitet dann sichtlich erleichtert zu ihrem Sitzplatz. Kaum hat sie sich hingesetzt und aufgeatmet, bekundet der Kollege neben ihr: „Ihr Vortrag hat mir sehr gut gefallen. Können wir später noch darüber sprechen?" – Agnes nickt, als hätte sie ihn gehört, doch in Gedanken ist sie bei Paul. Ob ihm mein Vortrag gefallen hat? Wie habe ich gewirkt? – Ihre Gedanken schwirren wie Schmetterlinge in einer riesigen Volière aus Seidenfäden. Sie erlaubt sich jetzt, diese Leichtigkeit eine Weile beizubehalten und die Lust am Fliegen auszukosten.

Sie erwacht erst wieder aus ihrer Fantasiewelt, als der Redner geendet hat und applaudiert wird. Jetzt ist der Zeitpunkt, an dem die beiden Referenten und sie zu den Stühlen auf dem Podiumsplateau gebeten werden. Agnes fühlt sich für die zweite Runde gewappnet, innerlich und äußerlich. Sie weiß, dass sie jetzt wieder von Hunderten von Blicken gemustert und auch bewertet wird, doch es schreckt sie nicht mehr so, wie noch vor ihrer Eingangsrede. Sie setzt sich auf den ihr zugedachten Platz und achtet darauf, ihre Beine nicht zu weit auseinander zu stellen. Die ägyptische Sphinx-Haltung nennt sie es.

Die erste an sie gerichtete Frage aus dem Auditorium trifft sie nicht unerwartet, denn mit ihren Kolleginnen hatte sie schon einiges vorbereitet. Ja, es sei nicht einfach gewesen; nein, ihnen standen keine finanziellen Mittel zur Verfügung, antwortet sie. Sie freue sich jedoch sehr darüber, als forschende Praktikerin hier auftreten zu dürfen und auf so viel Interesse zu stoßen.

Agnes schaut immer wieder direkt ins Plenum. Bis in die oberste Hörsaalreihe nimmt sie einzelne Gesichter oder Details wahr. Kurz trifft sich ihr Blick einmal mit Paul. Doch sitzt er zu weit entfernt, als dass sie seine Mimik erfassen könnte. Als dann die Pausen zwischen den Fragen immer länger werden ist absehbar, dass Dr. Birke gleich zur Kaffeepause aufrufen wird. Agnes wird plötzlich bewusst, dass sie in den vergangenen zwei Stunden das endlich erlebt hat, wonach sie sich seit Jahren sehnte. Für diesen Auftritt habe ich Monate geprobt, wie eine Staatsschauspielerin. Und nach Applaus und Verbeugen ist alles vorbei. Einfach vorbei, denkt sie.

Dann muss ich mich nur noch abschminken und in die Alltagskleidung werfen, um wieder ‚die Agnes' zu sein. Oder werden die KollegInnen draußen mich doch als Agnes, die Wissenschaftlerin sehen?

„…Wir machen weiter um Punkt sechzehn Uhr", hört sie noch die Stimme des Moderators sagen, die fast im Geräuschpegel der vielen hundert TeilnehmerInnen untergeht, die zu den Ausgangstüren streben. Und dann erlebt Agnes am eigenen Leibe, was sie sonst nur aus der Beobachtung um Paul kennt: Menschen kommen auf sie zu, um sie zu fragen oder ihre Meinung kund zu tun. Sie lächelt und antwortet, immer bestrebt, auch die unruhig Wartenden nicht zu lange stehen zu lassen. Sie verabschiedet die allzu beredten KollegInnen mit knappen Worten, um sich den nächsten zuzuwenden.

Als Agnes sich dann endlich von den Verpflichtungen lösen kann und zum Ausgang des Hörsaals strebt, sieht sie Paul an der Tür stehen. Sie macht eine schnelle Bewegung auf ihn zu und hat schon die Arme leicht geöffnet – stoppt sich dann aber und geht souverän auf ihn zu. „Hallo", sagt er nur und ohne ein weiteres Wort auszutauschen streben sie beide in eine Richtung, in der sie weniger Menschen vermuten. An einer Flurbiegung wenden sie sich nach links und gehen durch eine Glastür, auf der „Durchgang verboten" steht. Wie unter Hypnose laufen sie auf dem weichen Teppichboden bis zu einer weiteren Biegung, hinter der nach einigen Schritten eine kleine Nische den Gang beendet. Es ist ganz still.

Sie stehen sich ruhig gegenüber und blicken sich direkt in die Augen. Dann gehen beide gleichzeitig einen halben Schritt aufeinander zu, um sich inniglich zu umarmen. So tief und fest umschlungen bleiben sie eine Weile, um dann in leichten rhythmischen Bewegungen die erotisierte Körperspannung miteinander zu teilen. Sie bewegen sich eher wiegend, wie Tanzende bei einem ‚schwarzen Blues' in einer Bar in New Orleans. Eine innere, lautlose Musik verbindet sie und trägt sie minutenlang. Trägt sie durch einen geistigen Raum, der nicht sichtbar ist und doch existiert. Miteinander verwoben und doch in getrennten Körpern bezieht er sich auf sie und sie auf ihn.

Als ihre Körper sich wieder etwas voneinander lösen, bleibt der Raum zwischen ihnen gefüllt mit Farben, Bildern, Gefühlen – mit all dem, was die Körper sich vorher mitgeteilt haben. Wie in einer Aura sind beide umgeben von nicht fassbaren, unstofflichen Energien. Agnes spürt dies und assoziiert damit ihre Begegnung mit der asiatischen Schamanin, die in tanzender Trance die Geister der Berge und Lüfte erkennen konnte. Paul spürt die Energie ebenso und ist berauscht von dieser unbekannten Erfahrung.

Sie setzen sich auf den Teppich und lehnen die Rücken an die kühle Betonwand der Nische. Mit Blick auf die farblos graue Wand am Ende des Flurs gestehen sie sich ein, dass sie beide zusammen gehören. Vielleicht nur für heute oder für Tage und Monate. Agnes schließt die Augen: ihr fließen warme Tränen die Wangen herunter, und sie lässt sie rinnen.

So sieht sie nicht, wie plötzlich ein bärtiger Mann unweit von ihnen um die Ecke gebogen ist und ebenso erschrocken blickt wie jetzt Paul. Im ersten Impuls wendet sich der Mann ab zum Gehen, bleibt jedoch sprachlos, halb den beiden zugewandt, stehen.

Als Agnes spürt, dass etwas sich gerade ändert, öffnet sie die Augen. Da hat der Mann sich schon genähert und steht fast vor ihr. „Es tut mir schrecklich leid, Agnes", stottert er. „Ich hab dich nach dem Vortrag überall gesucht. Ich wusste doch nicht, dass….". Er vollendet den Satz nicht, sondern hockt sich vor Agnes und Paul hin. „Ich bin ein Trottel, entschuldige." Er nimmt ihre Hände, drückt sie fest und sagt: „Gratuliere!". Dann macht er mit Zeigefinger und Hand eine Geste, dass er schweigen wird über das, was er gerade sieht. Er nickt und schreitet, sichtlich gerührt, davon.

Nach einer Weile bricht Agnes das Schweigen: „Das ist Ludwig. Hab ich dir noch nie von ihm erzählt?" Beide lachen erleichtert und wenden sich wieder der realen Welt zu. Agnes sagt nach einigem Überlegen: „Ich habe da eine Idee, wie es heute weitergehen könnte."

„Lasst uns in ‚Auerbachs Keller' gehen," schlägt Agnes den drei Wissenschaftlern und Paul vor, die im Foyer der Uni überlegen, wie sie den Abend verbringen wollen. „Da können wir gut essen und trinken; und uns wie Goethe vor über 200 Jahren inspirieren lassen. Vielleicht kommen noch ein paar Hexen angeflogen", versucht sie einen Scherz, „oder Mephisto tritt schwarz gewandet durch die Tür." – Nun fehlt nur noch Doktor Faust, denkt Agnes. Wer von den Männern wird den berühmten Satz zitieren? Wo doch alle Wissenschaft in der Tradition der Alchimie steht. Sie beobachtet die Männer, wie es in ihnen arbeitet, um das Zitat möglichst getreu wiedergeben zu können. Bingo! Dr. Mahlen hat den Wettbewerb gewonnen, kurz gefolgt von Dr. Birke. Zwei erste Preise, denkt Agnes und sagt beschwichtigend: „Aber das Dodo-Bird-Beispiel zeigt uns doch, dass alle Sieger sein können." – Alle lächeln und machen sich dann auf den Weg zum Restaurant.

Beim Eintreten in den Großen Keller sind sie von Raumhöhe, Helligkeit und Geräuschpegel beinahe erschlagen. „Wir können hier in dem wundervollen Raum mit der Deckenmalerei essen und anschließend in die Mephisto-Bar gehen," schlägt Agnes vor und alle folgen ihr.

Während sie eng gedrängt zu viert an einem Dreiertisch sitzen und auf das bestellte Essen warten, diskutieren die drei Wissenschaftler über ein Thema, das Agnes wenig interessiert. Plötzlich fällt ihr ein, dass sie noch ein verpacktes Geschenk in ihrer Tasche hat, und sie holt es hervor. Sie betastet das bunte, knisternde Papier, um anhand der darunterliegenden Formen den Gegenstand zu erraten. Er fühlt sich weich an. Was könnte Paul mir aus Kanada mitgebracht haben? Was hat er mir und sich selber mitgebracht, was genau gleich aussieht? – Als sie die Spannung nicht mehr aushält, knüpft sie behutsam das rote Band auf und wickelt den Gegenstand aus. Sie erschrickt und ist zugleich tief berührt: es ist ein schneeweisser Eisbär. Er kann Arme und Beine bewegen, so wie ihr brauner Teddybär, den sie als Kind geliebt hatte.

„Schaut mal, was ich geschenkt bekommen habe", ruft sie emphatisch aus, so dass die drei Männer prompt zu reden aufhören und zu ihr hinschauen. Paul errötet, was aber nur Agnes wahrnimmt, die ihm am liebsten um den Hals fallen würde. Sie zügelt ihr Temperament und erklärt: „Es ist von Paul." „Danke Paul, danke für das kuschelige Tier, das so gar nicht bedrohlich wirkt." Und sie denkt, dass nur er und sie wissen, welche Geschichte dahinter steckt.

Mit dem Bär unterm Arm gehen Agnes und die drei Männer nach dem Essen in die Bar herunter. Es ist noch zu früh für Musik am Piano. Doch fühlen sie sich so angetan von der ruhigen Atmosphäre, den unzähligen Alkoholflaschen an den Regalwänden unter gedämpfter Beleuchtung, dass sie sich in die weichen Sessel setzen. Der Eisbär kuschelt sich in die Polsterung der Rückenlehne.

Agnes kann endlich ihre schmerzenden Füße von den Highheels befreien, da der Tische ihre Beine verbirgt. Erleichtert macht sie Fußgymnastik unter dem Tisch, während sie die kleine Laudatio entgegennimmt, die Paul ihr widmet. Als alle vier Männer ihre Gläser erheben, um anzustoßen und ihr zuzuprosten, lässt auch sie ihr Glas mit dem Cocktail klingen.

Der junge Dr. Marten schaut sie lächelnd an und sagt: „Sie sehen sehr gut aus, Frau Arendt. Und dieses Outfit ist wirklich apart."

Agnes stutzt: solche Worte hätte sie von ihm nicht erwartet. „Ach danke", erwidert sie, „Komplimente höre ich gerne", und schaut schnell zu Paul. Der hat diesen kurzen Austausch anscheinend nicht mitbekommen und redet weiter mit den beiden Kollegen.

Dr. Mahlen legt jetzt beiläufig seinen großen Schlüsselbund so auf den Tisch, dass der Ferrari-Anhänger hervorsticht. „Oh, solch ein tolles Auto fahren Sie", nimmt Agnes den offensichtlichen Hinweis auf. „Das macht Ihnen doch sicher viel Spass, mit offenem Verdeck und Tempo zweihundert durch die Lande zu brausen."

„Haben Sie nicht Lust, morgen mal eine Spritztour zu machen", stößt Dr. Mahlen weiter vor, „oder sogar heute Nacht – bei Mondschein vielleicht?"

Langsam dämmert es Agnes, dass irgendetwas merkwürdig an ihrem Gespräch ist. Baggert er mich an? Aber warum? Ich habe ihm doch keinen Anlass dazu gegeben. Sie knöpft die Jacke zu und beugt sich über ihr Cocktail, um Blicke zu vermeiden.

Als Dr. Mahlen aufsteht und sich kurz entschuldigt, sieht sie beiläufig unter den Tisch. Die Schuhe! Sie errötet. Das ist wirklich nicht ihre Art, jemanden anzubaggern. ‚Bin weder Fräulein, weder schön, kann ohngeleitet nach Hause gehen'.[7]

Mit Blicken versucht Agnes Paul auf sich aufmerksam zu machen. Er analysiert gerade die mögliche Motivation von Goethe, einen Faust zweiter Teil zu verfassen: „Was wird aus dem Alchimisten, dem mittelalterlichen Wissenschaftler nach der ersten Erfahrung mit Mephisto? Ich erinnere mich nur an einen Ausspruch: ‚Was ihr nicht tastet, steht euch meilenfern, was ihr nicht rechnet, glaubt ihr, sei nicht wahr'"[8]. Paul stockt jetzt, als er Agnes' Blick endlich bemerkt und wendet sich ihr zu. „Ent-

---

[7] Goethe, Johann Wolfgang von, in: Gesammelte Werke Bd. 3, Gütersloh 1955, 375

[8] s.o. S. 149 Faust 2. Teil

schuldige bitte, ich habe dich ganz vergessen vor lauter Diskutieren. Derweil bist du doch heute der Star des Abends, nicht wahr?", sagt er und blickt in die Runde.

„Außerdem sind Sie die einzige Frau und haben bis jetzt noch gar nichts zum Thema gesagt", merkt Dr. Birke an. „Wir brauchen doch mehr Frauen in der psychotherapeutischen Forschung. Also, was sagen Sie zu der These, dass Wissenschaft die Fantasie und Poesie braucht, um sich weiterzuentwickeln?"

Auf diese Frage ist Agnes nicht gefasst. Sie spürt eine verlegene Röte in ihrem Gesicht und lächelt unsicher. Sie zieht an ihrem Strohhalm, stellt das Glas dann langsam ab. Als sie die Pause nicht länger hinauszögern kann, lehnt sie sich vor und antwortet mit einem Zitat aus dem Poesiealbum ihrer Kindheit: „Die Fantasie in ihrem höchsten Flug, sie strengt sich an und tut sich nie genug."

Die Männer schauen sie bewundernd an.

Begeistert über ihre plötzliche Eingebung und den Anklang bei den Kollegen möchte sie noch mehr Trümpfe einsammeln. Leicht kokett fährt sie fort: „Darf ich mal von Goethe weg und hin zu Shakespeare überleiten?" – Und als niemand dagegen ist, zitiert sie ihn zu den leisen Klängen eines sanften Blues, der am Piano gespielt wird: ,'Wenn die Musik der Liebe Nahrung ist'" – sie legt eine bedeutungsschwangere Pause ein. „Wer von Ihnen würde denn jetzt den ersten Tanz mit mir wagen?" – Der Schalk sitzt ihr im Nacken, da sie weiß, dass in der Bar nicht getanzt wird. Sie genießt die irritierten Gesichter der Kollegen, und besonders das von Paul. Wird er sich outen und mir zusagen, damit ich absagen kann: Ach, hier darf man gar nicht – wie schade?

Paul's Gesicht erstarrt; er strafft den Rücken, schaut sie dann fragend an und dann in die Runde. Da er eine flackernde Kerze auf dem Tisch wahrnimmt, feuchtet er zwei Finger an, um das Licht zu löschen. Endlich sagt er: „Um der Liebe Nahrung zu geben, muss man nicht tanzen. Aber man sollte die Schwächen des Anderen akzeptieren." – Agnes' ernster Gesichtsausdruck lässt ihn dann den Rückzug antreten. „Und überhaupt, darf man denn hier Tanzen?"

„Aber nein, darf man nicht", reagiert Dr. Mahlen erleichtert, denn er kann und will nicht tanzen.

Dr. Birke zögert mit einer Stellungnahme. Doch als er die Abfuhr der anderen hört, möchte er die Fragende nicht so auflaufen lassen. „Frau Arendt, würden sie es mit mir wagen", fragt er sie. Er steht auf, nimmt ihre rechte Hand, um ihr beim Aufstehen behilflich zu sein, umfasst ihre Taille mit dem linken Arm und führt sie zu dem kleinen freien Raum zwischen Bartheke und ‚Privat'.

Der Blues verlangt wenig Bewegung, doch viel Körperberührung und nahe Gesichter. Gerüche werden wahrgenommen. Agnes lässt sich in die Musik fallen und tanzt wie in Trance nach der melancholischen Melodie und dem traurigen Text. Sie entsprechen ihren Gefühlen, die melancholisch und wehmütig, aber auch prickelnd und sinnenfroh sind. Doktor Birke ist ein angenehmer Partner, mit dem sie gemeinsam, aber auch alleine den Tanz erleben darf. Als er zu Ende ist, gehen beide wortlos zu den anderen zurück. Er verbeugt sich vor ihr, bevor er seine Hand aus ihrer nimmt. Agnes setzt sich und atmet tief auf. Das war gut. Alles war gut heute, sagt sie sich. Trotz Patzer vorhin. Sie schaut zu Paul mit einem Blick, der Reue zeigen soll und eine lautlose Entschuldigung enthält.

Als sie noch vor Mitternacht aufbrechen, entfährt Agnes ein wehmütiges Seufzen: Morgen beim Kongress bin ich wieder nur Teilnehmerin, denkt Agnes. Und doch ist jetzt alles anders als vor zwei Jahren.

Am nächsten Morgen kurz nach acht sitzen Agnes und Paul an einem Fenstertisch nahe des Buffets, das die kulinarischen Qualitäten eines Mehrsterne-Hotels aufweist. Ihr Schweigen weist eher auf Müdigkeit hin, als auf Spannungen zwischen ihnen. Der vorherige Abend verlief insgesamt zu angenehm, als dass sich die kleine schwarze Wolke der ungeschickten Provokation von Agnes aufgebläht hätte. Während Paul sein halbweiches Ei auslöffelt, sagt er eher beiläufig: „Birke hat mich gestern noch mal wegen Huntington angesprochen." Als Agnes irritiert von ihrem Marmeladenbrötchen hochblickt, fügt er hinzu: „Na, der amerikanische Prof von Penn State, der Beleibte, mit sparsamem Haarwuchs und seinem ewig grauen Anzug. Der mit dir vor zwei Jahren das Rollenspiel gemacht hat." Agnes versteht jetzt und kaut langsamer, denn sie merkt ein unangenehmes, drückendes Gefühl in der Magengegend.

„Ich habe doch die Einladung von ihm, am Monatsende an der hochkarätigen internationalen Diskussion teilzunehmen. Huntington lädt ein zu sich an die Uni in Philadelphia. Er revanchiert sich bei mir sozusagen für seinen Vortrag vor zwei Jahren."

Agnes legt ihr Brötchen auf den Teller. Ihr Magen rumort, ihr ist übel, ohne dass sie gleich weiss warum. Doch als ihr dann die Szenen mit dem Prof vorm inneren Auge erscheinen, ahnt sie, woher das Unwohlsein kommen könnte. Damals hatte sie ihr Verletztsein wenig beachtet, sondern das schmerzhafte Gefühl verständnisvoll und devot zugekleistert. Gut, dann bin ich eben für den berühmten Amerikaner zum Vorführen seiner Technik eine Namenlose, eine Nummer und nicht Agnes Arendt. Ich hatte mich freiwillig gemeldet, gesteht Agnes sich ein, und mir die demütigende Situation selber eingebrockt. Wie in der Schule. Mit Finger hoch zeigen: ‚Herr Lehrer, ich weiß was.'

Paul fährt fort, ohne Agnes' Erregung wahrzunehmen: „Ich habe John zugesagt und gedacht, dass du vielleicht Lust hättest mitzukommen." Während er Agnes beim Überlegen zusieht, kaut er den Rest seines Eiweißes, legt den klebrigen Löffel neben den Teller und sagt dann: „Auch meine Mutter wird mitkommen." Als er Agnes' Erschrecken wahrnimmt: „Sie wollte schon immer einmal in die USA, aber mein Vater wollte nie zu den Amis. Eigentlich sollte es New York sein oder Los Angeles. Doch Philadelphia ist auch OK, um genügend Wolkenkratzer um sich herum zu haben und amerikanische Kultur."

Agnes steht plötzlich auf, entschuldigt sich schnell, schon im Gehen, und weist diffus in Richtung Tür. Das ist ihre einzige Ausflucht, um zu sich zu kommen und zu begreifen, was in ihr gerade den Aufruhr verursacht. Als sie alleine im Waschraum vor dem Spiegel steht, sieht sie in ein bleiches und faltiges Gesicht. Was zum Teufel hat mir den Schlag in den Magen gegeben, fragt sie sich. Huntington war der erste Hieb – und dann die Mutter. Keine Tage mit Paul allein, sondern mit Mutter und Sohn. Dieses Muttersöhnchen, dieser Mistkerl. Agnes schimpft leise und stoppt sich diesmal nicht wie sonst, wenn sie sich im Selbstmitleid ertappt. Diesmal grollt sie richtig und heftig.

Erst als Tränen in ihre Augen treten, nimmt sie alle Kraft zusammen und unterbricht die innere Aufruhr. Tief ein- und ausatmen, ruhig bleiben, sagt sie sich und geht mit diesem Mantra auf den Lippen zum Frühstückstisch zurück. Paul schaut sie fragend an. „Es ist nichts", stammelt sie und setzt sich wieder. Paul scheint damit zufrieden zu sein, was Agnes Erregung wieder aufflammen lässt. Sie wünscht sich so sehr, dass er erkennt, wie es ihr geht, ohne dass sie Worte verliert. Sie schaut ihn bittend an: doch er merkt nichts.

Als sie sich vor ihrer Hotelzimmertür trennen, erinnert Paul: „Sag mir so bald wie möglich Bescheid, wie du dich entschieden hast. Wegen der Flugbuchung – OK?" Er lächelt sie so naiv und offenherzig an, dass sie jetzt weiss, dass er die Wirkung seiner ‚Doppelhiebe' wirklich nicht erkannt hat. „Toi, toi, toi für deinen Vortrag nachher", wünscht Agnes und deutet in der Abschiedsumarmung das Ritual des Über-die-Schulter-Spuckens an. „Bis nachher".

ENDE GUT – ALLES GUT?

In Warteraum vor Gate 42 des Frankfurter Flughafens sitzt Paul mit seiner Mutter zur Linken, die in ihrer schwarzen Witwenkleidung sehr schlank aussieht. Agnes zu seiner Rechten schaut durch die große Glasscheibe auf das Flugfeld. Eine unangenehme Erregung überfällt sie schwallartig immer dann, wenn sie sich Szenen in Pennsylvania vorstellt: ob mit der ‚Schwiegermutter' in einer Einkaufsstraße beim Shoppen oder mit ihr im großen Unigelände, von dem sie sich auf Google-Earth ein Bild gemacht hat; oder bei der ersten Begegnung mit den Wissenschaftlern. „Wie viele Frauen werden dabei sein?", fragt sie Paul. „Wenige", antwortet er. Sie schwankt zwischen Bedauern über ihre USA-Entscheidung und aufkeimender Vorfreude. Vor allem den langen Flug wird sie genießen. Zumal sie einen Fensterplatz fern von Paul und Mutter zugewiesen bekam, so dass sie viele Stunden für sich hat.

Der Warteraum füllt sich, je näher der Abflugtermin rückt. Entsprechend laut und unruhig wird es hinter Agnes, doch ihr Blick auf das Flugfeld beruhigt sie. Frau Savorski steht gerade auf, um noch einmal auf die Toilette zu gehen und Agnes beschließt, ihr zu folgen. „Pass gut auf meine Tasche auf", legt Frau Savorski ihrem Sohne nahe. Typisch Mutter, denkt Agnes und sagt zu ihr: „Vor allem auf sein Gepäck muss er achten. Denn er hat unsere Tickets, die Tagungsunterlagen und alles, was sonst noch wichtig ist." Die Mutter schaut noch einmal zurück zu ihrem Sohn, als sie sich durch die in den Gängen zwischen den Sitzen liegenden Gepäckstücke schlängelt. Vor der

Toilettentür stehen schon einige Frauen, so dass beide warten müssen. Diese Zeit nutzt Frau Savorski, um ‚von Frau zu Frau' aus dem Nähkästchen der Familie zu plaudern. Die Spannung in ihrem Körper scheint nachzulassen, je mehr sie redet.

Als die Tür sich öffnet, endet Pauls Mutter ihre Schilderungen mit den Worten: „Das ist eben bei uns in der Familie so üblich. Man sorgt sich um seine Nächsten mehr als um sich selbst." Dann schließt sie die Tür hinter sich und Agnes denkt, dass Paul die Lektion gut gelernt hat. – Es überkommt sie wieder diese Erregung angesichts der nächsten Tage. – Ich kann doch nicht immer nett sein und zustimmen. Nur weil sie die Mutter von Paul ist. – Und dann ist ja noch die Begegnung mit Huntington. Da will ich auch nicht mehr alles schlucken. – Sie atmet tief durch. Ob ich diese Reise heil überstehe, seufzt Agnes, bevor die Tür sich auch für sie öffnet.

Am Bahnhof von Philadelphia nehmen die drei Deutschen ein Taxi zum Universitätsgelände, auf dem auch ihre Unterkunft, ein komfortables Gästehaus im skandinavischen Stil, liegt. Da Agnes vor etwa zwanzig Jahren und Frau Savorski noch nie in den USA waren, bestaunen sie die himmelragende Architektur der unterschiedlichsten Hochhäuser, die breiten Straßen mit den wenigen ‚Amischlitten' neben vielen asiatischen Kleinwagen sowie ein kühles nordamerikanisches Stadtambiente. „Laufen möchte ich diese Strecken nicht", sagt Frau Savorski nach einer Weile. „Da ist ja kaum was Grünes. Nur Quadrate und Kästchen. Fast wie in Mannheim. Derweil ist das doch eine Stadt mit Tradition. Da wurde schon 1776 die Unabhängigkeit verkündet", doziert sie. Sie hat sich gut auf die Reise vorbereitet und würde noch mehr von ihrem Wissen mitteilen, wenn sie nicht an ihrem Ziel angelangt wären.

Das Universitätsgelände zeigt baulich mehr Tradition. Rote, individuell gestaltete Backsteinbauten aus dem Beginn des zwanzigsten Jahrhunderts, gepflegte Grünanlagen und Sportplätze sowie gelassen schlendernde Studierende stimmen die beiden Frauen auf das Kommende ein. Als sie am Tagungsgebäude vorbei fahren, erinnert es Agnes durch die Flachbauweise mit Kassettenfenstern an das einstige Schering-Gebäude im Wedding. Diese Assoziation stimmt sie friedlich. Sie fühlt sich dann auch im nahen Gästehaus willkommen. Der behäbige Portier mit Hosenträgern an extraweiten Jeans weist ihnen Einzelzimmer zu, gibt ihnen Broschüren über Universität und Stadt sowie eine kurze Einführung in die Regeln des Hauses.

„Apropos Regeln", richtet Agnes die Frage an Paul. „Was soll ich anziehen, wenn wir heute Abend mit Huntington und Kollegen Essengehen?"

„Ist doch egal. Du siehst in allem gut aus."

Das ist die erste persönliche Aussage seit einer gefühlten Ewigkeit. Agnes freut sich. Bislang hat Paul sie kaum beachtet; er organisierte, führte lange Telefonate, sprach mit Dienstleistern und kümmerte sich um das Wohlergehen seiner Mutter.

Diese Freude bleibt ihr noch, als sie in ihrem hellen Zimmer den Rollkoffer auspackt, das Bett testet und die Dusche nutzt. ‚Welcome in UPenn' steht auf der Seifenpackung.

Als John Huntington die drei Deutschen mit Handschlag vor dem Gästehaus begrüßt, wird ihm Agnes mit Vor- und Zunamen vorgestellt. „Oh, you're French", sagt er, was sie verneint. „Call me John", sagt er freundlich. „I'm Agnes", sagt sie betont prononciert, in der Erwartung, er würde sich an die Begegnung von vor zwei Jahren erinnern. Doch keine mimische Regung zeigt an, dass irgendeine Erinnerung an sie angeklungen wäre. Nicht mal eine Bemerkung des vagen Erkennens kommt von seiner Seite.

Agnes spürt den Ärger wieder aus der inneren Gruft hervor kriechen, den sie seit Pauls Ankündigung vor drei Wochen nicht mehr beachtet hatte. Die moderaten, leicht ironischen Worte, die sie sich für diese erste Begegnung zurecht gelegt hatte, kann sie jetzt nicht anbringen. Vielleicht später beim Essen, nimmt sie sich vor. Sie merkt, dass ihre Freude und die körperliche Beschwingtheit abebben.

Der Prof hält ihr vorne die Autotür auf, doch Agnes will betont nicht neben ihm sitzen. Seine jetzige Zuvorkommenheit löscht die Verletzung von vorhin nicht aus. Bin ich denn so unscheinbar, dass er sich nicht mal mehr an mich als Person erinnert, geschweige denn an unser Rollenspiel? Verändert habe ich mich äußerlich doch kaum.

Bei Tisch in dem rustikal-edlen, auf Wilder Westen mit Goldgräber Utensilien dekorierten Restaurant verbessert sich Agnes' Stimmung etwas. Zumal die Kollegin von John neben ihr, Martha, das Gespräch über forschende Praktikerinnen mit ebensolcher Vehemenz führt wie Agnes. Paul sitzt am Tischende mit seiner Mutter zur Rechten, der er immer mal wieder übersetzen muss. Wenn er mit John, der zu seiner Linken sitzt, eingehend debattiert, wirkt seine Mutter verloren in dieser Runde. Agnes schaut gelegentlich zu ihr hinüber und versucht per Mimik, sie zu integrieren. Auch John's Frau gibt ihre wenigen deutschen Worte zum Besten, um die alte Dame im Witwenschwarz in den Kreis zu integrieren.

Nach den Desserts löst sich die Tischordnung auf, da Martha und zwei andere Frauen zum Rauchen das Restaurant verlassen. Mit Martha zu reden hat Agnes Kraft und Mut gegeben, so dass sie jetzt das Gespräch mit John selbstbewusst angehen kann. Klopfenden Herzens steht sie auf, um sich dann zwischen John und Paul zu platzieren, die dafür ihre Stühle etwas auseinanderrücken. Paul lächelt nichtsahnend, John lächelt nichtsahnend. Beide erwarten eine weitere freundliche Konversation, denkt Agnes, bevor sie mit ihrer Rede – oder besser Anklage? – beginnt.

„Wir Deutschen sind ja manchmal etwas direkt", wagt sie sich vor und beobachtet Johns Gesichtszüge. Noch strahlt er ihr wohlwollende Aufmerksamkeit entgegen. „Deswegen mache ich jetzt auch keine langen Vorreden, sondern spreche mein Thema gleich an."

„Go ahead", sagt John lächelnd.

Sie blickt ihm direkt in die braunen Augen hinter seinen rahmenlosen Brillengläsern. „Wir sind uns schon einmal vor zwei Jahren begegnet, auf dem Kongress zu Beziehungen", leitet sie betont langsam ein, um sein Gedächtnis einzustimmen auf damals. Aus seinem Lächeln wird eine ernste, nachdenkliche Miene und er blickt zu Boden.

„Bevor ich ihr Rollenspiel mitmachte, hatten sie mir einen anderen Namen gegeben. Ich war nicht mehr die, die ich bin." Agnes wirkt jetzt so einsam, dass Paul näher rückt.

John schaut hoch und sein irritierter Blick zeigt, dass er sich nicht an diese Situation damals erinnert. „Ich habe das Rollenspiel schon so oft gemacht, mit so vielen Menschen", windet er sich aus dem peinlichen Klammergriff heraus. „Du musst entschuldigen, liebe Agnes, I am sorry", strahlt er sie jetzt an. – „Und jetzt, lassen wir uns weiter den schönen Dingen zuwenden", fährt er fort und greift sich einige Weintrauben von der Obstschale.

„Sie haben mir den Namen Sarah gegeben. Warum?", lässt Agnes nicht locker.

This bitch, denkt er, die nenn ich alle Sarah, egal wo in der Welt. Die Lady nervt! -   „Sarah ist doch ein schöner Name – genauso wohlklingend wie Agnes".

„Aber Sarah steht vor allem in einer jüdischen Tradition und ich nicht", kontert sie.

John schiebt die Obstschale näher zu Paul und Agnes heran, macht eine auffordernde Geste, sich zu bedienen: „Lecker, wirklich lecker. Nehmt euch doch."

„Dr. Huntington. Es tut mir leid, dass mein Problem bei Ihnen nicht angekommen ist. Doch diese Erfahrung damals hat meinen Lebensweg entscheidend geprägt!"

Jetzt blickt John sie das erste Mal wirklich interessiert an.

„Liebe Agnes, lieber John", wendet sich Paul an die beiden, „wollen wir nicht das Gespräch ein andermal fortführen und jetzt zu den Kollegen ins Freie gehen?" Und zur Mutter gewandt: „Dir täte ein bisschen frische Luft auch gut."

Schon hat Frau Huntington die Mutter untergehakt und strebt zum Ausgang. Widerstrebend brechen der Prof und Agnes ihre spannungsreiche Situation ab.

Wie eine Marionette an einer Aufhängung, deren Fäden nur eine beschränkte Bewegungsmöglichkeit erlauben, erhebt sich Agnes und folgt ihrem Partner nach draußen. Der laue Abend im Spätherbst besänftigt ihr Gemüt und sie gewinnt ihr Selbstvertrauen zurück. Im weißen Licht der Straßenlaternen vermitteln die alten Stadtvillen mit kleinen Vorgärten und die karg belaubten Bäume eine heimische Atmosphäre. Da es draußen zu kühl zum Hinsetzen ist, beschließen sie, eine kleine Runde im Karree zu laufen.

Als sie um die erstbeste Straßenecke gebogen sind und damit außer Sichtweite der anderen sagt Paul sehr ernst, wobei seine blauen Augen sich mitleidvoll weiten: „Oh, Dornröschen"! Auf diesen Kosenamen hin ahnt Agnes sofort, dass sie einen gravierenden Fehler begangen hat. Dornröschen nennt er sie, wenn sie eine schöne Situation durch einen Fauxpas zerstört. „Was ist denn los? Ich kann nicht begreifen, wieso du John bloßgestellt hast", fragt er. Sie gehen langsam und gleichmäßigen Schrittes die menschenleere Straße hinauf, währenddessen Agnes die Auslösesituation vor zwei Jahren und die Verstärkung der Kränkung vorhin im Detail schildert. Paul hört ihr zu und zeigt durch gelegentliches Kopfnicken, dass er ihre Reaktionen versteht.

Sie sind bei der Bronzestatue Benjamin Franklins angelangt, als Agnes' Reden verstummt. Beide setzen sich, lehnen sich an den hohen Sockel der Statue, fassen sich bei den Händen und schweigen eine Weile.

„Oh, Dornröschen", sagt Paul noch einmal. „Ich habe dir noch nicht gesagt, was alles an dieser verpatzten Begegnung zwischen John und dir noch dranhängt." Er wirkt auf einmal einsam, was Agnes im hellen Licht der angestrahlten Statue bemerkt. „Und", fragt sie mit müder Stimme, „was hängt dran?"

Pauls Stimme klingt laut: „Wir hatten dich als Gast für die Diskussionsgruppe morgen und übermorgen vorgesehen. Und John und ich waren die Fürsprecher."

Nach einer Schrecksekunde schreit Agnes in Sopranhöhe hysterisch auf: „Aber davon hast du mir gar nichts gesagt!" – Mit einem tiefen Seufzer fügt sie an: „Meine gerade erst begonnene Kariere als Forschende Praktikerin ist damit zu Ende. Welche Chance habe ich vertan."

Paul schaut auf ihr bleiches Gesicht, in dem die Altersfalten jetzt besonders hervortreten.

„Oh, Paul. Und du hast mich als Gast vorgeschlagen!" Ihre weiteren Worte gehen unter in Tränen, die sie auf sein Jackett tropfen lässt.

Paul schaut auf die leere, endlos lange Straße, auf der sie wieder zurück laufen müssen. Dann schaut er auf seine Uhr und schlägt vor, aufzubrechen. Körperlich erschöpft und beinahe wortlos streben sie widerwillig dem Restaurant entgegen. Sie waren mehr als eine Stunde abwesend.

Als sie vor dem Lokal ankommen, steht die Kollegengruppe zum Aufbruch bereit. „Sorry, we were lost", sagt Paul. „Entschuldige, wir haben uns verirrt", sagt Agnes zu Pauls Mutter. Sie fahren diesmal mit Martha zu ihrer Herberge zurück.

An ihrer Zimmertür verabschiedet sich Agnes mit einem resignierten Kuss auf seine Wange, schließt die Tür, streift ihre Schuhe ab und wirft sich auf das weiche Doppelbett. Als ihre Hand zum Schalter greift, um die Lampen auszuknipsen, fällt ihr Blick noch auf eine Uhr. Zuhause ist jetzt fünf Uhr früh, denkt sie, bevor sie in einen tiefen Schlaf hinübergetragen wird.

Noch in der Dunkelheit der Nacht erwacht sie und sofort schnellt ein Gedanke in ihr hoch: Ich habe versagt. Ihr Magen schmerzt, auch ihre Augen vom Weinen. Die Worte des deutschen Professors vom Kongress vor zwei Jahren fallen ihr ein: Vermeidungsziele anstreben heißt das Gegenteil von dem tun, was man eigentlich möchte. Ich möchte sichtbarer in der Wissenschaftslandschaft sein und verbaue mir durch dumme, selbstgerechte Worte meinen Weg.

Agnes grübelt und wälzt sich auf dem Bett hin und her, mal in Selbstanklage, mal in Selbstrechtfertigung. Irgendwann überkommt sie der Schlaf und erlöst sie von den quälenden Gedanken. Doch beim Erwachen, nachdem es an ihre Tür geklopft hatte, taucht der gestrige Abend aus der Erinnerung auf. Nach erneutem Klopfen ruft sie mit müder Stimme, dass sie wach sei und aufstehen werde.

Als sie gewahr wird, dass sie sich nicht einmal entkleidet hat, verstärkt sich die mürrische Stimmung und auch Magenschmerzen spürt sie wieder. – Wenn ich jetzt den Absprung nicht schaffe, denkt sie, dann geht gar nichts mehr. Mit einem Schwung rollt sie sich auf dem Bett an den Rand und setzt sich auf, um mit beiden Beinen Boden unter den Füssen zu bekommen. Aus dieser Startposition gelingt es ihr dann nach und nach, sich innerlich zu sammeln und äußerlich so zu gestalten, dass die Wirren der Nacht nicht mehr sichtbar sind. Erst auf dem Weg zum Aufzug überfällt sie die ungeklärte Frage, ob sie denn überhaupt als Gast an den Diskussionen teilnehmen darf – nach dem Eklat von gestern. Paul wird es wissen, beruhigt sie sich. Sie werden mir schon nicht den Kopf abreißen.

Ihr Herzschlag bleibt beinahe stehen, als sie im Frühstücksraum Paul und John gemeinsam am Tisch sitzen sieht. Umkehren ist zu spät, denn Paul macht sich bemerkbar durch ein Handzeichen. Seinen Gesichtsausdruck kann sie aus der Ferne nicht erkennen, geschweige denn deuten. So läuft sie langsam dem Feuertopf entgegen, in dem sie gleich gekocht werden wird. Hexenverbrennung oder Guillotine, was steht mir bevor? Ach, wäre ich doch bloß zuhause geblieben. Warum muss ich auch nach den Sternen greifen, klagt sie sich an. Die Magenschmerzen sind unerträglich und der Atem ohne Kraft, als sie mit erzwungenem Lächeln an den Tisch tritt und den beiden Wissenschaftlern einen wunderschönen guten Morgen wünscht. Ein Strang bereitgestellter Tränen zieht sich vom Magen hoch bis unter die Kopfhaut und wartet auf die Gelegenheit, über die Augen nach außen gelassen zu werden.

Professor Huntington ist gerade im Begriff zu gehen, als er Agnes den Frühstücksraum betreten sieht. Mit seinem deutschen Freund Paul hat er noch letzte, auf die heutige Diskussion vorbereitende Themen präzisiert. Da er den heutigen Tag leitet, will er einen gut strukturierten Gedankenaustausch ermöglichen. Am Tagesende sollten dann schon erste Resultate feststehen, die morgen unter Jonathans Leitung weiter ausgebaut werden können.

Paul ist mit ihm auf einer Wellenlänge. Die darf jetzt nicht durch den Störfaktor Agnes durchbrochen werden. Er wird den Affront von gestern Abend also gar nicht ansprechen. Soll Paul sehen, wie er mit dieser Lady fertig wird. Als Agnes an den Tisch tritt, antwortet er mit einem jovialen „Good Morning" und verabschiedet sich gleich darauf.

Nachdem Agnes sich einen großen Becher Kaffee eingeschüttet hat, jedoch nichts essen möchte, stellt sie Paul die entscheidende Frage. – „Wir haben nicht darüber gesprochen", antwortet Paul, „was bedeutet, du kommst mit." Und nach einer kleinen Pause, in der er seinen Pfannkuchen mit Ahornsirup verspeist: „Oder willst du jetzt nicht mehr?"

Dass sie auch wählen kann, daran hat Agnes gar nicht gedacht. Immer noch sehe ich mich als Spielball. „Doch, natürlich, gerne komme ich", antwortet sie.

Als Agnes den Konferenzraum betritt, schlägt ihr ein scharfer Geruch von Putzmitteln mit hohem Desinfektionsfaktor entgegen. Sie blickt über die zu einem Oval gruppierten Tische und Konferenzstühle für etwa dreißig Personen hinweg zu einer eindrucksvollen Technikausstattung. Im Hintergrund des Raums spiegeln Glasscheiben, die den Regieraum abgrenzen. An der Fensterwand stehen Stühle mit integrierten Tischchen für die drei akzeptierten Gäste.

Agnes schlängelt sich an der Technik vorbei zu dem Gästebereich, in dem zwei Männer aus Italien bzw. Kanada Platz genommen haben. Sie stellt sich vor und benutzt auch den ihr mittlerweile geläufigen Titel „scientist practicioner". Daraufhin dreht sich ihr Gespräch um die Verbindung von Forschung und

Praxis, bis die ‚chairperson', Professor Huntington, mit einer Glocke den Sitzungsbeginn einleitet.

Nun sitze ich also in der erlesenen Runde von Koryphäen aus verschiedenen Ländern, resümiert Agnes. Drei Frauen, wahrscheinlich Amerikanerinnen, und neunzehn Männer, zählt sie. Sie blickt in die Gesichter der Anwesenden, soweit diese ihr zugewandt sind. Gefühle von Sehnsucht und Wehmut steigen in ihr hoch.

Könnte dies ein Kreis von Menschen sein, in dem ich mich wohlfühle? Agnes driftet mit ihren Gedanken und inneren Bildern ab: Zu Orten, die ihr gut taten; zu einzelnen Menschen und Gruppen von Menschen, mit denen sie sich wohl fühlte. Frankreich sieht sie und die Ziegen, Adelheid in ihrem Garten, ihre Wohnung mit Paul zu Besuch – friedliche, alternative Lebensformen ausprobierend, prickelnde Diskussionen außerhalb von Hierarchien führend. Sie, Agnes, eine Nachfahrin der Hippies auf bürgerlichem Parkett?

Ein Gefühl der Verbundenheit und des ‚Im Kontakt seins' hat all diese Situationen ausgezeichnet. Im Kontakt – wie zwei elektrische Drähte, die man zusammenführt und dann fließt Strom. Lebensenergie, Flow, Chi der Lebensatem. – Chi hat eine ungeheure Kraft und Macht.

Vielleicht will ich diese Energie auch gar nicht so oft spüren, weil sie mich herumwirbeln kann, hoch und nieder werfen, aus dem gewohnten Gleis tragen? Dann doch lieber am Rande, am Katzentisch sitzen wie jetzt? Nein, denkt Agnes und fühlt die innere Lebensenergie derart stark, dass sie nicht mehr ruhig bleiben kann. Nervös rutscht sie auf dem Stuhl herum, bewegt Beine und Arme. Ich könnte etwas zum Thema sagen, darf es als Gast aber nicht.

Mit einem Ruck setzt sie sich auf, lehnt sich dann vor zu dem ihr am nächsten sitzenden österreichischen Wissenschaftler und tippt ihm leicht auf die Schulter. „Ich würde gerne etwas zum Thema sagen. Könnten sie um Abstimmung bitten, ob ich als Gast reden darf?"

Der Österreicher blickt erst erstaunt und nickt dann mit dem Kopf als Zeichen der Zustimmung. Er hebt die Hand, um sich bei der Sitzungsleitung anzumelden. Als er nach fünf Minuten an die Reihe kommt, wird seine Anfrage akzeptiert.

Mit zitternden Händen und Herzklopfen bis unter die Kopfhaut steht Agnes auf, nimmt sich das Mikrofon und stellt sich kurz vor. Dann äußert sie sich in knappen präzisen Worten zur Bedeutung von Einsamkeit und Verbundenheit bei psychischen Erkrankungen. Als sie das Gefühl hat, genug gesagt zu haben, möchte sie aufhören. Doch fühlt sie von Seiten der Wissenschaftler kaum spürbare Resonanz. Habe ich mich unverständlich ausgedrückt? möchte sie fragen. Soll ich etwas wiederholen? Nein, ich war klar und verstehbar, zügelt sie sich. Die müssen meine Ideen nur verarbeiten.

Mit einem Rundumblick verabschiedet sie sich und setzt sich wieder auf den Gaststuhl. Sie ist immer noch körperlich erregt, so dass sie kaum den weiteren RednerInnen zuhört, die nach Listenfolge ihren Wortbeitrag einbringen. Soweit sie mitbekommt, bezieht sich bis zur Mittagspause nur eine amerikanische Kollegin kurz auf ihren Beitrag. So war mein Input nicht ganz ungehört, denkt Agnes.

Zu Sitzungsbeginn hatte Paul mit dem Haustechniker besprochen, die grelle Neonbeleuchtung zu dimmen und die Belüftungsanlage einzuschalten. Somit fing die Tagung mit Verspätung an, was John – wie Paul bemerkte – stark beunruhigte. Bei ihm steht allerhand auf dem Spiel, schätzt er. Die Tagung muss gelingen und vorzeigbare Resultate aufweisen. Ich hingegen kann mich zurücklehnen.

Im Diskussionsverlauf trägt Paul in gewohnt eloquenter Weise seinen Standpunkt zu Kompetenzen der Profession vor, die sukzessive erst im Masterstudium, dann in der Weiterbildung erworben werden sollten. Anhand seiner letzten Untersuchung mit Studierenden verteidigt er die These, dass philosophische, naturwissenschaftliche und geisteswissenschaftliche Stränge verfolgt werden müssten. Paul fühlt sich in seinem Element und kann darum auch Gegenbewegungen aus dem Diskussionszirkel gelassen aufnehmen. So lehnt er sich zurück und legt seine Arme locker auf den Sessellehnen ab, als er Jonathan zuhört. Die Kontroverse, in die beide sich verhaken könnten, wird er hier nicht öffentlich führen, sondern später am Mittagstisch vielleicht.

Er denkt kurz an Agnes und sucht ihren Blick am anderen Ende des Raumes. Sie schaut wohl gerade nach unten und so treffen sich ihre Blicke nicht. Ich muss sie noch ansprechen wegen des komischen Briefs, denkt er, den mir so eine verpeilte Frau geschickt hat. Wahrscheinlich ‚ne Borderlinerin. – Ob Agnes wirklich einen älteren Mann als Liebhaber hat?

Jetzt fragt ein Kollege mit österreichischem Akzent nach der Erlaubnis der Gastrede. Als er zu ihm hinüber schaut, ahnt er, wer die Rednerin sein würde: Agnes. Er fühlt sich wie nach einer Attacke aus dem Hinterhalt. Wie wenn er am Meeresstrand auf dem Badetuch liegt, den sanften Wellen mit geschlossenen Augen lauscht und plötzlich jemand ein Eimerchen Wasser auf den sonnenbeschienen Rücken kippt und ‚Huhu' ruft.

Seine Miene versteinert, der Körper gerät in Hochspannung. Oh Gott, ich habe sie hier eingeführt, stöhnt er innerlich. Warum kann sie nicht pflegeleicht sein wie Jeanette.

Als Agnes zu reden beginnt, hört er ihr zwar zu, schaut jedoch in die Runde, um mitzubekommen, wie die Kollegen reagieren. Als kein Drama passiert, aber auch keine hör- oder sichtbare Resonanz erfolgt, lehnt er sich wieder zurück und atmet durch. So sind sie eben, die Wissenschaftler, denkt er, alles über den Kopf und nix über den Körper. Bloß nicht emotional werden, das kann man doch alles ruhig sagen. Doch vielleicht, schränkt er seine bissige Kritik ein, müssen sie alles erst sacken lassen.

Als Paul Savorski in der Mittagspause im Gespräch mit seinem Nachbarn den Konferenzraum verlässt, lehnt seine Mutter im Flur am offenen Fenster, zusammen mit der deutsch sprechenden Studentin, die er für sie engagiert hat. „See you", verabschiedet sich Paul aus dem Gespräch und wendet sich seiner Mutter zu.

„Was machst du denn hier auf dem Campus", fragt er, wähnt er sie doch in der Innenstadt. „ Ich wollte dir nur kurz eine Änderung mitteilen, aber dein iPhone war ausgeschaltet. Nur dass du dir keine Sorgen machst, wenn ich heute Abend nicht rechtzeitig zum Essen zurück bin." Frau Savorski holt tief Luft und sagt dann: „Wir fahren nämlich zum Bryn Mawr College raus. Du weißt doch, dem reinen Frauencollege, im 19. Jahrhundert gegründet. Ich freue mich schon riesig darauf, ob das so ist wie in dem Krimi, den ich mal gelesen hab." Paul sagt immer noch nichts. „Und es ist gar nicht weit von Philadelphia entfernt", fügt sie nach einer kleinen Pause hinzu.

„Okay Mama. Dann hast du ja was Schönes vor. Und kannst auch hinterher zuhause ganz viel erzählen" bestärkt der Sohn die Mutter.

Mittlerweile ist Agnes hinzugetreten und hat die letzten Worte mit gehört. Ich habe ihm Unrecht getan, denkt sie, er hat mich nicht als Anstandswauwau für seine Mutter mitgenommen. Erleichtert über diese Entlastung, aber besonders zufrieden über ihren Auftritt in der Runde renommierter Wissenschaftler lächelt sie Frau Savorski unbeschwert naiv an. „Der Campus wird Ihnen gefallen", sagt sie. „Traditionelle Gebäude und hunderte gelehrter Frauen". – Als Frau Savorski schon im Begriff zu gehen ist, fügt Agnes noch hinzu: „Bringen Sie mir doch bitte etwas von da mit – ein T-Shirt mit Uni-Aufdruck oder so."

Sie schauen der alten Dame im Witwenschwarz hinterher, die so fremd in dieser Umgebung wirkt. „Sie konnte nicht studieren", erklärt Paul seiner Partnerin. „Die ersten Kinderjahre den Krieg erlebt, dann große Schulklassen auf dem Dorf und eine Lehre als Verkäuferin nach dem Volksschulabschluss. Frühe Heirat und dann kam ich, da war sie neunzehn. – Doch den Traum von höherer Bildung und sozialem Aufstieg hat sie mir mitgegeben." „Und ich habe ihn ihr erfüllt", fügt Paul hinzu. „Aber jetzt will sie selber sehen, was sie in ihrem Alter noch machen könnte. Natürlich nicht in USA, sondern daheim." – Als Agnes ihn fragend anblickt, fügt er hinzu: „Da, wo sie seit ihrer Jugend zuhause ist."

Schweigend und auch erschöpft nach vielen Stunden geistiger Anstrengung machen sie sich auf den Weg zur Dozentenmensa, die in einem anderen Campusgebäude untergebracht ist. Die warme Luft des Spätherbsttages umschmeichelt sie und wickelt sie ein in weiche Kokons. Unmengen von rotbraunen und gelben Blättern des Indian Summer liegen auf Grünanlagen und Wegen. Als sie unter einer hundertjährigen Rotbuche angelangt sind, greift Agnes nach Pauls Hand. Sie fühlt eine Verbundenheit mit ihm, die über die körperliche Nähe hinausgeht. „Der Gott der Liebe ist mit uns", sagt sie „lass uns dankbar sein für alles, was er uns schenkt".

Paul zögert noch, ihr in der Öffentlichkeit die Hand zu reichen. „Mein liebes Dornröschen", sagt er jetzt mit weicher Stimme. „Du hast dich aus deinem Gefängnis aus dornigen Rosenhecken selbst befreit und brauchst mich nicht. Als Ritter, der zu spät gekommen ist, stehe ich hier mit herabhängendem Kopf und nutzlosem Schwert. Ich brauche nicht für dich kämpfen."

„Doch kannst du für dich selber kämpfen", wirft Agnes schelmisch lächelnd ein, „indem du mich in der Öffentlichkeit umarmst."

„In der Öffentlichkeit?" Paul spürt seinen erregten Körper, in dem Angst und Mut kämpfen. – Agnes lächelt weiterhin und lässt ihm Zeit für seine Entscheidung. – Plötzlich dreht er sich zu ihr hin, öffnet seine Arme weit, um sie dann auf ihrem Rücken wieder zu verbinden. Dabei verschränken sich die beiden Körper und werden eins. Der Atem geht ruhig und gleichmäßig, der Herzschlag wird synthon. So stehen sie eine Weile unter den weit ausgebreiteten Schwingen der alten Buche im Herbstlaub.

Bis Paul sich aus der Umarmung löst und zum Essengehen aufruft. Am gleichmäßigen Rhythmus ihrer Schritte auf den Kieselsteinen ist zu hören, dass sie gerade harmonisch verbunden sind. Das könnte sich nachher im Konferenzraum wieder ändern – denn sie leben in ihrer Beziehung nach ihrer ganz persönlichen Melodie.